시인과 기자의 어느 금요일

시인과 기자의 어느 금요일

최 은 별
장편소설

신아출판사

일러스트_별솜다 instagram.com/byeol_somda

1

그해 4월

고요

영롱한 노랫소리가 아침을 휘감았다. 숱하게 들어도 질리지 않는 박정현의 〈비밀〉이었다.

평소 같으면 노래를 따라 흥얼거리며 상쾌하게 일어났을 텐데, 오늘은 도무지 그럴 수가 없었다. 가령 오늘은 그런 날인 것이다. 세상 모든 노랫말이 허상처럼 들리는 날. 나는 밀려드는 공허감을 느끼며 멀뚱히 누워 있었다.

벌써 2월이었지만 아직도 스물아홉이 된 게 실감 나지 않았다. 이십 대 청춘이라면 저질러 보기 좋았을 일들을 난 아무것도 하지 못했다. 그런 건 아무래도 상관없었지만 '그런 순간'을 다시 만나지 못했다는 사실이 나를 절망케 했다.

밤새 켜 놓은 스탠드의 불빛이 희끄무레하게 꾸물거렸다. 그렁그렁한 눈을 끔뻑이니, 기다렸다는 듯 눈물이 똑똑 떨어졌다. 오랜만에 '그날' 꿈을 꾼 뒤였다.

15년 전, 햇빛이 유독 낭랑한 날이었다. 아마도 4월이었고 일요일이었고 오후 두 시쯤이었을 것이다. 슈퍼였던가 문구점이었던가, 열네 살의 나는 어딘가에 가기 위해 집 밖을 나섰다. 노란 산수유 꽃이 한눈에 들어왔고, 싱그러운 봄 냄새가 나를 감싸안자 나도 모르게 탄성을 내질렀다.

"봄이네? 봄이잖아!"

봄이 왔다는 사실에 들떠서, 오랜만에 만난 고향 친구를 부르듯 몇 번이나 큰 소리로 봄을 외쳤다. 심지어는 두 팔을 벌리고 제자리에서 빙그르르 한 바퀴를 돌기까지 했다. 멀리 동네 사람 몇몇이 보였지만 상관하지 않았다.

어제나 그제에도 산수유 꽃은 피어나고 있었을 것이다. 날은 따뜻해져 가고 사람들의 옷차림은 점차 가벼워지고 있었을 것이다. 하지만 내가 '봄이다!'라고 느낀 건 딱 그 순간이었다. 모든 게 어제나 그제와는 다른 풍경이었다.

나는 사려던 물건을 다 산 뒤 동네 공원을 지나쳤다. 공원의 풍경은 잘 꾸며 놓은 연극 무대처럼 완벽해 보였다.

젊은 부부가 연갈색 유모차를 끌고 산책 중이었고, 봄바람에 떨어진 벚꽃 잎들이 유모차 덮개 위에 내려앉고 있었다. 남자는 꽃잎을 털어 내다가 소담한 꽃송이 하나를 집어 여자의 귀에 대 보았다. 그리고 여자에게 무슨 말인가를 속삭였고, 여자는 수줍 게 웃으며 팔꿈치로 남자의 팔을 툭 쳤다. 자신의 부모가 얼마나 예쁜 그림을 그려 내고 있는지 유모차 속에 잠들어 있는 아기는 까맣게 모를 것이다.

다른 한쪽에서는 조그마한 남자아이, 여자아이들이 섞여 공기 놀이를 하고 있었다.

"이겼다! 메롱, 내가 이겼지?"

남자아이 하나가 짓궂은 표정을 지으며 연신 여자아이를 놀려 댔다. 나뭇가지를 집어 모랫바닥에 또박또박 '메롱' 하고 글씨를 쓰기도 했다.

"너랑 안 놀아!"

끝내 토라진 여자 아이는 팔짱을 끼고 뒤돌아 버렸다. 그나마 울지 않은 것은 다행인 일이다.

퉁, 퉁, 퉁…… 농구공이 튀어 오르는 소리가 경쾌하게 들렸다. 소리를 따라 고개를 돌리니, 작은 농구 코트에서 고등학생 정도 되어 보이는 남학생들이 농구를 하고 있었다. 어쩌면 키가 큰 중 학생들이었을지도 모르겠다. 나는 무언가에 이끌리듯 돌계단에 앉아 그 시합을 지켜보았다.

그들은 3 대 3으로 대결 중이었고 꽤나 열중한 모습이었다. 적

갈색 농구공이 땅에 여러 번 튕겨지다가 깨끗한 포물선을 그리며 '철썩' 하고 림에 꽂혔다. 슛을 쏘기 전 패스를 할 것처럼 페이크 동작을 했던 것도 근사했고, 림이 공을 끌어당겼다고 생각될 만큼 정확한 슛이었다.

림의 낡은 그물이 부드럽게 흔들리고, 슛을 성공시킨 남학생은 주먹을 꽉 쥔 채 양팔을 들어 올렸다. 그러곤 입고 있는 흰색 티셔츠를 끌어당겨 땀을 닦았다. 얼굴은 잘 보이지 않았지만 그가 활짝 웃고 있다는 것과 여섯 명 중 등이 가장 넓다는 건 알 수 있었다.

살랑살랑 바람이 불자 머리카락이 거치적거려 나는 귀 뒤로 한껏 머리카락을 넘겼다. 그리고 따사로운 햇살이 간지러워 볼을 두어 번 긁었다. 더할 나위 없이 좋은 날이었다.

……툭. 깜빡 졸음이 쏟아지려는 찰나, 농구공이 또르르 굴러와 발아래 채였다. 반사적으로 공을 잡고 일어서긴 했는데 이후 뭘 어떻게 해야 할지 몰라 얼굴이 빨개졌다. 저 키 큰 남학생들에게 다가가 공을 건넬 용기도, 멀리 코트까지 던질 자신도 없었다. 다시 말하지만 나는 열네 살이었고 별 게 다 부끄러운 나이였다.

곧 짧게 깎은 스포츠머리를 한 남학생이 다가왔다. 밤톨 같은 머리에 구레나룻과 눈썹도 잘 정돈되어 있어 매우 단정한 모습이었다. 눈매는 그윽하다고 할까 서글프다고 할까, 여하튼 어른의 느낌이어서 퍽 인상적이었다.

왠지 그가 내게 걸어오는 짧은 순간이 영겁처럼 느껴졌다. 그의 등 뒤로 햇살이 가득 퍼지고 있었고, 눈이 부셨다. 그리고 그 빛이 점점 번져 농구 코트를 지우고, 남학생들을 지우고, 아직까지 공기놀이를 하고 있는 아이들을 지웠다. 온 세상이 하얗게 사라진 채 오직 그 사람만이 내 앞에서 환하게 빛나고 있었다.

그는 허리를 굽혀 나를 똑바로 응시하면서 미소를 지어 보였다. 나를 향해 내미는, 정확히는 농구공을 향해 내미는 손이 투박해 보였다. 나는 남자든 여자든 고운 손보다는 투박한 손을 좋아했다.

공을 건네지도 못하고 멀거니 그를 바라만 보고 있는데, 그의 두 손이 공을 가져가며 내 손을 스쳤다. 울컥, 어쩐지 눈물이 날 것 같았다.

"고마워."

그의 다정한 목소리가 '웅웅' 환청처럼 귓가에 울려 퍼졌다. 그는 나를 바라본 채 뒷걸음질로 몇 걸음 걷다가, 다시 한 번 미소를 보이곤 뒤돌아 코트를 향해 뛰어갔다. 아까 전 멋진 슛을 성공시켰던, 등이 넓은 사람이었다.

이탈리아의 위대한 시인 단테는 베아트리체에게 첫눈에 반했다고 한다. 그날도 이런 완벽한 날이었을까. 5월 1일이었다고 하니 봄이긴 했을 것이다. 어쩌면 이러한 일은 봄에 더 쉽게 일어

나는지도 모른다. 맑은 날이고, 환한 아침이나 대낮이라면 금상
첨화일 것이다.

　당시 단테의 나이 열 살, 베아트리체의 나이 아홉 살에 지나지
않았다는데, 어쩌면 이러한 일은 어린 날에 더 쉽게 일어나는 일
인지도 모른다. 사랑이라든가 운명이라든가 동경이라든가 이상
형이라든가, 그런 것들에 대한 제약이 없을 때 말이다.

　'첫눈에 반하다.'

　속으로 그 문장을 몇 번 발음해 보았으나 그것은 전혀 내 마
음 같지 않았다. 나는 어렸고 반한다는 게 뭔지 이해하기 어려
웠다. 그보다는 '첫눈에 알았다.'라고 하는 편이 훨씬 잘 어울리
는 듯했다.

　첫눈에 알았다. 지금 이 순간이 내 안에 박혀, 나는 평생 이 순
간을 기억하고 그리워하는 것으로 살아갈 거란 걸. 내가 어떤 삶
을 살아가든 문득문득 이 순간이 떠올라 나를 무너뜨리거나 지
탱시켜 줄 거란 걸. 내가 얼마를 살아도 이보다 더 거대하고 찬
란하고 분명한 감정은 가질 수 없을 거란 걸. 나는 다 알았다.

　하릴없이 서 있던 내가 정신을 차렸을 즈음, 모든 게 꿈이었
던 것처럼 그는 사라지고 없었다. 어린아이들도 모두 가 버린
뒤였다.

　단테는 베아트리체에게 말도 제대로 걸지 못했다는데, 어쩌면
그것이 이런 상황에 우리가 할 수 있는 보편적인 행동일지 모른

다. 그가 내 앞에 환하게 서 있었을 때, 내가 어찌할 수 있는 건 아무것도 없었다.

커튼 틈새로 들어온 아침 햇살이 눈가에 내려앉았다. 빛을 가리려는 것인지 눈물을 닦으려는 것인지 나는 깍짓손을 하여 두 눈을 덮었다.

끄지 않은 알람이 방 안을 계속해서 선회했다. 어쩐지 내 비밀을 다 들킨 기분이다.

15년이 지났지만 나는 그런 운명적 순간을 다시 만나지 못했다. 간헐적으로 그날의 꿈을 꿀 뿐이었다. 나는 이 꿈을 꾸지 않을 수 있는 방법도 찾지 못했다. 아마도 그런 방법은 존재하지 않을 것이다.

* * *

현우

겨울에 뿌리는 비가 속눈썹을 가늘게 떨리게 했다. 나는 눈을 지그시 감았다 뜨며 담배 연기를 내뿜었다. 희뿌연 연기가 유유히 흐르다 빗속으로 사라져 갔다. 곧이어 둔중한 현관문이 열리고, 어머니가 마당을 내다보며 말했다.

"아유, 비 많이 오네. 담배 그만 피우고 들어와."

"한 모금 피웠어요."

나는 객쩍게 대답하며 어머니를 따라 안으로 들어갔다. 어머니는 거실 소파에 툭 걸터앉더니 리모컨으로 TV 볼륨을 높였다. 네모난 TV 속에는 이름 모를 아이돌들이 다 똑같은 표정을 하고 서 있었다.

"마실 것 좀 가져다 드릴까요?"

"음, 믹스 커피 연하게."

잠시 뒤 커피포트가 보글보글 소리를 냈다. 찬장에서 잔 두 개를 꺼내 각각 커피 믹스 하나씩을 부은 뒤 어머니 것은 물을 많이, 내 것은 적게 부었다. 봉지로 대충 섞으려다 그렇게 하면 환경 호르몬을 유발한다고 하여 티스푼을 꺼냈다. 난 그렇다 쳐도 어머니 것까지 그렇게 타면 안 될 일이니.

기하학적 무늬가 그려진 알록달록한 잔 위로 뜨거운 김이 피어올랐다. 나는 잔을 거실 탁자로 옮긴 뒤, 커피를 다 마실 동안만 잠깐 앉아 있을 요량으로 소파 끄트머리에 엉덩이를 대강 걸쳤다.

"졸업식이 다음 주지? 이제 곧 사회인인데 담배 끊어야지."

어머니가 조심스레 커피 잔을 들며 말했다.

"기자들이 담배를 얼마나 많이 피우는데요. 아마 저도 더 피우게 될걸요."

"아이고."

곧 사회인이 된다고 생각하니 문득 휑한 기분에 사로잡혔다. 딱히 즐거운 대학 생활도 못한 것 같은데. 커피를 홀짝이며 첫사랑이 언제였던가, 마지막 연애는 또 언제였던가, 같은 시답잖은 생각을 했다.

'2년 정도 됐나.'

아직 진정한 반쪽을 만나지 못해서인지 타고난 성격 때문인지 모르겠지만, 나는 누군가에게 온전히 내 시간을 쏟고 달콤한 언어를 속삭이고…… 그런 것에 별로 재주가 없었다. 내가 한 연애들은 대체로 단조롭고 건조했다.

그렇다고 마음이 아예 없었던 건 아니다. 첫사랑 이후 설레는 감정은 느껴 본 적 없지만, 좋은 사람이라거나 말이 잘 통한다거나 하는 호감이 있었으니 만난 것이다. 하지만 이십 대 초중반의 연애는 좀 더 열렬한 불꽃같은 감정을 필요로 했던지, 연애 상대들은 하나같이 내게 "넌 날 사랑하는 것 같지 않아."라고 했다.

마지막 연애 상대 역시 무뚝뚝한 내게 신물이 났었는지 결국 다른 사람을 만났는데, 그것은 문제가 되지 않으나 나와 그 사람을 동시에 만났다는 게 문제였다.

2년 전 4월, 캠퍼스를 가득 메운 벚꽃이 여기저기 흩날리고 있었다. 나는 스물다섯이었고 군대와 휴학으로 인해 아직 대학 3

학년이었다. 한 살 연상의 여자 친구는 같은 대학의 대학원생으로, 그녀와 사귄 지는 반년이 되어 가고 있었다.

그녀를 처음 본 건 그보다 조금 더 전인 여름, 방학 동안 필리핀으로 단기 어학연수를 갔을 때였다. 그때만 해도 그녀에게 아무런 인상도 받지 못했기에 별다른 기억은 없다. 그저 그녀가 추천해 준 파인애플 볶음밥이 내 입맛에 꼭 맞는 걸 넘어 환상적이었다는 것밖엔.

「내일 점심에 약속 있니? 학교 앞에 베트남 음식점이 생겼는데, 거기 파인애플 볶음밥이 맛있대. 같이 가 보지 않을래? 내친구들은 싫대서. 물론 세부에서 먹었던 맛은 아니겠지만.」

어학연수가 끝나고 학교로 돌아온 뒤 그녀를 다시 볼 일은 없을 줄 알았는데, 그 문자로 인해 자연스럽게 만남이 생겼다. 그리고 이후에도 몇 번 점심시간에 만나 함께 파인애플 볶음밥을 먹었다. 내 주변에서 파인애플 볶음밥을 좋아하는 건 그녀뿐이었고, 그녀도 그랬던 것 같다.

고작 한 살 차이였지만 그녀는 각종 아르바이트, 자원봉사, 어학연수, 동호회 활동, 대학원 등 경험이 풍부하여 훨씬 연상처럼 느껴졌다. 아나운서 같은 차분한 목소리와 또박또박한 발음도 그런 이미지에 한몫했을 것이다. 나는 그녀를 만나며 배울 게 많은 사람이라 생각했고, 당차고 매사에 열심인 성격이 마음에 들어 고백했다.

그러나 잔잔하고 성숙한 연애가 될 것이란 내 예상과 달리, 그녀는 곧 "널 향한 마음이 이렇게 커질 줄 몰랐어. 근데 난 이렇게 마음이 넘치는데, 넌 전혀 그런 것 같지 않아서 슬퍼." 하고 울먹였다.

그 말은 사실이었다. 나는 범람하지 않았다. 하지만 그녀에게만 그런 것이 아니라 지금껏 모든 연애 상대에게 그랬다. 범람하는 게 쉬운 일은 아니지 않는가? 점차 침윤되는 것이야말로 평범한 연애 감정이 아닌가? 사귀기로 한 지 얼마 되지 않았는데, 그녀는 자신의 마음이 커져 간다는 말을 입버릇처럼 했다.

사귄 지 세 달이 되었을 때, 그녀는 내게 "넌 날 쳐다보지 않네. 늘 앞만 보고 있어서 화가 나."라고 했다.

나는 변하지 않았다. 여전히 그녀를 좋은 사람이라 여겼고 함께 있으면 편안했다. 꼭 서로 마주봐야만 하는가? 각자 앞을 보고, 나는 내가 본 별을 이야기하고 그녀는 그녀가 본 구름을 이야기하면 되지 않는가. 나와 그녀 사이엔 아무 문제가 없건만 그녀는 자꾸 문제가 있는 것처럼 이야기했다.

사귄 지 다섯 달이 되었을 때, 그녀는 더 이상 내게 사랑을 갈구하지 않았다. 더 이상 날 나무라지도 않았다. 내게 사랑이란 별다른 게 아님을, 단조롭고 건조한 내 연애 방식을 마침내 이해한 듯했다. 그리하여 사귄 지 반년이 된 지금에 와선 걱정할 것 없는 평탄한 날들이 이어졌다.

비처럼 내리는 벚꽃을 바라보며 공과대학 수업을 듣기 위해 걸음을 옮기던 중, 벚나무 아래 벤치에 그녀와 그녀의 친구들이 보였다. 몇 발자국 옆에서 인사를 건넬까 말까 고민하는데 수선스러운 목소리가 들려왔다.

"얘, 진호 씨 정말 괜찮다. 직업도 멋지고 너한테 잘하고."

"너 그 남자 꽉 잡아. 대학원 졸업하고 결혼하면 딱 좋을 것 같아."

"진호 씨 만난 지 한 달 됐다고 했나?"

그녀의 친구들이 야단을 부리는 동안 그녀는 잠자코 있었다. 나는 내가 듣고 있는 대화의 내용이 잘 파악되지 않았다.

"참, 현우는 정리했어?"

불쑥 내 이름이 튀어나왔다. 그녀는 눈을 내리깔며 특유의 찬찬한 말씨로 대답했다.

"아직 못했어."

"그래 뭐, 세컨드로 둬도 괜찮지. 풋풋하고 잘생겼잖아."

"그런 생각인 건 아냐. 말하려고 했는데, 현우 눈을 보고 있으면 상처받을까 봐 말이 안 나오더라고."

"어휴, 다 네가 착해서 그래."

붉은빛으로 염색한 그녀의 친구가 그녀의 어깨를 몇 번 다독여 주었다. 그리고 "자, 우리 여기서 이럴 게 아니라 카페나 가자. 내가 쏜다!" 하며 한쪽 팔로 그녀를, 다른 팔로는 다른 친구

를 잡고 ~~끌려당겼다.~~

눈앞의 상황을 납득하기란 퍽 어려운 일이었다. 무엇을 어떻게 해석해야 그녀를 착하다고 말할 수 있는지, 왜 그녀가 친구에게 위로받고 있는지 모르겠다. 그녀 입에서 직접 나온 건 아니지만 '세컨드'라는 단어를 들었을 땐 큰 모욕감과 수치심을 느꼈다. 그녀는 친구를 타이르지도 않았다.

그녀가 '헤어지자.'고 말했어도 나는 그다지 상처 입지 않았을 것이다. 좋아하긴 했지만 가슴 절절히 사랑하는 건 아니었고, 서로 마음이 맞으면 사귀는 것이고 사귀다 맞지 않으면 헤어지는 건 자연스러운 일이다. '너보다 더 좋은 사람이 생겼어. 그 사람에게 가고 싶어.'라고 해도 충분히 이해할 수 있는 일이었다. 문제는 그런 말을 전혀 하지 않고 한 달간 나를 속였다는 사실뿐이었으며, 그 사실은 결국 내게 이런 상처를 주고 말았다.

어쩌면 그녀는 내가 그녀와 헤어져도 별로 상처받지 않을 거란 걸 알고 있었는지 모른다. 그게 억울해서, 먼저 고백한 주제에 더 아껴 주고 사랑해 주고 예뻐해 주지 않는 게 미워서, 상처 주고 싶지 않아서가 아니라 보다 큰 상처를 주고 싶어서, 이렇게 시간을 끈 걸지도 모른다.

그렇다면 그녀의 계획은 적중했다. 나는 그녀를 만나고 처음으로 아팠다.

그것이 내 마지막 연애였다. 그 후 2년 동안 졸업 준비와 취업 준비로 바쁘기도 했지만, 그보다 연애라는 일 자체가 귀찮고 진절머리 나고 버거웠다.

단순한 호감이나 연애 감정이 아닌, 진정한 사랑을 나도 겪어 볼 수 있을까? 첫사랑 이상의 감정은 올 수 없는 것일까? 그런 감정이 무엇인지 몰라 회의적이면서도 나는 역설적으로 그것을 기다렸다.

툭, 투둑, 툭…… 창문을 두드리는 빗소리가 커져 가고 있었다.

2

책

고요

"혹시 따로 찾으시는 게 있나요?"

손님에게 조용히 다가서며 물었다. 삼십 대 후반쯤 되어 보이는, 큰 배낭으로 미루어 보아 여행객인 듯한 손님이었다. 그는 까끌까끌한 턱수염을 매만지며 바쁜 시선으로 진열대를 살피던 중이었다.

"아, 다반(茶盤)을 찾고 있는데……."

그는 나를 돌아다보며 머뭇머뭇 말했다.

"네에. 다반은 이쪽에 있습니다."

"음…… 참죽나무로 만든 건 없나요?"

"죄송합니다, 손님. 참죽나무로 만든 건 없는데요."

"이런, 꼭 참죽나무로 만든 걸 사고 싶었는데……."

그는 크게 실망한 듯 말끝을 흐렸다.

나는 전주에 있는 J 갤러리에서 일하고 있다. 큐레이터나 도슨트는 아니다. 갤러리 입구 쪽에 마련되어 있는 기념품 숍이라고 할까, 뭐 그런 곳에서 일하는 판매 매니저이다.

주 5일, 아침 아홉 시 반부터 저녁 일곱 시까지 근무. 급여도 적고, 일하는 시간 대부분 서 있기에 체력적으로 고되긴 하다. 하지만 그림이나 사진, 조각품, 공예품 등을 실컷 감상할 수 있고 판매하는 직업 치곤 밉상 손님도 적어 만족하는 편이다.

어느 모로 보나 직업임에는 틀림없지만 난 이걸 본업이라 여기지 않는다. 내 본업은 '시인'이다. 작은 문예지를 통해 겨우겨우 등단만 했지 아직 시집 한 권 갖지 못했고, 본업을 통해 얻는 수입도 없지만 말이다. 어찌 됐든 지금은 부업 중이니 손님에게 집중해야 했다.

"참죽나무를 좋아하시나 봐요."

"네. 참죽나무 특유의 결과 빛깔이 좋아서요. 정말 아름답죠."

"맞아요. 세월이 가도 잘 변형되지 않고 되레 중후한 멋이 생기고요. 그런데 저희 갤러리에는 참죽나무 다반이 들어올 예정이 없는데…… 제가 다른 곳을 소개해 드려도 될까요?"

"오, 파는 곳을 알고 있나요? 그러면 저야 감사하죠."

반색하는 그의 얼굴에 밝은 미소가 번졌다.

"목공예 사이트인데 주소를 적어 드릴게요. 품질이 좋아서 아마 만족하실 거예요."

"하하, 이거 정말 고맙습니다."

나는 인터넷에 접속하여 사이트 주소를 확인한 뒤 흰 종이 위에 옮겨 적기 시작했다. ……글씨를 좀 흘려 썼나? 적고 나니 a인지 q인지 알아보기 힘들 것 같아 "이건 a예요." 덧붙이며 메모지를 건넸다. 그는 그것을 잠깐 들여다보더니 반듯하게 접어 바지 뒷주머니에 넣었다.

"여기에 가방 좀 올려놔도 되겠습니까?"

"그럼요."

그는 자신의 배낭을 카운터에 올려 가슴께로 바짝 끌어당기더니 황황히 헤집기 시작했다. 옷가지며 간식거리, 기념품 따위가 마구 뒤섞였다. 그는 찾는 물건이 보이지 않는지 이맛살을 몇 번 찌푸리다가 이내 미소를 띠며 책 한 권을 꺼냈다.

"제가 쓴 책이에요. 친절에 대한 감사 표시로 주는 선물입니다."

"작가셨어요?"

나는 눈을 동그랗게 뜨며 물었다.

"그냥 뭐…… 무명…….."

그는 쑥스러운 듯 뒷머리를 긁적였다.

책은 국내 여행 에세이집이었다. 책등은 예쁜 다홍색으로 되어 있었고 앞표지는 흰 바탕에 풍경 사진들이 들어가 있었다. 책을 살며시 쓸어 보니 부들부들한 질감이 느껴졌다.

"여행 작가셨군요."

목공예 사이트 주소를 적은 메모지와 맞바꾸기엔 너무 큰 선물이 아닌가 싶었다. 이럴 때 '저도 한 권 드릴게요. 저도 무명 작가예요.' 하며 내 시집을 건넬 수 있다면 얼마나 좋을까. 무명 작가라고 말이라도 할 수 있는, 자신의 책을 가지고 있는 그가 부러웠다.

나는 사인을 부탁했고, 그는 책장을 몇 장 넘겨 깨끗한 페이지를 펼쳤다. 그러곤 사인과 함께 '하루하루 내면의 목소리에 귀 기울이시길…….'이라는 글귀를 적어 주었다. 그는 악필이라며 멋쩍어했지만 내 눈엔 오히려 글씨가 반짝이며 흐르는 듯 보였다. 빛을 가득 실어 나르는 강물처럼.

"전주는 참 좋은 곳인 것 같네요. 전주에 또 오게 되면 이곳에도 들르겠습니다."

"감사합니다. 책도 잘 읽겠습니다."

자동문이 열렸다 닫히는 데에는 몇 초가 걸리지 않았지만 내 시선은 그대로 문에 붙박여 있었다. 유리로 된 문에는 J 갤러리의 주홍색 로고가 선명하게 그려져 있었고, 그 너머로 이제 막 피기 시작한 봄꽃들이 보였다. 꽃들은 눈이 시리도록 환했으나 나는 그만큼 더 망연해졌다.

'내 본업이 정말 시인일까? 언젠가 나도 내 시집을 가질 수 있을까?'

대학 졸업 후 2년 동안 파트타임 학원 강사를 하며 틈틈이 시를 썼다. 그러다 스물여섯이 되던 해에 작은 문예지를 통해 등단할 수 있었고, 그때는 꿈을 다 이룬 듯 희열에 차 있었다. 때마침 학원 사정이 어려워져 학원에서 내쫓겼지만, 이제 시인이 되었으니 당분간 시에만 전념하는 것도 괜찮으리라 판단했다. 생계를 유지하기 위한 방도는 나중에 생각하기로 했다.

하지만 등단 이후 발표한 시들은 아무런 반응도 얻지 못했고 그 어떤 평가도 받지 못했다. 이래서 부족하다, 저래서 형편없다, 하는 말이라도 듣는 편이 차라리 나았을 것이다. 두 해 동안 파트타임으로 조금씩 모았던 돈은 스물여섯 끝 무렵에 바닥이 났다.

나는 부랴부랴 정규직 일자리를 찾았고 이곳에 오게 되었다. 꿈과는 무관한 직업이지만 꼬박꼬박 들어오는 월급은 나를 가난하지 않게 해 주었고, 나는 곧 즉물적이고 무던한 삶을 받아들이게 되었다.

분명 만족하고 있다고 생각했다. 그런데 그 무명작가는 내가 내면의 목소리에 귀 기울이지 않고 있다는 걸 어떻게 알았을까. 이만하면 됐다고, 이대로도 괜찮다고 끊임없이 거짓말을 되뇌었던 걸 어떻게 알았을까.

이곳에서 일하면서부터 거의 시를 쓰지 못했다. 책도 읽지 않았다. 방 정리를 하다 내 시가 실린 문예지를 발견할 때면 미시감(未視感)이 느껴졌다. 한 편의 시도 인정받지 못하고 통장 잔고가 바닥났을 때, 나는 꿈을 향한 자신감과 간절함도 함께 상실했던 것 같다. 같잖은 자존심만 남아 속으로 '내 본업은 시인이야. 언젠간 다시 시를 쓸 거야.' 생각할 뿐이었다.

머칠이 지났다. 이제 3월도 다 끝나 가고 있었다.

무명작가에게 에세이집을 건네받은 날부터 꿈은 꽤 빈번하게 나를 찾아왔다. 바투 다가와 나 없이 잘 지내느냐 묻기도 하고, 그렇다고 대답하면 나 없인 너도 없을 텐데 그럴 리가 없다고 질타했다. 내게 자꾸만, 자꾸만 내면의 목소리가 들려왔다.

'난 먹고살기 바쁜 걸.'

'콸콸 쏟아붓지 않아도 괜찮아. 졸졸 흐르며 조금씩 가닿으면 돼.'

'또 아무에게도 인정받지 못할 거야.'

'네가 모르고 있을 뿐 이미 네 시에 마음을 뺏긴 사람이 있을 거야. 지금도 네 시를 기다리고 있을지 모르지.'

'잘 모르겠어.'

읽다 만 에세이집을 책갈피로 표시해 두고 가만히 덮었다. 책 때문인지 가까운 곳이나마 여행을 가고 싶어졌다. 읽은 곳 중 가장 가까운 지역은 '광주광역시'였다.

광주에 가 본 게 언제였더라? 그래, 초등학생 때 소풍으로 광주 패밀리랜드에 갔었지. 피노키오를 닮은 조형물 앞에서 찍은 사진도 기억이 난다.

광주송정역이 호남선 KTX 개통을 앞두고 있다.

나는 아침에 읽은 신문 기사를 떠올리며 작게 중얼거렸다.
"버스를 타면 멀미하는 편이니, 역시 기차가 좋겠어."

* * *

현우

"너 진짜 이렇게밖에 못 써? 여기 이 부분 다 고쳐!"
난데없이 굵은 손가락 하나가 시야를 침범했다. 김 선배는 담배를 피우러 나가다 말고 내 옆에 멈춰 서서, 손가락으로 원을 그리며 모니터를 가리켰다. 가리킨 곳은 내가 쓴 기사의 절반이 훨씬 넘는, 그러니까 대부분이라고 할 수 있었다. 그냥 다 다시 쓰라고 하면 될 것을 뭘 친절한 척 짚어 주는지.
"죄송합니다."

"내가 속이 터진다, 터져. 그리고 너, 이 머리는 뭐야? 수습이 벌써 이런 머리 하는 건 좀 아니라고 생각하지 않냐?"

김 선배의 손가락이 내 머리를 툭 밀었다.

"어휴, 담배나 피우러 가야지 안 되겠다."

원래도 담배 피우러 나가던 길이었으면서 웬일인지 김 선배의 흡연마저 내 탓이 되어 버렸다.

특별히 잘못 살아왔다고는 생각하지 않는다. 나름대로 착실하고 바르게 살아왔다 자부하고 초등학생 이후로 말썽을 피운 기억도 없는데, 대학을 졸업하고 사회에 나오니 어쩐지 사과할 일뿐이다. 입사하고 가장 많이 한 말이 "죄송합니다."였다.

"쟤는 성깔이 왜 저러나 몰라."

"사람들이 현우 머리 예쁘다고 해서 샘내는 거야, 뭐야? 어리고 잘생긴 네가 참아라."

김 선배가 자리를 비우자 다들 한 마디씩 거들어 위로해 주었지만 크게 위안이 되진 않았다. 그저 오늘은 몇 시쯤 퇴근할 수 있을지, 그 시간이면 미용실이 문을 닫는 게 아닌지 생각했다. 어차피 파마도 갈색 머리도 처음이라 어색했는데 도로 단정하게 바꿔야겠다.

K 신문사. 내가 사는 광주 지역에선 제법 괜찮은 신문사이다. 운이 좋아 졸업과 동시에 입사할 수 있었고, K 신문사의 기자가 되었다고 하면 주변에서 "오, 그래?" 하며 대견해하고 기특

해했다. 비록 최초에 꿈꿨던 메이저 신문사는 아니지만 나름대로 자부심을 가질 수 있었고, 입사 첫날 나는 번쩍이는 열의로 가득 차 있었다.

하지만 그것이 무너지는 데에는 보름이 채 걸리지 않았다. 야근은 매일같이 반복되고, 일은 예상보다 훨씬 타이트하고 어려웠으며, 수습에 대한 자비 같은 건 전혀 찾아볼 수 없었다. 좀처럼 이해하기 힘든 부류의 사람들이 도처에 존재하여 인간관계도 쉽지 않았다.

앞으로 평생 이렇게 살아가야겠지, 하는 생각에 막막하다. 이젠 하루가 지나면 하루만큼 자괴감만 늘 뿐이다.

퇴근길, 거리는 어느새 휘황한 네온사인으로 점철되어 있었다. 차도에선 달리는 자동차들의 전조등이 거친 짐승의 눈빛처럼 예리하게 빛났다.

어지러운 불빛들 사이에 서서 익숙한 미용실 간판을 물끄러미 쳐다보았다. 미용실이 몇 시에 문을 닫을까 하는 생각은 역시나 쓸데없는 짓이었다. 이 시간에 문을 연 상점이라곤 술집뿐이다.

곳곳에서 진한 술내가 풍겨 왔다. 나는 비틀거리는 사람들을 피해 걷다가, 한갓진 골목 어귀에서 검은 덩어리를 보았다.

'저게 뭐지?'

눈을 가늘게 뜨고 보니 날개를 축 늘어뜨린 채 죽어 있는 새였

다. 치인 것일까 추락한 것일까. 집에 가는 길 내내, 길바닥의 목
련 잎들이 모두 새의 날개로 보여 멈칫거렸다.

이윽고 집에 도착한 나는 짙은 피로감을 느끼며 현관문을 열
었다. 그러곤 반질반질한 밤색 구두를 현관에 아무렇게나 벗어
던졌다.

"늦었구나."

어둠 속에서 나직하고 부드러운 목소리가 들려왔다. 일평생 가
족을 위해 사신 내 아버지의 목소리였다.

"아직 안 주무셨어요?"

"이제 막 자려던 참이었다."

"어서 주무세요."

"너도 어서 자거라."

아버지, 하는 말이 목 끝까지 차올랐다. 어릴 때 우연히 들어
버린, 아버지가 상사에게 뺨을 맞았다거나 다른 직원들 앞에서
모욕을 당했다거나 하는 일련의 일들이 떠올랐다. 아버지. 아버
지는 평생 어떻게 참고 견디셨어요? 아버지의 날개는 어디에 두
셨어요? 묻고 싶었다. 그리고 날개를 떼어 내 작아졌을 그 어깨
를 힘주어 안고 싶었다.

유난히 캄캄한 밤이었다. 검정 코트와 서류 가방과 내 몸이 침
대 위에 마구 널브러졌다. 나는 미동도 하지 않은 채로 한참을
누워 있었다. 몹시 피곤했지만 어쩐지 잠에 들 수 없을 것 같았

30

다.

'읽다 보면 잠이 오겠지.'

탁, 스탠드를 켜고 손 닿는 대로 아무 책이나 꺼내 들었다. 잠이 오지 않을 땐 책을 읽는 편이었다.

《월간 M, 2012년 1월호》

손에 잡힌 것은 3년 전에 발행된 문예지였는데, 내가 이걸 왜 갖고 있는지 한참을 갸우뚱거린 뒤에야 떠올릴 수 있었다. 아, 그때 '안 형'이 편집한 문예지라고 해서 1년 정기 구독을 끊었었지. 구독만 하고서 제대로 읽어 본 적이 없다.

"현우야, 난 이 일이 그렇게 좋다."

안 형은 늘 왼쪽 입꼬리를 올리며 웃었다. 먹고살기 빠듯할 정도로 돈이 안 되었고 주변에서도 죄다 말렸지만 그래도 형은 그 일을 좋아했다.

침대에 모로 누워 문예지를 스르륵 넘기며 군데군데 읽다가, 문득 한 페이지에 눈길이 머물렀다. 신인 문학상에 당선된 시가 실린 페이지였고 제목은 〈최후의 심판〉이었다.

"이번 당선작 마음에 들더라. 〈최후의 심판〉이라는 시인데, 너도 시간 나면 읽어 봐."

형은 그 말을 할 때에도 왼쪽 입꼬리를 올리며 웃었다.

안 형, 미안해. 내가 이제야 시간이 났네……. 나는 자세를 고쳐 벽에 기대어 앉은 뒤 활자들에 천천히 빠져들었다. 형이 추천했던 시는 눈앞에 생생한 장면을 펼쳐 보였다. 산문체의 시라 아주 짧은 소설을 읽는 것 같기도 했다.

어렸을 때 나는 양우당 출판사에서 나온 학생대백과사전에
서 미켈란젤로 이야기를 읽었죠
그것이 심판받게 된 첫 번째 이유예요

로 시는 시작되었다.

시 속 화자는 '그녀'로 지칭하고 있는 어머니에게 죄의식을 가지고 있었다. 디자이너가 꿈이었던 어머니는 가족들을 먹여 살리기 위해 도배사가 되었고 평생을 그리 살아온 모양이다.

가족들이 공부했기에 그녀는 공부할 수 없었고 가족들이 꿈꾸었기에 그녀는 꿈꿀 수 없었다. 가족들이 틈을 가질 수 있도록, 숨 쉴 수 있도록, 그녀는 틈 없이 살아왔으며 질식하고 있었다. 그 '틈'은 쉴 틈이었을 수도, 빈틈이었을 수도, 다른 어떤 것이었을 수도 있다.

천장에 벽지를 바르고 있죠 시스티나 성당의 천장화를 그
리다 자세가 굳어져 고개를 들고 다녔다는 미켈란젤로처럼,

그녀의 목도 쳐들렸죠 벽지를 바르느라 쳐들고 울지 않으
　　려고 쳐들죠

　나는 특히 이 부분에 마음을 빼앗겼다. 천장에 벽지를 바르는 어머니와 천장화를 그리는 미켈란젤로를 동일시한 것이 기괴하면서 아름답게 느껴진 것이다.

　화자는 중간중간 자신이 심판받는 이유를 설명하고 있는데, 첫째는 시의 첫머리대로 어릴 적 백과사전에서 미켈란젤로 이야기를 읽었기 때문이고, 둘째는 어머니와 미켈란젤로의 유사성을 알아채서이며, 마지막은 미켈란젤로가 그린 천장화의 제목이 〈최후의 심판〉이기 때문이라고 했다. 시는 끝까지 기이한 긴장감을 잃지 않으며 어머니의 삶을 좀먹는 화자를 심판하고 있었다.

　안 형, 나도 이 시가 좋네. 시에 문외한이라 잘은 모르지만 말이야. 그때 읽고 형과 이야기 나눠 볼 걸 그랬어. 그나저나 형은 요즘 어때? 거기선 날개를 달고 날아다닐 수 있어? 그래?…….

　가물가물 잠이 든 나는 밤새 긴 꿈을 꾸었다. 죽은 새와, 날개를 떼어 낸 아버지와, 날개를 단 안 형과, 미켈란젤로가 뒤범벅된. 꿈속에서, 죽은 새는 여전히 그 골목 어귀에 있었다. 그리고 나는 새의 날개에 대고 그것이 목련 잎인 양 '후우' 길게 입김을 불고 있었다.

3
맞은편 사람

<u>고요</u>

빛을 수그린 해가 뉘엿뉘엿 도시를 건너고 있다. 4월의 첫 금
요일, 시간은 저녁 일곱 시를 향하고 있고 기차 시간까지는 아
직 30분 정도 여유가 있었다.

아침에 광주에 올 때 환승 때문에 우왕좌왕하다가 기차를 놓
칠 뻔했다. 전주역에서 광주송정역까지 바로 올 수 있으면 좋으
련만 중간에 익산역에서 환승을 거쳐야 했다. 나는 시내버스나
지하철을 탈 때에도 노선도를 보며 헷갈려 하고, 더군다나 환승
을 해야 할 때면 정신이 아득해지는 사람이었다. 30초 남겨 놓
고 기차에 올라탈 때부터 불안하더니, 결국 구경한 것보다 헤맨

시간이 훨씬 많은 여행이 되었다.

입고 있는 카디건 주머니에서 기차표를 꺼내 시간을 한 번 더 확인했다. 환승 텀은 14분이었다.

'아침보다 더 촉박하네. 이번엔 허둥지둥하지 말아야 할 텐데. 길치라 제대로 구경도 못한 것 같고. 뭐, 그래도 오랜만의 여행이라 좋았지.'

손에 들린 K 제과 봉지를 흡족하게 바라보았다. 여행을 왔으니 기념할 만한 게 필요한 것 같아, 전국에서 손꼽히는 빵집이라는 K 제과에 들렀다. 공룡알빵과 나비파이가 유명한 모양이었는데, 바게트에 샐러드를 채운 공룡알빵은 보자마자 '맛있겠다! 내가 좋아하는 스타일인걸!' 생각했고, 파이는 별로 좋아하지 않지만 이름과 모양이 무척 예뻐 고민하지 않고 골랐다.

송정역 대합실은 넓고 깨끗했다. 등을 맞댄 TV 두 대를 사이에 두고 긴 나무 의자들이 양쪽으로 퍼져 있었고, 유리창 쪽에는 등받이가 있는 철제 의자들이 놓여 있었다. 나는 인기 많은 철제 의자를 단념하고 가까운 나무 의자에 앉았다.

TV를 보는 사람들, 신문이나 관광 안내 책자를 읽는 사람들, 휴대폰을 만지는 사람들, 이야기꽃을 피우는 사람들…… 여러 사람들 사이에서, 나는 한 남자가 신경 쓰이기 시작했다. 맞은편에 앉아 있는 갈색 머리 남자. 확실히는 그가 읽고 있는 M 문예지가 신경 쓰이는 것이었다. 3년 전 나를 등단시켜 주고 한 해

동안 내 시를 실어 준 문예지였다.

'인기 없는 문예지인데…… 아직 읽는 사람이 있네.'

그는 마치 일부러 내게 책 표지를 보여 주려는 듯 비스듬히 들었던 책을 바로 세웠다. 눈살을 우그러뜨리며 자세히 보니 최근호가 아니라 2012년 8월호였다. 내가 스물여섯이던, 아직 시를 쓰던 그해 말이다. 나는 환상이라도 본 것처럼 눈앞이 아찔해졌다.

'8월호…… 8월호에 무슨 시가 실렸더라? 지금 어디쯤 읽고 있을까? 내 시도 읽었을까?'

무엇을 확인하고 싶었던 걸까. 혼란스러운 감정을 숨기고 짐짓 아무렇지 않은 척하며 그의 옆자리로 자리를 옮겼다. 고개를 돌려 책을 들여다보고 싶었지만 그랬다간 이상한 사람으로 비춰질 것이었다.

가슬가슬한 머플러가 목을 간지럽혔다. 나는 그것을 몇 번 고쳐 매다가 이내 풀어 버리고 가방에 우겨넣었다. 그리고 가방의 뻑뻑한 지퍼를 잠그면서 최대한 자연스럽게 힐끗 옆을 보았다.

'아……!'

생각난다. 아마 몇 장만 더 넘기면 내 시가 있을 것이다. 소나기 같던 짧은 연애를 떠나보내며 쓴 시가 실려 있을 것이다.

시는 나쁘지 않았다고 생각하지만 그 모티프가 된 내 연애는 소위 말하는 '흑역사'였다. 운명만을 기다리던 내가 선택한 단 한 번의 연애였건만 떠올려 보며 상처밖에 기억나지 않았다. 아니, 그런데 한 달도 채 만나지 않았고 막말로 입맞춤을 한 것도 아닌데, 그것도 연애라고 할 수 있나?

차락차락…… 그가 책장을 넘길 때마다 심장은 더 빠르게 뛰었고, 마침내 내 시를 펼치자 나는 그대로 까무룩 기절할 것 같았다. 저 사람은 지금 무슨 생각을 하고 있을까. 아무런 감흥도 없을까. 뭐 이런 것도 시라고 썼냐며 얕잡아 보고 있진 않을까.

곁눈질로 슬쩍 그의 옆모습을 보았다. 내려 뻗은 속눈썹이 퍽 길었다. 콧날과 턱 선이 날렵하여 잘생겼다는 말깨나 듣고 살았을 것 같다. 그때 굳게 다문 입술이 벌어지며 그가 나를 돌아보았다.

"여행 오셨나 봐요?"

깜짝 놀란 나는 말을 더듬거리며 어리숙한 모습을 보이고 말았다.

"아, 네, 네. 그…… 여행 마치고 이제 가려고……. 기, 기차 기다리고 있어요."

"어디서 오셨어요?"

"저, 전주요."

"전주 좋죠. 예전에 가 봤는데 정말 좋았어요. 전주가 워낙 인기 여행지라 그에 비해 광주는 그다지 볼 게 없었을 것 같네요."

그는 당장 라디오 방송을 진행해도 될 것 같은 다감하고 편안한 목소리를 지니고 있었다. 그 목소리를 듣고 있자니 소란하던 마음이 차분해지는 것 같았다.

"제가 길치라서 헤매느라 별로 못 봤어요. 광주가 볼 게 없어서가 아니라. 상록회관 벚꽃이 아주 예쁘던데요."

"하하."

그의 입가에 작은 미소가 걸렸다. 오른쪽 볼에 보조개가 움푹 패었다.

"K 제과 봉지네요? 거기 맛있어요. 어떤 빵 사셨어요?"

"공룡알빵이랑 나비파이요."

"제일 유명한 거 사셨네요. 근데 전 다른 빵들이 더 맛있더라고요. 전주 P 제과도 초코파이보다 다른 빵들이 더 맛있던데."

"음, 하긴 뭐…… '맛집'의 대표 메뉴들도 그게 제일 맛있어서라기보다 제일 특이해서 유명한 거죠."

"맞아요."

더 이상 할 말이 없어지자 어색한 공기가 맴돌았고, 그는 뒷목을 긁적였다. 나는 M 문예지를 빤히 바라보다가 용기를 내어 말을 붙였다.

"시네요."

"네?"

"읽고 계신 거요. 시 좋아하세요?"

"아뇨."

"아…… 그러시구나."

그의 단호한 대답에 겸연쩍어져 어떻게 반응해야 할지 몰랐다.

"딱히 시에 관심이 있는 건 아닌데, 이 시인은 좋아요. 아직 몇 편 못 읽어 봤지만."

그가 문예지에 인쇄된 내 이름을 가리켰다. 쿵쾅쿵쾅…… 심장 소리가 점점 커져 그에게 들킬 것만 같았다.

"그 시인은 몇 편 쓰지도 않았어요."

마음을 감추려다 보니 얼핏 퉁명스러운 말투가 비어져 나왔다.

"어, 시에 대해 잘 아시나 봐요. 시 좋아하세요?"

이번엔 그가 물었다. 나는 시를 사랑했던가.

시인을 꿈꾸기 시작한 건 열네 살부터였다. 어린 시절 한 번도 글짓기 상을 놓친 적이 없었지만, 그것은 모두 산문이지 시를 써 본 적은 없었다. 그러다 열네 살에 운명적 순간을 만나고부터 시를 썼다.

100%의 마음이 무엇인지 깨닫는 일은 지금까지와는 전혀 다른 세상에 살게 된다는 걸 의미했다. 나는 작은 것들에 눈길이 가고 마음이 쓰였다. 웃음이 많아졌고 눈물은 더 많아졌으며 매일 밤 고민하고 고뇌했다. 그 생각들을 글로 적으려 하면 마침표를 가진 긴 문장이 되지 못하고 허공에 잘게 흩어져 버렸다.

마치 '시'처럼.

맨 처음 시를 선보인 건 교내 백일장에서였다. 그 시가 장원을 받으면서 군(郡) 백일장에 나가게 됐고(그때는 순창군에 살고 있었다), 또 장원을 받아 도(道) 백일장에 나갔다. 나는 거기서도 장원을 수상했다. 담당 선생님은 내 머릴 쓰다듬으며 높은 목소리로 "너는 꼭 시인이 되어야겠다." 하고 말했다.

나는 시 쓰는 일이 좋아졌다. 세상에서 가장 아름다운 글이란 시라고밖에 생각되지 않았고, 그것이야말로 내 운명을 이야기하기에 가장 적합한 형태였다. 고등학교를 졸업할 때까지 나가는 백일장마다 상을 휩쓸었고 스스로도 시를 사랑한다 여겼지만, 지금에 와서 돌이켜 보니 시 자체를 사랑한 건 아닐지도 모르겠다는 생각이 든다. 그랬다면 이렇게 쉽게 펜을 놓지는 않았을 테니까.

그래, 차마 시를 사랑했다고 말할 수 없다. 그저 운명을 향한 마음이 시와 닮아 있었을 뿐. 그래서 사랑하고 싶었을 뿐. 그리고 그뿐으로 끝난 것이다.

"글쎄요…… 오히려 미워한다고 해야 할지……. 지금은 아니지만 시를 썼던 적이 있었죠."

가족들과 친한 친구 몇 명만 등단 사실을 알고 있었다. 말해 봐야 '신춘문예는 무리였나 봐?' '시집도 없는데 무슨 시인?' 하는 식의 비웃음만 당할 것 같아 어디에서도 말하지 못했다. 그런데 나도 모르게 그렇게 대답하고 만 것이다.

그가 놀란 표정을 짓더니 다소 격양된 목소리로 "혹시 시인이신 건가요? 실례가 안 된다면 이름을 물어봐도 될까요? 한번 읽어 보고 싶은데요." 하고 말했다. 아까는 분명 시에 관심 없다고 했으면서.

나는 그가 가리켰던 내 이름 세 글자를 톡톡 두드렸다.

"최, 고, 요. 최고요, 예요."

* * *

현우

K 신문사의 일간지는 토요일과 일요일을 빼고 발행되어 우리는 그 전날인 금요일과 토요일에 쉰다. 내가 날짜를 셀 줄 모르는 게 아니라면 오늘은 분명 금요일일 텐데, 이 금쪽같은 휴무일에 나는 또 일을 했다. 급한 취재가 있어 출장에 다녀온 참이었다.

노곤한 몸뚱이를 내팽개치듯 기차에서 털썩 뛰어내렸다. 갈 때는 동행하는 선배의 차를 타고 갔는데, 선배에게 개인적인 일이 생겨 돌아올 땐 혼자 기차를 타고 왔다.

'차를 빨리 사야 하겠지.'

앞으로 출장 다닐 일이 잦을 텐데 기차나 버스를 타고 다니려면 버거운 데가 있었다. 출퇴근 또한 한 시간 가까이 소요됐다. 차를 구입하면 지하철을 기다리는 시간, 내려서 걷는 시간 따위가 줄어들 테다.

기차역 밖으로 나가기 위해 에스컬레이터를 타려는 찰나, 휴대폰 벨소리가 울렸다. 스물일곱이면 아직 젊은 나이인 줄은 알지만 어쨌든 나이가 들면서 좋아진 김광석의 노래였다. 회사일까봐 불안해하며 들여다보니 다행히 대학 동기 '박'이었다.

— 망나니! 너 송정역 근처에 산다고 했지? 나 그쪽으로 가는 길인데 얼굴이나 보자!

귀에 바짝 붙이고 있던 휴대폰을 반사적으로 떼어냈다. 박의 새된 목소리에 귀청이 떨어질 듯했다.

— 왜.

— 왜긴 뭐가 왜야? 우리가 얼굴 보는 데 이유가 있어야 되나?

— 알았어.

— 한 30분 뒤에 도착한다!

30분이라……. 집에 가 짐을 두고 다시 나오면 딱 맞는 시간이었지만, 왔다 갔다 하자니 생각만 해도 피로했다. 현관에 발을 딛는 순간 다시 나오기 싫어질 것이다. 차라리 역 대합실에서 책을 읽으며 기다리는 편이 나았다. 나는 한가롭게 내려가는 에스컬레이터를 일견하고는 뒤돌아 대합실 쪽으로 걸음을 옮겼다.

'그나저나 난 언제까지 망나니로 불리는 거지?'

짧은 탄식이 새어 나왔다. 그 시답잖은 별명은 스무 살 때 생긴 것인데, 나로선 꽤 억울한 일이 아닐 수 없다.

나는 그다지 주사가 있는 편이 아니다. 아무리 마셔도 살짝 졸린 정도일 뿐 같은 말을 반복한다거나 펑펑 운다거나 싸움을 건다거나 하는 술주정은 없다. 그런데 정말 딱 한 번, 스무 살에 실수를 한 적이 있다. 첫사랑과 다투고 거센 감정에 휩싸인 날, 주량도 확실히 모르면서 선배들이 주는 대로 다 받아 마신 것이다.

술에 전 나는 길가에 세워진 검은 자동차의 창문을 보며, 거기 비친 나를 보며 "나 로봇 아니다. 무뚝뚝해 보여도 감정 다 있어. 왜 그걸 몰라 주냐." 원망했다고 한다. 연애에 젬병인 나지만 그런 나도 첫사랑은 나름대로 설레고 힘들었다. 다음엔 전봇대와 한참 말씨름을 벌였다고 하는데, 그땐 이미 혀가 다 꼬부라져 있어 뭐라고 하는지 전혀 알아들을 수 없었다고 한다.

'유현우'라는 이름에도 성격에도 특색이 없다 보니 딱히 별명도 없었는데, 그 일이 있고 나서는 별명이 물밀듯 생겨났다. 망나니짓을 했다고 '망나니', 로봇 아니라고 했다고 '유 로봇', 거울을 보며 사랑 고백을 했다고 '유 나르시시즘' 등.

난 결단코 기억나지 않는 사건이지만 대학 동기들은 지금까지도 그 얘기를 하며 깔깔댄다. 이후 술주정도 없었고 항상 침착한 모습을 유지했으나, 그럴수록 더욱더 그때 일은 희대의 사건으로 둔갑돼 끊임없이 회자되었다.

　대합실의 기다란 나무 의자에 자리를 잡고 가방에서 M 문예지를 꺼냈다. 지난달부터 틈틈이 안 형의 문예지를 읽고 있다. 나는 먼저 〈최후의 심판〉을 쓴 시인이 있는지 목차부터 살폈다.

　　최 고 요

　다행히 시인의 이름이 보였다. 필명이 아니라면 어릴 적 놀림깨나 당했겠다 싶다. M 문예지로 등단한 시인이라 여기서만큼은 그 이름을 어렵지 않게 찾아볼 수 있었는데, 간혹 목차에 그 이름이 없을 땐 한 권을 다 읽는 내내 심드렁했다.
　시인의 시는 대체로 좋았다. 내용 면에서도 표현 면에서도 자신만의 색깔을 가진 듯 보였고, 그 색깔은 어딘가에서 영향을 받았다기보다 스스로 만들어 낸 것 같았다. 시각적 심상이 뛰어난 편이었고, 시에 계기나 감정이 충분히 녹아 있어 그 의미를 파헤쳐 보고 싶은 욕구가 생겼다. 시는 백 명이 읽으면 백 가지 내용으로 읽히기 마련이며 그냥 느끼라고들 하지만, 나는 평론가라도 되는 양 해석하며 읽기를 즐겼다.
　한 장, 한 장 조심스럽게 책장을 넘겼다. 도서관도 아니건만 왠지 그렇게 되었다. 아마도 시인의 시를 기다리고 기대하는 중이었기 때문일 것이다. ……꼬르륵. 십중해서 읽고 있는데 뱃고동이 산통을 깼다.

'배고프다. 뭐 좀 먼저 먹을까? 아니야, 금방인데.'

그때 K 제과의 봉지가 눈앞을 지나쳤다. 나는 입맛을 다셨다. 저기 빵 맛있는데.

빵 봉지를 든 채 대합실을 두리번거리고 있는 여자는 한눈에 봐도 꽤 미인이었다. 오밀조밀한 이목구비가 조화롭기도 했지만 눈이 워낙 아름다워 눈길이 갔다. 커다랗고 검은 눈동자가 형형하게 빛나고 있었다.

그녀는 휘둘러보던 것을 멈추더니 건너편으로 뚜벅뚜벅 걸어갔다. 나는 이쪽의 맨 앞줄에 앉아 있었고 그녀는 건너편의 맨 앞줄에 앉아, 거리감이 좀 있긴 해도 마주 보는 셈이 되었다.

내 눈은 한참을 그녀에게 고정되어 있었고, 그녀가 시선을 느꼈는지 불현듯 내 쪽을 바라보았다. 흠칫 놀란 나는 곧바로 책을 읽는 척 고개를 숙였다.

나만의 착각일지 모르나 그녀의 눈길이 계속 이어졌다. 속으로 '왜 쳐다보셨어요?' 따져 묻고 있는 걸까. 아니, 난 그런 게 아니라…… 물론 그녀가 미인이긴 하지만 그보다 빵 봉지 때문에 쳐다봤던 것인데……. 기울여 들고 있던 책을 바로 세워 얼굴을 슬쩍 가렸다.

그리고 잠시 후, 그녀가 내 옆으로 와 앉았다. '뭐지? 정말 따지

려는 걸까?' 싶다가 한편으론 '내가 마음에 드는 걸까?' 싶기도
했다. 하지만 그보다는 '도를 아세요?'일 확률이 높을 것이다. 머
릿속이 어수선해졌지만 그녀는 어떤 말도 걸지 않았다. 그저 머
플러를 풀었다 맸다 반복할 뿐이었다.

'그냥 이쪽 자리가 마음에 들어 건너온 건가 보다.'

마음을 추스르며 책장을 넘기는데, 또다시 그녀가 이쪽을 응시
하는 게 아닌가? 아마도 내 책을 훔쳐 읽고 있는 것 같았다. 아
니, 확실했다. 연기를 못하는 나로선 모르는 척하며 책 읽는 일
이 진땀 나고 불편했다.

차라리 책을 줘 버릴까. '이 책 읽으실래요? 저는 다 읽은 책이
어서요.' 하고 건네면 괜찮지 않을까? 부자연스럽게 보일까? 그
런 생각을 하던 도중 내가 기다리던 페이지가 펼쳐졌다.

아, 이 시인의 시가 실린 호였지. 깜빡 잊을 뻔했다. 2012년 것
이라 다시 구하기도 어려운데…… 역시 주기엔 아깝다. 다 읽고
돌려 달라며 연락처를 받으면? 누가 봐도 '작업'이겠지. 내 말을
곧이곧대로 믿어 준다 해도, 보아 하니 여행객인데 돌려받기 복
잡할 것이었다.

"여행 오셨나 봐요?"

어라? 이거 지금 내 입에서 나온 말인가?

"아, 네, 네. 그…… 여행 마치고 이제 가려고……."

그녀는 당혹감을 감추지 못하며 대답했다.

"어디서 오셨어요?"

어째서인지 말이 술술 나왔다. 속은 혼잡했지만 아마도 표정에 변화는 없었을 것이다. 어릴 적부터 무표정하다는 말을 많이 들어 왔다. 그러고 보니 '유 로봇'이란 별명은 그 시절에 생겼어도 어울릴 법했다.

전주에서 왔다는 그녀와 몇 마디 대화를 나누다 이내 어색해졌다. 나는 뒷목을 긁적였다. 어쩌자고 말을 걸어서는. 그때 숨 막힐 듯한 침묵을 먼저 깨어 준 건 그녀였다.

"시네요."

"네?"

"읽고 계신 거요. 시 좋아하세요?"

"아뇨."

내가 지금 뭐라고 대답한 건가.

"딱히 시에 관심이 있는 건 아닌데, 이 시인은 좋아요. 아직 몇 편 못 읽어 봤지만."

나는 황급히 변명하며 좋아하는 시인의 이름을 가리켰다. 그러자 그녀는 알은체를 하며 그 시인은 시를 몇 편 쓰지 않았다고 했다.

"어, 시에 대해 잘 아시나 봐요. 시 좋아하세요?"

"글쎄요…… 오히려 미워한다고 해야 할지……. 지금은 아니지만 시를 썼던 적이 있었죠."

뜻밖의 이야기에 놀란 나는 그녀의 이름을 물으며 시를 읽어보고 싶다고 했다.

그녀의 가느다란 손가락이 내 쪽으로 다가왔다. 머릿속에서 '윙' 하고 공명이 일어나며 그 장면이 슬로 모션처럼 느리게 보였다. 손톱을 아주 짧게 깎은, 전혀 꾸미지 않은 손이었다. 내가 사귄 여자들은 모두 손톱을 기르고 매니큐어를 열심히 발랐었는데, 왠지 그녀 쪽이 더 곱고 신비롭게 느껴졌다.

곧이어 그녀의 손가락이 내 책을 가볍게 두드렸다.

"최, 고, 요. 최고요, 예요."

쿵…… 심장이 내려앉는 기분이었다. 나는 그녀와 책을 번갈아보았다. 내 앞의 그녀가 이 시를 쓴 당사자라니?

"이제 가 봐야겠어요. 기차 시간이 돼서. 반가웠어요."

그녀는 내게 인사를 건넨 뒤 잰걸음으로 대합실을 빠져나갔다.

나는 석고상처럼 멍하니 굳어 있다가, 허겁지겁 달려가 그녀의 앞을 막아섰다. 우뚝 멈춘 그녀가 약간 당황한 기색으로 나를 빤히 올려다보았다. 역 스피커에서는 곧 기차가 들어올 거라는 안내가 나오고 있었다.

"저어, 연락처 좀……!"

애타는 목소리가 파문을 일으키며 저녁 공기 속으로 퍼져 나갔다.

4

사이

고요

열흘 전 광주송정역에서 나는, 내 시를 읽던 갈색 머리 남자에게 연락처를 주었다. 흔들리는 눈빛과 절박하게 묻는 목소리에 마음이 동했다.

살아오면서 소위 말하는 '헌팅'이란 건 심심치 않게 당해 보았지만 그들 중 누구에게도 연락처를 알려 준 적은 없었다. 한데 이 경우는 헌팅과 형태만 유사할 뿐 내용은 전혀 다르다고 할 수 있는데, 그는 여타의 사람들과 달리 내 시를 동경하는 독자로서 순수하게 연락처를 알고 싶은 듯했다. 나 역시 내 시를 기꺼이 읽어 주는 사람과 이야기를 나눠 보고 싶었다.

"공일공……."

내가 입을 떼자, 그는 다급하게 주머니를 뒤적이며 "휴대폰을 어디에 뒀더라?" 하고 혼잣말을 했다. 그러고는 주머니에서 펜과 수첩을 꺼내 내 음성을 받아 적었다.

'펜과 수첩을 가지고 다니네?'

글 쓰는 일을 하지 않는 이상 그런 사람은 흔치 않을 것이다. 나는 의문스레 수첩을 내려다보았다. 스프링으로 제본된 파란색 수첩엔 어지러운 글자들이 적혀 있었는데, 그 속에서 'ㄹ' 자만큼은 흘려 쓰지 않은 게 신기했다.

그의 얼굴로 시선이 옮겨 갔다. 어려 보이는 얼굴이었다. 머리카락은 염색과 파마를 했음에도 윤기가 흘렀다. 쌍꺼풀이 없고 크지 않은 눈이었지만 눈매가 동그랗고 부드러웠다. 콧날과 턱선은 정면에서 봐도 매우 날렵했다.

"연락드리겠습니다."

"네. 그럼."

나는 그에게서 멀어져 가며 기차에 올라탔다.

그의 이름은 '유현우'였으며 나이는 나보다 두 살 어렸다. 이제 막 일을 시작한 신참 기자라고 했다. 그래서 펜과 수첩을 가지고 다녔구나. 문예지를 읽고 시인의 연락처를 알고 싶어 하고 어려 보인 까닭에, 작가를 지망하는 대학생 정도로 예상했었다.

기자라…… 멋진 직업이다. 시인과 닮아 있다는 생각도 든다.

기지는 사실을 적고 시인은 감흥을 적기에 얼핏 극과 극처럼 느껴지기도 하지만, 기자에게도 시인에게도 가장 중요한 것은 진정성일 터였다. 세상에 귀 기울이는 낮은 자세, 연약한 것들의 편에 설 줄 아는 강직함, 그것을 말할 줄 아는 참된 목소리 같은.

그와 나는 하루에 한 번꼴로 메시지를 주고받았다. 서로 친한 척을 하진 않았다. 아침 인사를 나누거나 점심 메뉴를 묻거나 오늘 하루 어떠했다고 일상을 얘기하진 않았다는 뜻이다. 그러면서 오히려 우린 쉬이 나누기 힘든 흉금들을 밤마다 토로했다.

그는 인터뷰를 진행하듯이 "고요 씨 시 중에 이걸 읽었어요. 이 시를 쓰게 된 배경이 뭔지 물어봐도 되나요?" "이 부분은 몇 번을 생각해도 해석하기 힘들었어요. 특정한 의미가 있나요?" 같은 질문들을 해 왔다.

내 이야기 중 가장 말하기 힘든 것들을 골라 시를 썼으므로 처음엔 상세히 설명해 주지 못하고 에둘러 대답했다. 하지만 그의 다감한 반응 때문인지 그가 먼저 자신의 신념과 가치관과 철학을 드러냈기 때문인지, 나는 어느새 그 상황에 자연스럽게 녹아들었다. 그의 앞에서 많은 것들을 토해 내고 있었다.

때론 친한 사이보다 '적당한' 사이에게 더욱 가감 없이 진실을 드러낼 수 있는 법이다.

열일곱 살 때, 친한 친구에게 내 운명적 순간에 대해 이야기한 적이 있다.

"쯧쯧, 너 한 달 후면 그 사람 싹 잊을 걸? 네가 아직 사랑을 몰라서 그래."

그 아이는 나를 업신여기며 그렇게 대꾸했다. 하지만 한 달 후 남자 친구와 헤어진 건 다름 아닌 그 아이였고, 나의 그리움은 한 달이 아니라 일 년이 지나도, 십 년이 지나도 잊히지 않았다.

그 아이와는 평소 마음이 잘 통했다. 쉽게 이해받지 못할 경험인 걸 알고 있었지만 그래도 그 아이라면 이해해 줄 줄 알았다. 아니, 납득하진 못해도 포용해 줄 줄 알았다. 속으로 앓고 앓다가 어렵게 꺼낸 이야기였는데, 소중한 사람에게 너무도 쉽게 무시당했다. 나는 크게 상처 입었으며 한 달간 하루도 빼놓지 않고 울었다.

결코 사랑에 빠졌다는 말을 하려던 게 아니었다. 운명의 상대를 만난 적이 있으며 다시 만나게 될 거라는 말도 아니었다. 사랑이라 명명하지 못한다 해도 어쩔 수 없고, 아무리 간절해도 다시 만나지 못할 수 있다. 그저 내가 겪은 '순간'과 그 순간에 든 '마음'이 얼마나 오롯한 것이었는지에 대해 말하고 싶었을 뿐이다.

내 안에 박힌 한순간은 분할되지도 희석되지도 않았다. 그것은 완전하고 선명하게 남아 내 삶에 관여했다. 나는 그것으로 인해 어둡고 밝았으며, 그것으로 인해 일렁이고 가라앉았다. 그 한순간은 내 모든 순간을 동요시켰다.

첫눈에 이미 돌이킬 수 없이 큰 마음이었다. 그 마음이 내게 왔다는 것, 미루거나 돌려보낼 수 없다는 것, 그것이 사라지지 않을 것이란 걸 확신할 수 있었다. '그건 사랑이 아니야.'라고 해도 달라지는 건 아무것도 없었다. 그것이 동경이라면 사랑보다 큰 동경이고, 환상이라면 사랑보다 큰 환상일 뿐. 그것이 어떠한 성질의 것이건 무엇을 의미하건 내게 있어선 가장 중요한 마음이었다. 내가 느낄 수 있는 가장 아름답고 절실하고 온전한 감정이었다.

버거웠다, 수많은 날들이. 홀로 새벽을 밟고 서 있는, 여린 별하나쯤 떠 있어도 좋은데 그마저도 없는, 세상과 격절된 까마득한 느낌에 자주 휩싸였다. 늘 갑갑하고 갈증이 났으며 위태로웠다. 이 거대한 마음을 누구에게도 발설할 수 없어서, 내가 다 끌어안고 감추고 있어야 해서.

비밀을 말하여 상처받은 이후로 나는 더욱 비밀이 많아졌다. 정말로 말하고 싶은 사람에겐 더 말할 수 없었다. 두려워서, 그들조차 내 마음을 멸시할까 봐, 나를 조금도 이해해 주지 못할까 봐, 그래서 내가 무너져 버릴까 봐……. 그렇다고 아예 친하지 않은 사람에겐 말할 이유가 없었으며 상대 역시 들어 줄 이유가 없었다.

내겐 '적당한' 사이가 필요했다. 일단 내 이야기를 할 마음이 드는 사이. 서로가 서로의 이야기를 성가셔하지 않는 사이. 혹여 내 흉금이 모멸당하더라도 비교적 적게 상처받을 수 있는 사이. 나를 무너뜨릴 순 없는 사이.

띠링.

「고요 씨, 늦은 시간에 메시지 보내서 미안해요. 너무 궁금한 게 생겨서.」

「괜찮아요.」

「그, 어제 고요 씨가 한 말 중에 말이에요…….」

「음, 그건 말이죠…….」

「내가 너무 많은 걸 묻죠?」

「와, 그 사실을 알고는 있었던 거예요?」

「미안해요. 그리고 이야기해 줘서 고마워요.」

「나도 고마워요. 말할 수 있게 해 줘서요.」

……그리고 지금, 그런 사이가 생긴 것이다.

* * *

현우

그녀와 연락한 지 스무날이 흘렀다.

오늘 하루도 힘내라, 점심은 먹었느냐, 퇴근은 했느냐…… 그런 핑빔하고 가벼운 이야기를 헤 보고 싶었지만, 그렇게 하면 그녀가 거리를 둘 거란 예감이 들었다. 그녀 앞에는 엄격한 선이 있었으며 넉살 좋은 척 다가가 그 선을 밟았다간 다시 애기할 기회를 잃을 터였다. 나는 차라리 진지한 주제를 택했고 한 명의 독자로서 다가가기로 했다.

며칠간은 그녀의 시에 대해서만 이야기를 나눴다. 시는 대부분 그녀 자신의 이야기였으므로 처음에 그녀는 경계심을 갖기도 했다. 하지만 '이 시를 보니 고요 씨가 이러한 상황을 겪은 게 아닌가 싶었어요. 사실 저도 그런 적이 있거든요.' 하면서 먼저 나를 드러내 보이자, 그녀도 곧 긴장을 풀고 자신의 이야기를 들려주었다.

조금 가까워졌다고 생각된 뒤엔 토론을 하기도 했다. 이를테면 단지 '오늘 무슨 영화를 봤는데 재밌었어요.' 하는 것이 아니라, '오늘 무슨 영화를 봤는데 어떤 장면에서 이런 의문이 들더군요. 고요 씨 생각은 어때요?'라는 식으로 말을 걸었다. 간혹 그녀 쪽에서 먼저 물어 주는 날도 있었다.

우리는 점점 다양한 주제로 대화를 펼쳐 나갔으며 서로를 이해하고 서로에게 배울 수 있었다. 이런 걸 무슨 사이라고 설명해야 좋을지 모르겠다. 소울메이트까지는 아니지만 통한다는 느낌이 강렬하게 들었다. '친하다, 아니다'로 나눈다면 친하지 않겠지만, '편하다, 불편하다'로 나눈다면 편한 편에 속했고, '가깝다, 멀다'로 나눈다면 왠지 가까운 기분이었다.

시간이 갈수록 그녀가 궁금했다. 어떤 사람인지, 무슨 생각을 하는지, 무엇을 좋아하고 싫어하는지, 어떻게 살아왔는지. 고작 한 번 만난 것으로 사랑에 빠졌다는 말을 하려는 건 아니다. 동경이나 우정일 수도 있다. 누군가를 동경해 본 적도 없고 여자인 벗이 있어 본 적도 없어 나는 그것들을 분간하기가 어려웠다.

어쨌든 이런 생소한 감정은 내게 하나의 사건이나 다름없었다. 그녀를 다시 만나고 싶었다.

현재 그녀는 시 쓰기를 멈추고 서비스직에 종사하고 있었다. 그녀는 목요일과 금요일에 쉬며 직원들끼리 조율 하에 바뀔 수도 있다고 했다. 내가 금요일과 토요일에 쉬니, 둘 다 쉬는 금요일이 만나기 수월할 것이다.

'벌써 내일이 금요일인데…… 무슨 말로 물어봐야 할까.'

일단 그녀에게 어떤 메시지든 보내야 했다. 평소처럼 퇴근 후에 보내는 건 너무 늦을 것 같았다. 그때 카페 스피커에서 김광석의 노래가 흘러나왔다. 휴대폰 자판을 누르는 손가락이 바빠졌다.

「점심시간이라 카페에 와 있는데 김광석 노래가 나오네요. 요즘 부쩍 김광석 노래가 좋더라고요. 그의 노래들은 나이가 들수록 와닿는 것 같아요.」

지잉− 휴대폰이 가볍게 몸을 떨었다. 그녀도 휴대폰을 하고 있었는지 곧바로 답장이 왔다. 그녀 역시 김광석을 좋아한다며, 서른을 앞두니 〈서른 즈음에〉만 들으면 눈물이 툭 날 정도라고 했다.

「고요 씨는 언제부터 어른이 되어 가는구나, 하고 느꼈어요? 역시 사회생활을 시작할 때부터일까요? 학교 울타리 안에 있을 때와는 확연히 달라지잖아요.」

「아마 스물일곱부터요.」

「지금 제 나이네요.」

「그때 아빠가 대장암 4기 수술을 받으셨는데, 그 시간을 겪으면서부터 많은 생각을 하게 된 것 같아요. 고통인 줄 알고 살았던 무수한 것들이 더 큰 고통 앞에서 아무것도 아니게 되니까 여러모로 태도가 바뀌더라고요.」

「제가 괜한 걸 물어서……. 지금은 괜찮으신 건가요?」

「네, 많이 쇠약해지시긴 했지만. 사실 그 전까진 아빠를 조금 미워하기도 했어요. 아빠가 진 빚 때문에 엄마가 고생을 많이 하고 사셔서. 근데 그때부터는 원망도 무의미해지더라고요.」

「그랬군요.」

「말이 샜네요. 그냥 개인적인 기점이 그렇다는 거예요. 아, '이런 게 어른이 되어 가는 건가?' 싶을 때 끄적인 메모가 있는데, 보여 드릴까요?」

「봐도 되는 건가요? 영광인데요.」

「제 유일한 독자니까. 스물일곱부터는 시를 쓰지 않아서 이런 메모밖에 없네요.」

그녀는 내게 두 가지 메모를 전송해 주었는데, 그것은 내 공감을 이끌어 내고 심금을 휘젓기에 충분했다.

혹독한 시간을 보낸 이후 간혹 듣는다. 왠지 성숙해진 것 같다, 라는 말들을. 그때 나는 무척이나 힘들었다. 일은 좀처럼 맞지 않았고 꿈은 어디론가 흩어져 버렸으며 사랑하는 사람이 크게 아팠다. 그 시간이 지나간 후 나는 모든 일에 좀 더 감사할 줄, 좀 더 만족할 줄 알게 됐다. 하지만 그게 정말로 성숙해진 것인지는 잘 모르겠다.

나는 예전보다 삶에 대해 깊이 생각하지 않는다. 마음속에서 꿈이라든가 열정이라든가 사랑이라든가 하는 가장 중요한 단어들을 잃어버린 것 같다. 때때로 울컥, 하며 치밀어 오르던 그 감정들이 기억나지 않는다. 내 것인 적 없었던 듯이, 다시 오지 않을 것처럼. 별에 델 것 같아 울던 그날들이 내게 없다.

고여 있다. 던져진 돌멩이도 없이, 하다못해 살짝 스치는 바람도 없이. 그리하여 아주 작은 파도조차 잃은 채 흘러야 할 길이 없어 고여 있다. 그러고는 그 고여 있음에 감사하고 만족해한다. 좀 더 감사하고 만족할 줄 알게 됐다는 건 좋게 말해 그런 것이고, 실은 그보다 좀 더 쉽게 단념할 줄 알게 된 것이다. 그런 게 정말로 성숙이라면, 그것은 썩어 가거나 시시해지거나 무감각해지는 일일 것이다.

눈앞에 그녀가 앉아 있는 것도 아닌데, 나는 호응과 동의를 보내듯 한참 고개를 끄덕거렸다.

내게서 말들이 사라져 간다. 그것은 사라져 가는 마음들 때문일까, 오히려 말을 필요로 하지 않도록 굳어진 마음들 때문일까. 잃어버릴수록 잃어버리고, 반대로 분명해질수록 또 잃어버린다. 가슴속에 파문이 없다. 부허함도 언뜻거림도 없다. 너무도 잔잔하고 한결 같아, 슬프다.

작은 바람결에도, 나뭇잎 같아서 오소소 떨어져 쌓이던, 빗물 같아서 창문을 세차게 두드리던, 그 마음과 말들이 다 어디로 흩어진 것일까. 내게서 격절된 그것들은 모두 어디로 떠나갔을까. 어른들이 말을 많이 하지 않는 이유를 아직은 모르고 싶은데, 조금 짐작할 수 있게 돼 버린 것 같다.

그녀에게 있어 어른이 되어 간다는 느낌은 썩 좋은 게 아니라고 했다. 그건 아마 꿈도, 일도, 사랑도, 인간관계도 능히 해내고 있지 못해서일 거라고 한탄하며. 나도 마찬가지의 기분이었다. 갈수록 어려워지는 일이 많았고 앞으로 더욱 그렇게 될 것만 같았다.

그녀는 그래도 덜 상처받고 덜 연연해한다는 점에서 좋을 때도 있다고 했다.

「고요 씨와 더 얘기해 보고 싶네요. 괜찮으시면 내일 잠시라도 만날 수 있을까요? 취재차 전주에 갈 일이 있는데.」

드디어 저지르고 말았다. 그녀는 쉬는 날인데 또 일을 하느냐며 "전주에 오신다고요?" 하고 한 번 더 확인했다. 나는 부지불식간에 거짓말을 늘어놓았다.

「요즘 전동 킥보드나 전동 휠 같은 '스마트 모빌리티'가 각광받고 있잖아요. 사실 그것들을 타려면 면허도 있어야 하고 안전 장구도 착용해야 하는데 잘 지켜지지 않고 있죠. 전주 한옥마을에 대여 업체가 많다고 해서 취재해 보려고요.」

난 아직 수습 기자였기에 위에서 지시하는 대로만 일했고 선배나 사수와 함께 다녔다. 그저 그녀를 만나고 싶은 마음에 이뤄진 핑계였다.

「그렇군요. 시간이라면 하루 종일 넉넉해요.」

그녀의 답장에 가슴이 두근거렸다. 만나고 나면 좀 더 친한, 편한, 가까운 사이가 될 수 있을까? 오늘은 일이 손에 잡히지 않을 것이다.

5

두 번째 만남

고요

— 기자님, 어디세요?

— 또 그렇게 부르신다.

— 현우 씨.

— 성당 앞에 있어요.

— 저기 보이네요.

전화를 끊고 그가 있는 쪽으로 다가갔다. 로마네스크 양식의 아름다운 성당을 배경으로 그림처럼 서 있던 그는, 나를 발견하고는 살짝 미소 지으며 손을 흔들어 보였다. 그의 머리카락은 파마가 풀리고 짧아졌으며 새카맣게 물들어 있었다. 앞머리가 짧아지니 반듯한 이마와 정갈한 눈썹이 두드러졌다.

"머리가 바뀌었네요?"

"네. 하도 뭐라고 하는 선배가 있어서."

"두발 제한이 있어요?"

"그런 건 아닌데, 그냥 마음에 안 드나 봐요."

"이상한 선배네요."

내가 대신 선배란 사람을 지적해 주자 그도 한마디 덧붙였다.

"근데 더 웃긴 건, 제가 머리 바꾸고 며칠 뒤에 그 선배가 그 머리를 하고 오더군요."

"최악이네요."

"지금 머리 별로인가요?"

"아뇨. 무난한 머리라 잘 어울려요. 그때는 이미지가 김수겸 같았다면 지금은 신준섭 같네요."

"네?"

"만화 〈슬램덩크〉 모르세요? 둘 다 꽃미남 캐릭터니까 칭찬이에요."

"하하. 알아요, 〈슬램덩크〉. 저도 좋아했어요."

겨우 두 번째 만남이었지만 그가 친근하게 느껴졌다. 3주간 매일같이 메시지를 나눈 덕분일까? 사실 그 내용이 워낙 딱딱하고 진중했던 지라 막상 만나면 어색할 줄 알았는데, 생각 외로 훨씬 편안한 기분이 들었다.

아직 금요일임에도 한옥마을은 인산인해를 이루고 있었다. 주

말은 더욱 절정을 이룰 것이다. 느림의 미학을 기본으로 한다는 '슬로시티'였지만, 이 수많은 인파 속에서 느릿느릿 걸으며 한옥의 정취를 감상한다는 것은 거의 불가능한 일처럼 보였다. 우두커니 서서 번잡한 광경을 지켜보던 그도 내심 놀란 듯했다.

"몇 년 전에 와 봤을 땐 이렇지 않았던 것 같은데, 분위기가 많이 달라졌네요."

"솔직히 그때가 낫죠? 지금은 신축 한옥과 먹거리가 너무 많아져서 오래된 한옥과 문화 시설은 눈에 띄지도 않거든요."

나는 말끄트머리에 옅은 한숨을 보탰다. 낡고 느리고 여린 것들을 좋아하는 내게 이런 급격한 변화는 버겁기만 했다.

점심을 먹기엔 약간 이른 시간이라, 그에게 전동성당과 경기전부터 소개해 주었다. 한국 최초의 천주교 순교터인 전동성당과 태조 이성계의 어진을 모셔 놓은 경기전은 한옥마을을 찾는 사람들이 가장 먼저 가게 되는 곳이었다.

두 곳을 빙 둘러보고 나니 정오가 훌쩍 넘어 있었다.

"배고프시죠? 근처에 괜찮은 식당이 있어요."

나는 전에 맛있게 먹었던 비빔밥 식당이 생각나 기세등등하게 그곳으로 그를 데려갔다. 처마 끝에 달린 풍경이 맑은 소리를 내며 우리를 맞이했다.

갖가지 밑반찬과 함께 알록달록 예쁜 비빔밥이 상에 올랐다. 밥을 한 숟가락 푹 떠먹으며 그의 눈치를 살폈다. 비빔밥을 맛

본 그가 "맛있어요."라고 말하긴 했지만, 표정을 보니 그저 의례적인 대답일 뿐이었다. 순간 '맛의 고장' 전주 시민으로서 자존심이 상할 뻔했으나, 광주 역시 맛의 고장이라는 생각이 스치자 마음이 누그러졌다.

길에는 스마트 모빌리티 대여점이 드문드문 보였다. 그는 오늘 이것을 취재하러 한옥마을에 들른 것이었다. 그의 말에 의하면, 스마트 모빌리티가 나날이 인기를 끌고 있는 것에 비해 면허나 안전 장구 같은 규정은 잘 지켜지지 않고 있다고 했다.

우리는 대여점 세 곳에 들러 손님인 척 이것저것 물었다. 과연 그의 말대로였다. 면허를 확인하는 곳은 아예 없었고 안전 장구도 마지막 한 곳만이 권할 뿐이었다.

"그나마 여긴 안정 장구 권유라도 하네요."

점원에겐 들리지 않을 크기로 그에게 속닥거렸다. 그는 미간을 가볍게 찡긋거리는 것으로 대답을 대신했다. 그러고는 무언가 번뜩 떠오른 양 손가락을 '딱' 소리가 나게 튕기며 말했다.

"이왕 온 김에 우리도 타 볼까요?"

"전 면허가 없는걸요."

"내가 있으니까 괜찮아요. 저거 타면 되죠."

그가 가리킨 것은 2인용 전동 스쿠터였다. 점원의 이글거리는 눈초리가 '이것저것 캐묻지 말고 제발 대여나 하세요!'라고 말하는 것 같아, 그 시선을 피하며 얼결에 "그래요." 하고 응답했다.

점원에게 전동 스쿠터 작동법을 설명 듣고, 헬멧을 고를 차례가 되었다. 그는 내 취향을 어떻게 알았는지 줄무늬가 있는 크림색 헬멧을 골라 씌워 주었다. 아기자기하고 산뜻한 느낌의 헬멧이었다. 그리고 자신은 촌스럽기 짝이 없는 초록색 헬멧을 골라 썼다.

"왜 하필 그거예요?"

"깨끗해 보여서요. 사람들이 별로 안 쓴 것 같아요."

나는 속으로 '그거야 누가 봐도 촌스러우니까요.' 생각하며 뒷자리에 올라탔다. 그의 셔츠를 부여잡자, 갓 다림질한 것처럼 단정하던 셔츠에 주름이 졌다. 그는 출발하지 않고 잠시 멈추어 있다가 천천히 뒤를 돌아보며 말했다.

"……그렇게 잡으면 제가 불안해요."

그러고 보니 스쿠터를 탄 모양새가 어떨지 같은 건 생각도 못 했다. 아무리 친한 사이일지라도 상대가 이성이라면 불편할 텐데, 하물며 우린 친한 사이도 아니었다. 나는 주춤거리며 어색한 모양으로 그의 허리를 감쌌다. 그의 단단한 등에 이마가 살짝 닿았다.

"그럼 출발할게요."

그가 출발하려고 하자 갑자기 겁이 밀려와, 나는 "천천히! 천천히요!"를 급박하게 외쳤다.

내가 오토바이를 타 본 경험은 딱 한 번 있었다. 어릴 때 큰집 마당에 세워진 오토바이를 보고 아빠를 졸라, 아빠 등 뒤에 타고 큰집 마당을 몇 바퀴 돈 경험. 시골에서 축산업을 했던 큰집은 마당이 굉장히 넓었다. 그때는 오히려 겁이 없었는데 지금은 겁쟁이가 다 된 모양이다.

전동 스쿠터는 총 3단계로 속도를 조절할 수 있었다. 불안해하는 나를 위해 그가 가장 낮은 단계로 달려 주었음에도 처음엔 생각보다 빨라 깜짝 놀랐다. 하지만 몇 분이 흐르자 그 속도에 익숙해졌고, 그는 내 주문에 맞춰 속도를 올렸다.

"현우 씨!"

"네!"

"저기로 가면 외곽이라 사람이 적어요!"

"그럼 저쪽으로!"

중심지와 달리 외곽 쪽은 관광객의 발길이 별로 닿지 않았기 때문에 우리는 그 길을 전세 낸 듯 신나게 달릴 수 있었다.

"생각보다 엄청 재밌는데요!"

"그렇죠?"

가슴이 탁 트이는 시원한 바람이 불어왔다. 오랫동안 묵혀 있던 많은 것들이 바람을 타고 날아갈 것만 같았다.

스쿠터를 반납한 후엔 군것질을 했다. 그는 호리호리한 몸을 지녔음에도 의외로 엄청난 식탐을 자랑했다. 길거리를 지나다

구미가 당기는 군것질거리가 있으면 꼭 맛을 보았다. 크로켓, 바게트 버거, 만두, 문어 꼬치, 구운 치즈……. 괜찮다고 사양해도 자꾸 권하여 나도 조금씩 맛보다 보니, 금세 배가 불러 저녁은 먹고 싶은 생각이 들지 않았다.

그의 까만 머리 위에 노을이 내려앉아 밤색이 되었다.

"와 보니 어때요? 슬로시티란 명색이 무색하죠?"

"많이 상업화되긴 했네요."

"이제 해도 져 가는데 슬슬 광주 가 보셔야겠어요. 차가 막혀서 지금 출발해도 아홉 시가 넘을 거예요."

그는 못내 아쉬운 표정을 지으며 머뭇거리다가 겨우 입을 뗐다.

"집까지 바래다줄게요."

"괜찮아요. 버스 타면 금방이에요."

"버스는 올 때까지 기다려야 되니까……."

"정말 가까운데."

"그래도……."

안절부절못하는 모습이 왠지 귀엽게 보여 살포시 웃음이 새어 나왔다.

"그럼 신세 좀 질게요."

주차장에 받쳐진 그의 흰색 차는 구입한 지 얼마 안 되었는지 무척이나 깨끗했다. 안에서는 은은한 라벤더 향이 감돌았다. 좌

석엔 폭신한 차량용 목 쿠션이 장착되어 있었는데, 내 키가 작다 보니 목이 아니라 머리에 닿아 불편했다. 몇 번 자세를 고쳐 봤지만 소용없었다.

"불편해요?"

그의 물음에 고개를 까딱이니, 그는 "에잇!" 하고 장난스러운 소리를 내며 목 쿠션을 떼어냈다.

차가 유유히 한옥마을을 빠져나가고, 라디오에서는 박정현의 노래가 흘러나왔다. 그가 눈치를 살피며 채널을 옮길지 고민하는 것 같아 "박정현 좋아해요." 하고 얼른 끼어들었다.

"김광석, 박정현…… 그리고 또 누구 좋아해요?"

"우리나라 가수 중엔 그 둘이 가장 좋아요. 김광석은 서정적이고 감성적이어서, 박정현은 청명하고 영롱해서."

"다른 나라에선요?"

"패트릭 피오리요."

그는 고개를 갸우듬히 하며 "처음 듣네요." 하고 말했다.

"프랑스 가수 겸 뮤지컬 배우예요. 예전에 뮤지컬 〈노트르담 드 파리〉 DVD를 보다가 페뷔스 역을 연기하는 모습에 반했죠. 목소리가 맑고 깨끗해서 한국 팬들은 '패트릭 꾀꼬리'라고 부르기도 해요."

"재밌는 별명이네요. 목소리가 궁금해지는데요."

"그러고 보니 현우 씨 목소리랑 비슷한 것 같기도 해요."

"저랑 비슷하다고요?"

그가 의아하다는 듯 반문했다. 나는 "잠시만요." 하고 휴대폰으로 패트릭 피오리의 노래를 검색해 그에게 들려주었다.

"잘 모르겠네요, 노래를 굉장히 잘해서. 전 음치거든요."

"정말요?"

"끔찍할 정도죠."

이렇게 목소리가 좋은데 음치라니 믿을 수가 없었다. 목소리와 음치는 상관관계가 없음에도 사람들은 간혹 목소리가 좋으면 노래를 잘할 것이라 착각하곤 한다. 나는 '정말 음치일까?' 하는 의심과 '음치인가 보구나.' 하는 긍정을 섞어 "흐응~." 같은 소리를 냈다.

"가수 말고 또 좋아하는 연예인 있어요?"

"연예인은 아니고 기타리스트 정성하 팬이에요. '기타 신동'으로 알려질 때부터 좋아했는데, 실력도 실력이지만 어린 나이에 그토록 확고한 꿈과 열정을 지녔다는 게 놀라웠거든요. 저 앨범도 다 샀고 예전엔 공연도 많이 갔어요. 지금은 주말에 쉬기 힘들어서 못 간 지 한참 됐지만."

좋아하는 것에 대해 말하다 보니 아이처럼 들떠서 어느새 내 얘기만 하고 있었다. 한참을 떠들다 그 사실을 깨닫고는 일순간 머쓱해졌다.

"현우 씨는 어때요? 누구 팬이에요? 직접 보러 다닌 적 있어요?”

“둘 다…….”

그는 나를 슬쩍 쳐다보며 “고요 씨밖에 없어요.”라고 했다. 창밖은 어스름이 짙어지고 있었다.

* * *

현우

“저기예요.”

그녀가 오래된 초콜릿색 아파트를 가리켰다. 아파트와 주변 상가, 주택들이 대부분 낡아 있었으나 아파트 뒤로 보이는 푸른 산 때문인지 그마저 아름답게 보였다. 그녀는 고등학생 때부터 이곳에 살았는데, 공기가 맑고 별이 잘 보여 이곳을 매우 좋아한다고 했다.

차가 아파트를 향해 달려갔다. 지금 헤어지면 언제 다시 볼 수 있을까. 오늘 즐거운 시간을 보냈다고 생각하지만 또 만날 수 있으리란 보장은 없었다. 나는 그녀와 헤어지는 데 안타까움을 금할 수 없었고, 끝내 그런 마음을 내색하고 말았다.

“아쉽네요. 전 내일 쉬는 날이라 더 있다 가도 괜찮은데. 하지만 고요 씨는 출근해야 하고, 부모님도 걱정하실 테니…….”

"어, 그래요? 뭐 아직 여덟 시도 안 됐는데요. 저도 괜찮아요."

큰 기대는 하지 않았는데 그녀가 의외로 내 제안에 흔쾌히 응해 주었다. 그녀의 응답이 떨어졌을 때 차는 아파트 정문으로 들어가던 중이었는데, 행여 그녀가 말을 바꿀까 싶어 들어가기가 무섭게 곧장 후문으로 나왔다. 그 길이 'U' 자 모양이라 차가 빙 포물선을 그렸다.

"어디 갈까요? 영화? 카페? 아니면 식사?"

그녀와 좀 더 함께 있을 수 있다는 생각에 어쩌면 다소 들뜬 목소리였을지도 모르겠다. 그녀는 손사래를 치며 "더 들어갈 배가 없어요." 했다가 "혹시 배고프세요?" 하고 물었다. 사실 나는 식사를 해도 좋다고 생각했으나 그녀가 배고프지 않다고 했기에 "아뇨."라고 대답했다.

우리는 근처 카페로 이동했다. 하얗고 깨끗한 외관의 이층 카페였다. 내부는 나무 탁자와 패브릭 소파, 빈티지 소품으로 채워져 있었다.

그녀는 벽에 걸린 메뉴판을 올려다보며 카페 모카와 핫 초콜릿 중에 고민하다, "에잇, 몰라!" 하면서 카페 모카를 선택했다. 듣자 하니 카페 모카를 더 좋아하나 늦은 시간에 커피를 마시면 잠을 잘 못 자서 고민한 모양이었다. 나는 언제 커피를 마시든 잠에 영향을 받지 않아서 이런 현장을 대면할 때면 신기하게 보였다. 그녀는 이미 골라 놓고는 "어쩌지." 하면서 자책을 했다.

그녀와 나는 일층 창가에 앉았다. 탁자 한쪽에 놓인 작은 유리병엔 노랗게 염색된 강아지풀이 꽂혀 있었다. 강아지풀에 특수 염색을 한 것을 '라그라스'라 부른다지? 여간해선 맞히는 꽃 이름이 없지만 이건 게임 이름과 비슷하여 기억하고 있다.

탁자가 작아서 그녀와 너무 가깝지 않은가 생각하는데, 그녀가 나를 빤히 쳐다보며 말했다.

"이런 조명에서 보니 더 어려 보이네요."

"별로 그렇지 않은데. 고요 씨가 동안이죠. 처음 봤을 때 저보다 한두 살 어릴 줄 알았어요."

"요즘은 자기 나이보다 다섯 살은 어려 보여야 동안이라고 명함 내밀 수 있대요. 물론 일정 나이 이상일 때 해당되는 얘기겠지만. 아무튼 현우 씨는 스물두 살로 보이니 내밀 수 있겠어요."

"설마요. 취재 다니다 보면 '아저씨' 소리도 종종 들어요."

"그럴 리가! 봐요, 현우 씨는 주름도 하나 없잖아요. 전 웃으면 주름이 이렇게."

그녀는 윙크하듯 찡긋 웃어 보였다.

사실 그녀의 눈가 주름은 첫 만남 때도 포착했는데, 나는 그것이 전혀 흠이라고 생각되지 않았다. 그녀는 쌍꺼풀진 큰 눈과 유난히 까만 눈동자 때문에 가만히 있으면 또랑또랑한 느낌이 강했는데, 웃을 땐 눈가가 휘고 주름이 얹혀 부드러운 느낌을 주었다. 그런 이미지들이 적절히 섞여 미묘하고 독특한 분위기를 자아냈다.

"눈가 주름이 있어서 더 예쁜데요."

"그게 뭐예요."

"정말인데. 눈가 주름은 매력 아닌가요?"

"뭐, 그리 생각해 주겠다면야……."

그녀는 카페 모카를 마실 때 휘핑크림부터 다 먹었다. 그렇게 열심히 먹더니 아나나 다를까, 그녀의 입술에 휘핑크림이 묻고 말았다. 나는 탁자 위에 놓인 사각의 갈색 티슈 몇 장을 그녀에게 건넸다. 그리고 내 왼쪽 아랫입술을 톡톡 건드려 보이며 말했다.

"묻었어요."

그녀는 자신의 입술을 티슈로 꾹 눌러 닦은 뒤 되었냐는 눈짓을 했고, 나는 "아니, 거기가 아니라……." 하며 손을 뻗어 묻은 부위를 가리켰다. 하마터면 그녀의 입술에 손가락이 닿을 뻔해 가슴이 살짝 떨렸다.

그녀가 크림을 다 닦고 나자 립스틱까지 함께 닦였는지 입술 빛깔이 엷어져 있었다. 한데 그 모습이 도리어 청초하여 굳이 립스틱을 바를 필요가 없어 보였다. 그녀는 턱을 괴고 슬며시 창밖을 내다보다가 갑작스레 외쳤다.

"저 강아지 좀 봐요!"

밖에는 다리가 짧은 웰시 코기 한 마리가 있었다. 별 감상이 들지 않았지만 "귀엽네요." 하고 반응해 주었다. 그녀는 내게 개를 좋아하는지 물었고, 나는 특별히 좋아하는 것은 아니나 키워 본 적이 있다고 답했다. 나도 살면서 귀엽다고 생각해 본 강아지가 한 마리 있었다.

내가 여덟 살이던 그해에는 시월에 첫눈이 내렸다. 그리고 첫눈이 내리던 날 밤, 짝눈을 가진 하얀 강아지 한 마리가 우리 집에 왔다. 같은 동네에 살던 사촌 동생에게 주려고 아버지가 동네 아저씨께 받아 온 강아지였다.

세 살 위의 내 누나는 당시 조그만 강아지도 무서워하여 멀리서 강아지를 발견하기만 해도 울던 아이였다. 그런데 신기하게도 그 강아지를 보자마자 단숨에 달려오더니 자신의 품에 꼭 끌어안았다. 다음 날 사촌 동생이 강아지를 데리러 왔을 때, 누나는 사촌 동생을 있는 힘껏 밀치며 "우리 강아지야!" 하고 펑펑 울었다. 우리는 강아지를 보낼 수 없었다.

첫눈과 함께 우리에게 내려와서, 눈이 짝눈이어서, 우리는 '눈이'라고 이름을 지었다. 동물에 관심이 없던 나는 처음엔 별 애정이 없었지만, 얼마 지나지 않아 큰 애정을 쏟게 되었다. 눈이는 언제나 내 편이었고, 그래서 벗이 되었고, 그렇게 가족이 되었다. 누구라도 눈이를 사랑했을 것이다.

눈이를 키우며 중학생이 되고 고등학생이 되고 어른이 될 줄 알았는데, 공교롭게도 눈이는 5년도 채 살지 못했다. 어느 날 너무 빨리 달리는 눈이 때문에 누나가 목줄을 놓치고 넘어졌는데, 그 사이 눈이는 차도를 건넜고 큰 차가 지나간 것이다……

내 이야기를 들은 그녀는 그렁그렁한 눈을 하고서 자신도 어릴 때 개를 키워 봤고 죽음을 겪었기에 공감이 간다고 했다.

"눈이가 달리는 걸 좋아해서 이 땅은 눈이에게 너무 좁았나 봐요. 어쩌면 지금쯤 그곳의 모든 땅을 밟고 지겨워하고 있는지도 몰라요."

그런 생각도, 눈빛도 예쁘게만 보였다.

어느덧 밤 열 시가 되었지만 도저히 발걸음이 떨어지지 않았다. 빈 커피 잔을 공연히 매만지며, 의미도 없는 말을 자꾸만 늘어놓으며 시간을 끌었다. 하지만 그녀는 내 마음도 모른 채 "이제 그만 일어나요. 광주 가면 거의 자정이겠어요."라고 했다.

전주에서 광주까지는 보통 한 시간 반 정도 걸리지만, 그녀의 집에서 우리 집까지는 그 이상이 소요되었다. 그녀도 그 사실을 대강 알고 있었다. 나는 밤늦게, 아니 새벽에 출발해도 상관없었지만, 저 말의 뜻이 '나 피곤해요. 내일 출근도 해야 한다고요.'일지도 모르기에 할 수 없이 자리에서 일어났다.

그리고 그녀를 바래다주는 길에 또 거짓말을 하고 말았다. "저어, 다음 주에도 전주 와서 취재를 하려고요. 오늘 보니 한옥마을 정체성 훼손이 심각한 것 같아서 그 부분을."이라고. 그녀는 잠시 생각하는 듯하더니, 자신도 그날 별일이 없다고 답했다. 나는 그제야 기꺼이 광주로 향할 수 있었다.

6

밀러 타임

고요

거리에 사람들이 슬슬 늘어나는 금요일 저녁이었다. 그와 나는 거의 동시에 약속 장소에 도착했다. 원래는 오후에 만나기로 한 약속이었지만 그에게 일이 생기는 바람에 저녁으로 시간이 변경되었다.

"미안해요. 갑자기 조문을 다녀오게 돼서."

그의 첫마디에 미안한 마음이 역연히 드러나 있었다.

"아니에요. 피곤할 텐데 일부러 전주까지 와 준 거잖아요. 근데 시간이 이래서, 어디 가죠?"

"일단 저녁 먹고…… 괜찮으시면 술 한잔할까요?"

"이따 광주도 가셔야 하잖아요."

"어차피 내일 쉬니까 전주에서 하루 묵으려고요. 지난번에 말한 취재도 내일 할 겸."

"음, 근데 전 술 잘 못하는데. 조금만 마실게요."

"네. 고요 씨는 내일 출근도 해야 하니까."

우리는 저녁 식사 후 술집을 찾아 기웃거렸다. 그가 전주에 왔으니 내가 안내하는 게 자연스럽겠지만, 술은 일 년에 한두 번 마시는 게 고작이라 어디로 가야 좋을지 알 수 없었다. 저번처럼 커피를 마시기로 했다면 가까운 카페가 어디 있는지, 좋은 원두를 쓰는 카페가 어디 있는지, 아기자기한 소품으로 꾸며진 카페가 어디 있는지, 책이 많은 카페가 어디 있는지 줄줄이 꿰고 있어, 그의 취향에 맞게 데려가 줄 수 있을 텐데.

그때, 그가 "저기 어때요?" 하며 '밀러 타임' 간판을 가리켰다. 몇 번 본 적이 있는 프랜차이즈 술집 간판이었다. 나는 잔뜩 상기된 표정으로 물었다.

"오, 농구의 그 '밀러 타임'에서 따온 건가요?"

"미국의 맥주 브랜드 '밀러'일 거예요. 농구의 밀러 타임은 뭔가요?"

"NBA 선수 중에 레지 밀러라고 있는데, 1995년 그가 NBA 역사에 남긴 대역전극으로 인해 생겨난 말이에요. 그의 팀은 경기 종료 18초를 남겨 놓고 6점 차로 지고 있었어요. 모두 그 경기가 이미 끝났다고 확신했겠죠. 그런데 밀러가 연속 8득점을 하면서

짜릿한 역전승을 거두게 돼요. 그때부터 폭풍 같은 원맨쇼 시간을 밀러 타임이라 부르게 된 거예요."

흡사 래퍼라도 된 듯 거의 숨도 쉬지 않고 줄줄 읊었다.

"그래서 〈슬램덩크〉의 안 선생님이 그런 말을 한 거군요. 마지막까지 희망을 버려선 안 된다고. 단념하면 바로 그때 시합은 끝나는 거라고."

"아하하."

그의 입에서 〈슬램덩크〉 이야기가 나오자 나는 유쾌하게 웃었다.

외관으로 봤을 땐 자그마한 술집인 줄 알았는데, 안으로 들어가니 짐작했던 것보다 훨씬 넓었다. 원형 탁자, 사각 탁자가 섞여 빼곡히 늘어서 있었고, 비교적 이른 시간임에도 많은 사람들이 자리를 채우고 시끌벅적하게 잔을 부딪치고 있었다.

우리는 간단한 안주를 곁들여 술을 마셨다. 남들은 이 술은 풍미가 좋다는 둥 저 술은 목 넘김이 좋다는 둥 하지만 나는 뭐가 다르다는 건지 잘 구분이 되지 않았다. 어차피 다 쓸 뿐이니 가장 저렴한 500CC 생맥주를 주문했다. 그게 딱 내 주량으로, 소주는 일절 못 마시고 맥주는 그만큼까지 견딜 만했다.

그가 술을 꼴깍거리는 모습이 광고처럼 청량해 보였다. 나도 그렇게 마셔 보고 싶었지만, 쓰디쓴 술맛이 싫어 술잔이 입에 닿기 무섭게 절로 찡그린 표정이 되었다. 나는 한 모금 홀짝인 뒤

안주로 시킨 나초를 한입 가득 밀어 넣었다.

그와 나는 어른이 되어 간다는 것, 김광석의 노래, 세상 돌아가는 일에 대해 차례로 이야기를 나누었다. 그와 특별히 취향이나 취미가 같다고 생각되진 않았으나, 이런저런 대화를 하고 있으면 이상하리만큼 잘 통했다. 그도 "원래는 말수가 적은 편인데 고요 씨랑 대화하면 말이 많아지네요."라고 했다.

끝나지 않을 것 같은, 또한 그렇다 해도 지루하지 않을 것 같은 긴 대화 속에서 불현듯 '낭만'이란 단어가 튀어나왔다. 아마도 그가 "낭만이 죽은 세상이죠." 하고 말했을 것이다.

나는 그 단어를 듣자 급격한 갈증에 사로잡혔고 술을 벌컥벌컥 들이켰다. 그러고는 '탁' 소리가 나게 술잔을 내려놓았다. 난 가끔씩 사랑, 운명, 동경, 꿈, 낭만 등의 단어에 예민해지는 때가 있다.

"어쩐지 낭만이라고 하면 오그라드는 세상이 되었죠. 낭만을 표출하는 사람을 보면 허세라고 비웃으면서 말이에요. 도대체 왜 이렇게 쿨한 세상이 된 거예요?"

"저도 이런 세상이 별로예요."

그가 내 말에 맞장구를 쳐 주었다. 나는 그의 두둔에 힘입어 목소리를 높였다.

"허세는 겉멋일 뿐으로 속이 텅 빈 반면 낭만은 진실로 꽉 차 있잖아요. 그 무게가 확연히 다른데, 어째서 낭만이 허세로 둔

갑당하는 세상이 되었을까요? 뭐, 물론 솜씨와 재주에 따라 진짜도 가짜, 가짜도 진짜 같을 순 있지만."

"고요 씨, 지금 3분의 1 정도 마신 것 같은데 설마 취한 건 아니죠? 목소리 톤이 높아져서."

"이래 봬도 술 세요."

"아까는 술 잘 못한다고 했는데."

"아니야. 세요."

애꿎은 그를 책망하며 말을 이어 갔다.

"그리스 신화의 프로크루스테스 알아요?"

"집에 온 손님을 침대에 눕혀서 몸이 침대보다 길면 긴 만큼 잘라 죽이고, 짧으면 길이에 맞춰 늘여 죽였다는?"

"맞아요. 세상은 프로크루스테스가 되어 낭만을 자신의 침대에 누이죠. 길면 잘라서, 짧으면 늘여서 죽여요. 낭만은 살아남을 수 없어요. 무심한 척 냉소적인 척, 쿨하게 시니컬하게, 애초에 그 집을 그냥 지나치는 것만이 살 길이죠."

"……."

"내가 무슨 말을 하고 있는지 모르겠네요. 낭만주의자라고 하도 욕을 먹었더니 비뚤어졌어요. 그래도……."

"그래도?"

"낭만이 존재하지 않는 세상이라니, 그런 게 가능할 리 없잖아요. 사람들은 여전히 사랑으로 숨 쉬고 사랑 때문에 죽죠. 심장이 뛰는 절반의 이유는 사랑이고 뛰지 않는 절반의 이유도 사랑일 거예요."

"쿨하다는 건 그저 유행일 뿐이죠."

그는 짧은 대답으로 내 말에 동의를 표했다. 그리고 무슨 말인가 더 하려다 잠시 멈추더니, 포크로 안주를 찍어 나에게 내밀었다. 포크째로 건네받아 안주를 입에 넣고 한참 오물거리는데, 그가 말했다.

"그러니 프로크루스테스의 악명에 굴복하지 않으면 되는 것 아닌가요? 그를 죽인 영웅 테세우스가 되면 되지 않겠어요?"

"예를 들면?"

"다시 시를 써 보면 어때요? 사람들 속에 숨어 있는 낭만을 모조리 끄집어낼, 그런 시를."

너무나 갑작스럽고 억지가 다분한 이야기였다. '언젠가는'이라고 생각했지만 '아직은'이다. 도무지 용기가 나지 않았고 열정이 샘솟지 않았다. 겁이 나고 두려웠다. 지금 그의 이야기에 심장이 뜨거워지는 기분은 오로지 술기운이 오른 탓이다.

* * *

현우

봄이 무르익은 5월의 첫날. 멀리 그녀가 보였다. 나는 걸음을 재촉하여 겨우 약속 시간에 맞췄다. 애초에 오후 세 시 약속이었던 것을 내 사정으로 일곱 시로 미뤘는데, 그마저 못 지킨다면 영 면목 없는 일이었다.

"미안해요. 갑자기 조문을 다녀오게 돼서."

사과로 인사를 대신하면서 그녀를 바라보았다. 그녀는 화사하고 말간 모습이었다. 살짝 넘긴 머리카락 사이로 별 모양의 작은 귀고리가 반짝였고, 무릎 즈음에 걸린 시폰 치맛자락이 나풀거렸다.

"아니에요. 피곤할 텐데 일부러 전주까지 와 준 거잖아요. 근데 시간이 이래서, 어디 가죠?"

그녀가 묻기에 식사 후 술 한잔은 어떠냐고 제안했다. 차를 가져오긴 했지만, 어차피 내일이 휴무이니 전주에서 하루 묵고 가면 그만이었다. 운이 좋으면 내일 한 번 더 만날 수도 있는 일이다.

저녁을 먹은 뒤, 그녀가 술집을 잘 찾지 못하기에 건너편에 보이는 '밀러 타임' 간판을 가리켰다. 그녀는 눈을 휘둥그렇게 뜨며 달뜬 목소리로 "오, 농구의 그 '밀러 타임'에서 따 온 건가요?" 하고 물었다. 그게 무엇이냐고 되묻자 그녀는 NBA 선수 레지 밀러의 일화에 대해 숨이 넘어갈 듯 빠르게 읊었고, 그런 모습이 귀여워 웃음이 날 뻔했다.

날씨 좋은 금요일 밤답게 술집 안은 매우 복잡하고 시끄러웠다. 생맥주와 나초를 수문하고, 그녀의 목소리를 잘 듣기 위해 의자를 바짝 당겨 앉았다. 술을 잘 못 마신다는 그녀는 생맥주를 한 모금씩만 홀짝였고 마실 때마다 표정을 찌푸렸다. 나는 안주를 그녀 쪽으로 밀어 주었다.

우리는 세상 돌아가는 이야기를 하고 있었는데, 내 입에서 "낭만이 죽은 세상이죠."라는 말이 나오자 그녀가 갑자기 술을 들이켜기 시작했다. 그러곤 그런 세상에 대해 일장 연설을 늘어놓았다.

그때 나는 '아차!' 싶은 일을 저질렀는데, 그녀의 말에 호응하다가 시를 써라, 사람들의 낭만을 끄집어내라, 같은 말들을 해 버리고 만 것이다. 그녀는 길게 침묵했고, 술잔을 쥔 손이 파르르 떨리고 있었다. 진심으로 그녀가 다시 시를 쓰길 바랐지만 강요할 수는 없는 일이었다.

서둘러 영화로 주제를 옮겼다. 그리고 영화의 스토리를 설명하다 '운명의 굴레'라는 말을 사용했더니, 그녀는 또다시 술을 벌컥벌컥 들이켰다. 그녀가 왜 저러는지는 모르겠지만 여하튼 내 입이 문제라고 생각했다.

그녀는 고작 400CC 정도에 말의 음조가 달라져 있었다. 처음엔 높이가 높아졌고 이제는 속도까지 느려졌다.

잔뜩 상기된 그녀를 보며 그녀가 '실수'할 것만 같은 불안감이 엄습해 왔다. 간혹 술자리에서 우연히 지인의 비밀을 알게 되는 때가 있는데, 그로 인해 가까워지는 경우도 있지만 멀어지는 경우도 있었다. 내가 그 비밀을 감당할 수 있건 없건 간에, 상대는 그저 실수로 해 버린 말이었으며 내가 자신의 비밀을 아는 데 부담을 느낄 수 있었다. 그녀는 정말 취했는지 너무 많은 말을 쏟고 있었고, 이대로라면 그녀 자신이 하고 싶지 않았던 말들까지 하게 될 것 같았다.

"취한 것 같으니 그만 마셔요."

그녀는 연신 손을 가로저었다. 취한 사람이 순순히 취했다고 이실직고하는 경우는 본 적이 없다.

"취한 게 아니라요. 운명론자라고 하도 욕을 먹었더니 비뚤어졌어요."

좀 전과 오버랩 되는 상황이었다. 아까도 그녀는 "낭만주의자라고 하도 욕을 먹었더니 비뚤어졌어요."라고 말했었다.

"고요 씨, 혹시 술 오랜만에 마시는 거예요?"

"응? 네에, 일 년 정도 된 것 같은데……."

"본인 주량 몰라요? 대체 주량이 몇 잔이에요?"

"뭐야, 안 취했다니까요……? 나 200CC 잔으로 두 잔 반 마실 수 있어요. 그러니까 이거 다 마셔도 된다고요."

나는 난감한 심정으로 이마를 짚었다. 내일 출근도 해야 하는 사람이, 마지노선보다는 덜 마셔야 할 것 아닌가. 하다못해 천천히 마시든가. 그래, 이것도 처음부터 확인하지 않은 내 불찰이다.

"오랜만에 마시고 한꺼번에 들이켜고, 그러면 평소보다 더 잘 취해요. 더 마시면 안 돼요."

"쳇, 그렇게 안 봤는데 완전 자기 멋대로네……."

"그 말은 고요 씨 스스로에게 하세요."

"너무해요."

"고요 씨가 너무해요."

"으앙, 한 마디도 안 지네!"

차분한 줄만 알았던 그녀가 한껏 흐트러진 모습을 보였다. 조금 당황스럽긴 했지만 이런 모습도 퍽 매력적이라는 생각이 들었다. 그녀는 헤실헤실 웃다가 금세 표정을 바꾸곤 심각해졌다. 순간 내가 또 무슨 말실수를 했나 싶었다.

"현우 씨는 오늘이 무슨 날인지 알아요?"

"'근로자의 날'이죠."

그녀는 고개를 내저으며 조곤조곤 설명했다.

"단테와 베아트리체가 처음 만난 날이에요. 세는나이로 각각 열 살, 아홉 살이던 때죠. 베아트리체 생일을 모르니까 세는나이로 말할게요. 아무튼, 단테는 베아트리체를 보고 첫눈에 반해요. 그리고 9년 뒤 같은 날에 또다시 마주치죠. 둘 사이에는 두 번 마주친 일이 전부였으나 그는 온 생을 그녀를 그리워하며 살았어요. 아마 그의 모든 시는 베아트리체를 위해 쓰였겠죠."

"대강 기억이 나네요. 그런 걸 '궁정식 연애'라고 하죠? 비밀스럽고 보답을 바라지 않은 채 찬미하는 것⋯⋯."

"알고 계시네요. 현우 씨는 그런 단테에 대해 어떻게 생각하세요?"

"글쎄요⋯⋯. 뭐, 세상은 넓고 사람은 많고 가치관은 다양하니까요. 단테처럼 평생 한 사람을 그리워하며 살 수도 있고, 로미오와 줄리엣처럼 사랑에 목숨을 내걸 수도 있고, 뉴턴처럼 일생을 독신으로 살며 그것에 긍지를 느낄 수도 있겠죠."

그녀의 두 눈에 일순간 놀람과 기쁨, 슬픔이 한꺼번에 스쳐 지나갔다. 그녀가 주위를 잠깐 살피더니 자세를 낮추며 속삭여 왔다.

"현우 씨도 그런 경험이 있나요?"

"아뇨, 전혀요. 전 지극히 평범한 사람이에요."

그녀는 안도인지 실망인지 알 수 없는 한숨을 짧게 뱉으며 "그런데도 그렇게 생각해 주는군요⋯⋯. 아량이 넓네요. 고맙게도." 하고 말했다.

'고맙게도'라니? 별안간 심장이 걷잡을 수 없이 뛰었다. 그녀와 나 사이에 무거운 침묵이 흐르는 듯하다가, 그녀가 다시 천천히 입을 열었다.

"나는⋯⋯ 나만 그런 줄 알고 늘 외로웠는데⋯⋯."

그녀가 지금 무슨 말을 하려는 걸까.

"스무 살 땐가 단테의 얘기를 처음 읽었을 때, 구원받은 기분이었어요."

심장이 멀리, 저 멀리 낙하하는 것 같다.

"있잖아요, 글을 적다 보면요…….

제발, 그녀가 더 이상 말하지 않기를.

"매 순간 절절히 깨달아요. 내가 품었던 모든 은유가 그를 위한 것이었음을……. 그를 만났던 찰나가, 내가 저지른 가장 찬란한 실수였죠."

지금 이 말들이 그녀가 꼭꼭 숨겨 두고 싶었던 마지막 비밀임을 본능적으로 알 수 있었다. 나는 아랫입술을 잘근 깨물었다. 그가 누군가요? 언제 만났나요? 다시 만났나요? 그를 평생 그리워하며 살아왔나요? 당신의 시는 모두 그를 위한 것인가요? 묻고 싶은 게 많았지만, 아무것도 물을 수 없었다.

남은 술은 다 마시고 말겠다는 그녀와 잠시 실랑이를 했다. 술을 다 치워 버리고 끝끝내 마시지 못하게 만들었지만, 그런 내 노력에도 불구하고 그녀의 눈이 점차 감기고 있었다. 나는 그런 그녀를 가만히 바라보았다.

첫사랑 이후 한 번도 설레 본 적이 없었다. 그래서 그런 감정은 청소년기나 이십 대 초반에만 일어나는 일인 줄 알았다. 적어도 나한테는 그런 줄 알았다. 그런데 지금 난 여느 사춘기 소년처럼 환희에 차고 들떠 있었으며 또한 가슴이 아팠다.

　낭만과 운명에 대해 마구 쏟아낸 그녀의 시간은, 말 그대로 '밀러 타임'이었다. 그녀의 숏은 한 번도 실패하지 않고 림에 적중되었다. 그녀의 모든 말이, 표정이, 행동이 나를 겨냥하고 있었으며 나는 속수무책으로 당할 수밖에 없었다. 짧은 시간 보여 준 그녀의 폭풍 같은 원맨쇼에 나는 내가 사랑에 빠졌음을 직감했다.

　'짝사랑은 해 본 적이 없는데, 이거 야단났군.'

　나는 그녀의 옆자리로 가 그녀의 어깨를 잡고 가볍게 흔들었다.

　"그만 일어나요. 바래다줄게요."

　그녀가 고꾸라진 머리를 힘겹게 들어 올리며 웅얼거렸다.

　"현우 씨 술 마셨잖아요."

　"대리 부를 거예요."

　그녀를 차에 태우고, 대리운전 기사를 불러 그녀의 아파트로 갔다. 밤공기가 유난히도 맑고 선선했다. 산 사이로 달이 겅중 솟아 있었고, 그녀의 말대로 별이 잘 보였다. 확실히 그녀의 마음을 사로잡을 만한 곳이었다.

　나는 그녀를 부축하며 엘리베이터 앞에 멈춰 섰다.

　"다 왔어요. 혼자 올라갈 수 있겠어요? 몇 층이에요?"

　"현우 씨, 있잖아요……. 세상은 제 편이 아니에요."

그녀는 큰 눈을 느리게 끔뻑이며 슬픈 어조로 말했다. 내 말은 전혀 들리지 않는 것 같았다.

"왜 그렇게 생각해요?"

"……."

그녀는 아무 대답도 하지 않았다.

난 아직 그녀가 어떤 사람인지 알지 못하지만, 그녀의 시가 내게 말 걸었기 때문에, 그녀의 가치관이 나를 변화시키기 때문에, 그녀가 눈가에 옅은 주름을 만들며 활짝 웃기 때문에, 그녀의 다른 모든 것을 사랑할 수 있을지도 모르겠다는 생각이 들었다.

"세상은 고요 씨 편일 거예요. 그리고……."

그녀가 고개를 들어 나를 바라보았다.

"만약 세상이 당신 편이 되어 주지 않는다면……."

"어? 언니!"

그때, 뒤에서 그녀를 부르는 목소리가 들렸다. 나는 하려던 말을 속으로 삼켰다.

'만약 세상이 당신 편이 되어 주지 않는다면, 내가 세상만큼 당신 편이 될게요.'

7
운명

<u>고요</u>

내가 간헐적으로 꾸는 꿈은 명확하게 말하면 '그 사람' 꿈이 아니라 '그날'의 꿈이기에, 그 사람은 15년 동안 같은 모습으로만 존재했다. 고등학생 즈음의 나이, 밤톨 같은 머리, "고마워."라는 말, 환한 미소, 넓은 등과 투박한 손······.

그런데 어젯밤 처음으로 그가 다른 모습을 하고 꿈에 나왔다. 만져질 듯 생생한 꿈은 아니기에 행색까지는 자세히 기억나지 않지만, 장면만큼은 다 기억이 났다.

그가 내 앞에 있었다. 늘 "고마워."라는 말뿐이었던 그가, 이번엔 나에게 오래 이야기했다. 그 환한 얼굴로, 가끔 심각한 표정도 지어 가며 열심히 이야기했다. 그런데 한마디도 들리지 않았다. 그래서 한마디도 할 수 없었다.

무엇이 우리 사이를 가로막고 있었을까? 허공이 그의 이야기를 다 삼켜 버린 걸까?

그가 언어를 상실했거나 내 청각에 문제가 있었을 수도 있다. 그가 사실은 입만 벙긋거리고 있었거나, 내 쪽에서 듣지 못하거나, 아니면 둘 다였을지도 모르는 것이다. 혹은 반대의 경우도 가능하다. 그는 자신의 목소리가 들리지 않아 너무 작게 이야기했고 나는 말할 수 없어 듣고만 있었는지도 모른다.

내가 못 듣고 있는 걸 아는지 모르는지 그는 계속 이야기했고, 나 역시 들리지도 않는 것을 다 듣고 있었다. 몸짓으로 알릴 수도 있었겠지만 이 처절한 상황을 인정하고 싶지 않아 그만두었을 것이다. 우리는 서로를 앞에 두고도 소통할 수 없었으나, 각자대로 끈질기게 소통하고 있었다.

"언니! 일어났어?"

"소리야."

나는 '소리'를 꼬옥 끌어안았다. 예쁘고 착하고 똑똑한, 자랑스러운 내 동생이었다.

소리는 어려서부터 공부를 잘했는데, 그것은 커 가면서 더 빛을 발해 초등학생 때보다 중학생 때, 그보다 고등학생 때, 그보다 대학생 때 더 공부를 잘했다. 서울로 대학을 간 소리는 내내

'과탑'을 놓치지 않았고, 중간에 한 학기를 휴학하여 스물넷 현재 마지막 학기를 보내고 있다. 매주 집에 오려면 피곤할 텐데도 가족들을 못 보면 일주일을 못 버틴다며 특별한 일이 없는 한 꼬박꼬박 왔다.

소리는 나를 잠시 안았다 떼고는 호들갑을 떨며 물었다.

"언니, 어제 엘리베이터 앞에서 그 남자 누구야? 혹시 전에 말한 독자? 뭐야, 문자만 하는 건 줄 알았는데! 만나다니, 언제부터? 술도 못 마시면서 술은 또 뭐고!"

"그……."

아직도 술기운이 남아 있는지 머리가 지끈거렸다. 낭만에 대해 이러쿵저러쿵 얘기한 것까지는 기억이 나는데 그 다음은 기억이 희미했다. 뭔가 많은 말을 늘어놓았고, 그가 집 앞에 바래다주었고, 동생과 마주쳐 같이 들어왔다는 건 알겠는데…….

스무 살 얼마 마시지도 않은 술에 취해 본 이후 술은 거의 입에 대지 않았다. 그래도 일 년에 한두 번은 마실 일이 있었고, 그게 쌓여 나름 주량도 늘었다. 어제는 주량만큼 마시지도 않았는데 대체 왜 그랬는지.

어쨌든 소리의 질문에 일일이 답해 주다간 회사에 지각할 듯해 은근슬쩍 말을 돌렸다.

"근데 언니 출근해야 되는데."

"아, 맞다……. 그럼 메시지 보내 줘! 퇴근까지 기다리기 힘들

단 말이야!"

띠링, 띠링— 오전 내내 소리의 메시지가 빗발쳤다. 나는 손님
이 없을 때, 화장실에 갈 때 짬을 내어 답장을 보냈다.

「송정역에서 마주친 거 빼면 지난주랑 어제 본 게 전부야. 두
번 다 취재 때문에 전주에 온 거고.」

「지난주에는 왜 말 안 해 줬어?」

「너 스터디 모임 때문에 집에 못 왔잖아. 집에 오면 말해 주려
고 했지.」

「이렇게 메시지로 말해 주면 되잖아.」

「취재하러 온 김에 본 것뿐인데 뭘.」

「몰라, 몰라, 바보 언니. 어떤 사람인 것 같아? 어제 보니까 외
모도 괜찮고 깍듯하던데.」

소리는 나를 타박하면서도 굉장히 신이 나 있었다. 아마 '연애
라고는 일절 관심도 없는 언니가 남자라니!'라는 심정일 것이다.
별로 그런 게 아니라니까. 취재차 온 거라고 잇달아 설명도 해
줬건만. 바보 동생.

나는 화가 중에 빈센트 반 고흐를 가장 좋아한다. 고흐의 그림
도 그림이고 일생도 일생이지만, 그보다 고흐에게 동생 테오가
있었기 때문에 좋아한다. 고흐를 유일하게 이해해 주고 끝까지
응원해 준 정신적 지주이자 조력자. 어쩌면 고흐보다 테오가 좋
은 걸지도 모르겠다. 여담이지만, 테오의 탄생일이 5월 1일이라

는 걸 알게 되고는 더욱 끌렸다.

소리는 테오를 닮았다. 살아오면서 내 모든 걸 이해해 주고 응원해 주었다. 내가 '아무도', '누구도'라고 말하는 것에 소리는 해당되지 않는다. 우리는 서로에게 비밀이 없다. 걱정할까 봐, 혼날까 봐, 슬퍼할까 봐 차마 당시에 말하지 못하고 좀 지나서 말하는 경우는 있어도, 일부러 비밀로 하는 경우는 없었다.

소리는 내 운명적 순간에 대해서도 알고 있다. 나이가 다섯 살이나 차이 나기 때문에, 소리 나이 아홉 살에 내 얘기를 들었을 땐 전혀 이해하지 못한 표정으로 고개를 갸우뚱거릴 뿐이었다. 나는 그렇게 소리가 내 이야기를 잊은 줄로만 알았다.

그런데 소리가 열네 살이었을 때 내게 말했다.

"언니, 또 울었어?"

소리는 내가 자주 아침에 울면서 일어나는 것을, 자기 전에 이불 속에서 숨죽이며 우는 것을 알고 있었다. 하지만 그 이유는 모를 거라고 생각했다. 가족, 집안일, 친구, 학업, 진로, 짝사랑, 이성 친구 등 사춘기 때에 울 만한 이유는 너무나도 많지 않은가. 특히 그 당시엔 날 은근하게 괴롭히는 아이들이 있었기에 그것 때문에 우는 줄 알 거라 생각했다.

걱정하는 소리를 쓰다듬으며 "언닌 원래 잘 울잖아. 나 우는 건 밥 먹는 것과 같은 일이니 신경 쓰지 마." 하고 말했다.

"밥 먹는 것도 살려고 먹는 거잖아. 언니는 살려고 우는 것 같

아. 그래도 언니, 울지 않고 기다리는 법을 찾아보자."

잠시, 시간이 멈췄다. 알아 달라고, 달래 달라고 운 적도 있었다. 하지만 알아준 사람도, 달래 준 사람도 없었다. 사람들은 나의 울음을 견디지 못했다.

표면적으로는 친구와 다퉈서, 반 아이들이 괴롭혀서, 엄마가 고생하는 게 슬퍼서, 몸이 아파서, 공부가 잘 안 돼서, 책과 음악과 영화가 감동적이어서 등 다양한 이유로 울었다. 물론 충분히 울 수 있는 일이었지만 작은 일에도 너무 많이 울었고 지나간 일에도 너무 오래 울었다.

사실 내가 그렇게 눈물이 많아진 근원은 오직 '운명적 순간' 때문이었다. 너무나 간절한데 복원할 수 없는 한순간. 그것 때문에 울고 싶은데 그것 때문에 울 순 없어서, 나는 다른 일들을 방패 삼아 그 뒤에서 울었다. 울음으로라도 토해 내지 않으면 살 수 없었다.

내가 말하지 않은 이야기를, 알아주길 바랐지만 아무도 알아주지 않은 이야기를 소리가 알고 있었다. 달래 달라고 소리쳤지만 아무도 돌아봐 주지 않던 나를, 소리가 와서 달랬다. 그 뒤 곧 스무 살 성인이 되어서였을지도 모르지만 어쨌든 나는 그 즈음부터 덜 울 수 있게 되었다.

소리는 여전히 내 편이며 기적을 믿지만, 내가 운명적 순간에서 벗어나길 바라기도 한다. '언니에게 다시 한 번 100%의 순간이 오게 해 주세요. 그리고 이번에는 놓치지 않게 해 주세요.' 하고 기도하면서, 동시에 '언니가 평범한 사랑을 할 수 있게 해 주세요. 80%의 사람을 만나 100%를 만들어 갈 줄 알게 해 주세요.' 하고 기도하기도 하는 것이다.

* * *

현우

전주 구시가지에 위치한 낡은 호텔에서 뜬눈으로 밤을 지새웠다. 침대가 다소 불편하긴 했지만 그 이유는 아니었다. '사랑이라니!'라는 생각에 도저히 마음이 가라앉지 않아서였다.

밤사이 몇 번 호텔 방에 딸린 테라스로 나갔다. 점점이 뜬 별들을 바라보며, 때론 환희가 있었다.

'내게도 사랑이란 감정이 벼락처럼 올 수 있는 것이었나? 이렇게 난데없이 나타나 별안간에 확신할 수 있는 것이었나? 이런 게 그녀가 말한 낭만이고 운명인가?'

때론 낭패감에 휩싸였다.

'그녀에게 대체 무슨 일이 있었던 걸까. 스무 살에 단테의 얘기를 읽고 구원받은 기분이었다고 했지. 글을 적다 보면 자신의 은유가 그를 위한 것임을 깨닫는다고 했고. 그렇다면 스물보다 더 어린 나이에 누군가를 만났고 그를 그리워하며 시를 써 왔다는 걸 테다. 분명 찰나라고 했는데, 만남마저 단테처럼 우연하고 짧았던 것인가.'

그리고 때론 희망을 갖도록 노력했다. 그녀뿐 아니라 수많은 이들이 이루지 못한 꿈이나 사랑 같은 걸 그리워하며 살곤 한다고. 비단 그녀만의 일이 아니라고.

하지만 그것을 과거로 인정하느냐, 현재에도 부둥켜안고 있느냐, 미래까지 기대하고 있느냐는 형언할 수 없이 큰 차이였다. 그녀는 누군가를 스물 이전에 만났고 지금은 스물아홉이 되었다. 그동안 그녀는 이따금 아련하게 떠올렸을까, 매일매일 잊지 못했을까, 다시 만날 것이라 기대를 품고 살았을까.

결국 어떤 의문도 해소하지 못하고 도리어 번잡해진 채 이내 별들이 지고 해가 떴다. 그저 내가 사랑에 빠졌다는 것과 당장 그녀를 만나고 싶다는 것만이 저 태양처럼 눈부시고 완전한 사실이었다.

똑, 또도독…… 둥근 탁자 위에 한 손을 올려놓고 피아노를 치듯 손가락을 움직였다. 불규칙적 소리가 고적한 방 안을 가득 메웠다. 나는 망설이고 있었다. 그녀를 만나고 싶지만, 잠도 자지 못했고 어제 입었던 옷 그대로라 행색이 추레했다.

'에라, 나도 모르겠다.'

다소 비장한 표정으로 휴대폰을 집어 들고 그녀에게 메시지를 전송했다.

「고요 씨, 저 점심 먹고 광주 내려가려고요. 점심시간에 같이 해장하러 가지 않을래요? 콩나물국밥 맛있는 곳 많다고 하던데 소개해 줘요.」

이제 네 번째 보는 그녀는, 그동안 길게 늘어뜨렸던 진갈색 웨이브 머리를 느슨하게 묶고 나왔다. 화장도 한층 옅어 보였다.

세 번 보는 동안 그녀의 차림에 대해 깨달은 건 포인트를 주는 액세서리를 꼭 하나씩만 한다는 것이었다. 처음 봤을 땐 머플러, 지난주엔 머리띠, 어제는 귀고리. 그런데 예상이 빗나간 것인지 일하는 날과 쉬는 날의 차림이 다른 것인지 아침에 바빠 깜빡한 것인지, 오늘은 그런 액세서리를 착용하지 않았다(머리를 묶은 검정 고무줄은 포인트로 보기 어려웠다). 하지만 그녀는 수수할수록 더 어울리는 듯해 지금 모습이 가장 예쁘다고 생각되었다.

그녀는 나를 W 콩나물국밥집으로 안내했다. 나로선 들어 본 적 없는 곳이었지만, 빈자리가 거의 없는 걸로 미루어 '소문난 집인가 보구나.' 생각했다. 과연 정갈하게 담겨 나온 밑반찬부터 먹음직했다.

"H 콩나물국밥집이랑 S 콩나물국밥집도 맛있는데, 전국적으로 분점이 많이 생겨서요. 아마 광주에도 있을 거예요. 여긴 전주에서만 먹을 수 있으니까."

그녀의 입가에 싱긋 미소가 걸렸다 사라졌다.

"어제는 미안했어요. 추태 많이 부렸죠?"

그녀가 미간을 살짝 찌푸리며 말했다. 흡사 애니메이션 〈슈렉〉의 장화 신은 고양이 같은, 귀여운 눈빛이었다.

"아니에요. 즐거웠어요."

"평소에 술 잘 안 먹어서 동생이 엄청 놀라더라고요."

"고요 씨랑 많이 닮아서 동생인 줄 바로 알겠던데요."

"그렇죠? 어릴 때부터 똑 닮아서, 저는 동생 보면서 과거의 제 모습을 회상하고 동생은 저 보면서 미래의 자기 모습을 그려 보곤 했어요. 현우 씨는 어때요?"

"저랑 누나는 하나도 안 닮았어요. 전 어머니 닮았고 누나는 아버지 닮았거든요."

"그렇구나. 저희는 둘 다 아빠 닮았어요."

그녀는 옆머리를 귀 뒤로 넘기고, 뜨거운 국밥을 호호 불어 가며 열심히 먹었다.

"앗, 뜨거!"

"천천히 먹어요. 그러다 혀 데어요. 어제 술도 급하게 마셔서 취하더니."

그녀는 입을 살짝 삐죽이다가 "근데 나 어제 무슨 말 했어요? 굉장히 많은 말을 한 것 같은데 기억이 또렷하지가 않아요." 하고 물었다.

"그냥 뭐…… 본인이 낭만주의자, 운명론자라고 했어요."

"……그렇게만 얘기했어요?"

"네."

그녀를 쳐다보지 않고 국밥을 입안 가득 욱여넣었다. 나는 종종 목소리가 편안하다는 말을 듣는데, 그 덕분에 완화되는 듯하지만 사실 말투 자체는 딱딱한 편이었다. 내가 짤막하게 응답하고 고개를 숙여 버리니 그녀도 멋쩍은 듯 한참을 먹기만 했다.

낭만주의자, 운명론자…… 어제 그녀의 말들이 떠올랐다. 화가 난 것은 아닌데 뭔지 모를 분한 기분이 치밀었다. 나는 반찬을 집던 젓가락을 내려놓았다.

"그런데."

행여 그녀에게 공격적으로 비춰지지 않도록 최대한 말투를 부드럽게 했다.

"우리도 꽤 운명적으로 만나지 않았나요?"

"네?"

"난 그렇거든요. 내가 그 문예지를 읽지 않았다면, 고요 씨의 시를 좋아하지 않았다면, 그날 송정역에 가지 않았다면, 근처에 앉지 않았다면, 말 걸지 않았다면, 그 중 뭔가 하나라도 어긋났다면 지금 이렇게 마주앉아 밥 먹고 있진 못할 테니까."

그녀는 '지금 이게 무슨 말이지?' 하는 벙벙한 표정을 지었다.

"별 뜻은 없고…… 신기하지 않느냐는, 따지고 보면 이것도 운

멍 이니냐는 말이에요."

그녀는 잠깐 망설이는 듯하더니, 노란 양은 주전자에서 물을 따라 한 모금 마시고는 입을 열었다.

"운명뿐 아니라 우연도 타이밍이죠. 그래서 얼핏 착각하기 쉽지만, 우린 운명이 아니라 우연이에요."

"그건 어떻게 구분하죠?"

"'따지고 보면' 뒤에는 '이것도 인연이지.'가 오는 편이 어울리죠. 나도 우리가 만난 게 인연이다 싶고요. 그런데 운명은요, 무언가 생각하고 판단할 겨를도 없이 '아!' 하고 오는 100%의 어떤 것이거든요. 한순간 완벽하고 완전하게 사로잡히는, 영혼의 이끌림 같은 거죠. 겪어 보지 않은 사람들은 믿지 않을 테지만."

"첫눈에 반하는 걸 말하는 건가요?"

"비슷해요. 꼭 사랑만이 아니라 그것이 꿈이든, 우정이든, 동경이든 뭐든 간에. 강아지를 무서워하던 현우 씨 누나가 눈이를 보자마자 달려와 끌어안은 것처럼. 절대 보낼 수 없었던 것처럼."

"고요 씨는 겪어 봤다는 거죠?"

"제가 그렇게 말했나요?

"방금 그랬잖아요. 겪어 보지 않은 사람은 못 믿을 거라고."

"아……."

"그럼 고요 씨가 겪었다는 운명은 사랑인가요, 꿈인가요, 우정인가요, 동경인가요?"

"그건……. 오랜 시간이 지났지만 한 번도 명명하지 못했어요."

그녀는 금방이라도 울 것처럼 표정을 일그러뜨렸다. 그리고 숨을 몇 번 고르다가 이어 말했다.

"하지만 내가 그런 순간에 사로잡혀 봤기 때문에, 조금씩 알아가고 점차 물들어 가는 사랑을 하기 힘든 건 맞아요. 다시 그런 순간이 오기만을 기다리게 됐거든요."

'첫눈에'를 빼면 '아, 이 사람이구나.' 하는 100%의 충만한 감정은 다른 사람들도 살면서 몇 번은 느낄 것이다. 그녀가 보기에 그건 사랑이지만 운명은 아니라는 걸 테고. 그녀가 운명과 사랑을 구분하고 있는 것은 내게 다소 희망적이었으나, 결국 운명이 아니면 사랑하기 힘들다는 말은 절망적이었다. '첫눈에'가 그녀에겐 그렇게 중요한 것일까?

"난 집사람 처음 봤을 때 내가 이 사람이랑 결혼하겠구나, 바로 알았다니까." 주변에서도 이 같은 말을 한 사람이 몇 있었다. 하지만 그렇게 첫눈에 사랑에 빠져 열렬히 연애하고 결혼에 골인했음에도, 결혼 후엔 현실에 못 이겨 매일같이 다투는 경우도 보았다. 운명은 그저 사랑에 빠지는 한 방법일 뿐이다.

'첫눈에'는 분명 순수하고 아름답고 특별한 경험이지만, 어차피 더 중요한 건 '마지막에' 아니겠는가. 내가 완전한 사랑이라고 느껴 본 것은, 어느 가을날 공원 벤치에서 손을 꼭 부여잡고 서로를 애틋하게 바라보던 노부부뿐이다. 그들이 과연 서로에게 처음부터 100%로 다가왔을까? 70% 내지 80%로 다가와 서서히 침윤되었고, 서로에게 서로의 색을 물들이지 않았을까?

그녀에게 하고 싶은 말이 많았지만, 그런 말을 해 봤자 그녀의 가치관이 바뀐다기보다는 나를 미워하게 될 것이었다. 그녀도 운명론자가 되고 싶어서 된 게 아닐 테니까.

그녀의 사랑을 얻는 게 까마득히 느껴지는 참담함에 그녀가 원망스러웠으나, 울기 직전인 얼굴을 보니 "미안해요. 내가 괜히 몰아붙여서." 하고 사과할 수밖에 없었다.

"아니에요. 강박처럼 얽매여 있는 내가 이상한 거겠죠. 그냥 '트라우마' 같은 거라고 생각해 주면 좀 더 이해하기 쉬울 거예요. 물론 현우 씨가 절 이해하고 싶어 한다는 전제 하에."

트라우마. 영구적 정신 장애를 남기는 '충격'이라……. 정말 그렇게 생각하니 그녀를 좀 더 이해할 수 있을 것 같았다. 그리고 어찌 되었든 그 트라우마에서 벗어날 수 있는 방법은 그녀가 사랑에 빠지는 것뿐이라는 생각이 들었다.

그녀가 말하는 운명과는 다른 것이지만, 운명론자가 아닌 나도 그녀를 만난 게 운명이라고밖에 생각되지 않듯이, 결국 사랑에 빠진 모든 이는 상대가 운명이다. 그녀의 마음속에 천천히 스며드는 존재가 되고 싶다. 그리고 그녀에게 닥친 마음을 사랑이라 확신케 만든다면, 그녀는 나를 운명이라 부를 것이다.

8

청춘

고요

  그에게 운명에 대한 내 신념을 발설한 뒤, 앞으로 그가 나를 어색하게 대할 것이며 연락이 끊길지도 모르겠다고 생각했다. 그런 말을 듣고 '당신은 참 아름다운 경험을 했군요! 당신의 신념을 존중합니다.'라고 해 주는 사람은 거의 없을 테고, '당신은 참 어린애 같군요! 하루 빨리 철이 드시길.'이라고 하는 사람은 아주 많을 테니까.

  내 시를 읽어 주는 사람, 마음이 잘 통하는 사람, 적당한 사이…… 이 모든 걸 갖춘 이를 잃는다고 생각하니 마음이 공허했다. 하지만 그것은 순전히 내 자격지심이나 피해 의식일 뿐이었는지, 그의 태도는 변함없이 상냥하고 자상했다. 나는 그를 잃지 않았다.

4월 마지막 금요일과 5월 첫 금요일에 연달아 그를 만났더니, 나도 모르는 새에 '금요일=그를 만나는 날'이라는 공식이 생겨 버린 모양이다. 두 번째 금요일은 어버이날이라 우리는 각자 가족들과 시간을 보냈는데, 그 당연하고 마땅한 사실이 왠지 이질적으로 느껴졌다.

'언제쯤 그를 볼 수 있을까?' 생각한 지 며칠 후, 그에게 이런 메시지가 왔다.

「우리 별일 없으면 금요일마다 볼까요? 친구들은 대부분 주말에 쉬어서 금요일이 텅 비네요. 고요 씨만큼 말 통하는 사람도 없고.」

그가 혹시 내 속마음을 읽은 건 아닐까? 나는 곧장 "좋아요!" 하고 답장을 보냈다. '금요일=그를 만나는 날'이란 공식이 정식으로 성립되는 순간이었다.

5월의 세 번째 금요일. 취재차라곤 해도 번번이 그가 전주에 온게 미안하여 이번 약속 장소는 광주로 했다. 그는 "괜찮은데. 차가 있으니 내가 가는 게 낫죠. 그리고 고요 씨는 토요일에 일해야 하니 더 피곤하잖아요." 하며 쉽게 굽히지 않았지만, 나는 "전주 가이드 하는 게 더 힘들거든요?"라는 말로 받아쳤다.

횡단보도를 건널 생각은 없었지만, 그와 이쯤에서 만나기로 했기 때문에 횡단보도 부근에 서 있었다. 신호등의 색이 몇 번 바뀌었고 나도 허리에 묶은 리본을 몇 번 고쳐 맸다.

이윽고 낯익은 흰색 차가 내 앞에 멈춰 섰고, 내려진 창문 안쪽으로 그의 말끔한 얼굴이 보였다.

"고요 씨! 타세요!"

카오디오에서는 김광석, 박정현, 패트릭 피오리, 정성하가 순서 없이 섞여 흘러나왔다. 처음 박정현이 나왔을 땐 우연인가 했다가, 그 다음에 정성하가 나오자 '어라?' 싶었다. 그는 쑥스러운 기색으로 "고요 씨가 좋아하는 음악들로 준비해 놨어요." 하고 말했다.

뒤이어 그도 좋아한다는 김광석의 차례였다. 김광석이 멀어져 가는 청춘을 노래하자, 조용히 음미하던 그가 불현듯 물었다.

"고요 씨의 청춘은 어땠어요? 물론 지금도 청춘이지만."

"난 나이에 구애받지 않는 사람인 줄 알았어요. 그런데 올해 들어 부쩍, 청춘은 꿈같은 것이구나, 하는 생각이 휘몰아쳐 자꾸만 조바심이 나요. 너무 무료하게 보냈네요. 이렇게 빨리 지나가는 시간인 줄 모르고."

"그런가요? 저도 좀 후회돼요."

김광석이 진작 청춘에 대해 일러 주었건만 우리는 왜 그것이 영원한 줄로만 알았는지. 언제나 그렇듯 몇 년, 몇 십 년 뒤에 보면 지금이 청춘이고 절정이겠지만, 어쨌든 지금의 나는 먹먹함을 떨칠 수가 없었다.

괴테는 "지금 네 곁에 있는 사람, 네가 자주 가는 곳, 네가 읽는 책들이 너를 말해 준다."고 했다. 곧장 답할 수 있다. 내 곁의 사람, 내가 가는 곳, 내가 읽는 책들은 모두가 고요하다고. 괴테의 말은 틀리지 않아서, 나 역시 그런 사람이며 그런 삶에 딱히 싫증을 느끼거나 권태로워한 적도 없다. 없었다.

그런데 스물아홉이 대체 무엇이기에 이토록 절절맬까. 어째서 내 청춘이 불쑥 안타까워졌을까. 나다운 무엇도 잃지 않으면서, 그러면서도 좀 더 들뜨고 대책 없고 싶다. '덜컥'이라고 하는 것들을 나도 저질러 보고 싶다. 덜컥 고백해 본다거나, 덜컥 떠나 본다거나, 덜컥 시작해 보는 그런 것들.

마음은 굴뚝같은데 그렇게 살아 본 적이 없어 아직도 방향과 방법을 망설이며 내딛지 못하고 있다. 내딛을까, 하고 깨끼발을 한 채 비틀거리다 에이, 하고 다시 내릴 뿐. 이 빛나는 날들에, 후회할 일을 차마 저질러 보지도 못한 후회. 나는 내 청춘에 대해 완전한 환멸을 느끼고 있었다.

느닷없이 솟아오르는 슬픔을 삼키는데, 그가 불쑥 수첩을 내밀었다.

"고요 씨의 청춘을 함께할 수 있어 영광입니다. 자, 오늘은 어디로 가 볼까요?"

수첩에는 광주와 근교의 명소 몇 군데가 적혀 있었다. 특징 및 주변 식당도 함께 적혀 있어 나는 그의 면밀한 준비성에 입을 다물지 못했다.

"이렇게까지 준비할 필요는 없는데. 기자답네요."

빼곡한 글자를 훑으며 "현우 씨는 'ㄹ' 자를 또박또박 쓰네요." 부언하고, '담양 메타세쿼이아 길'을 선택했다. 차를 타고 지나가며 본 적만 몇 번 있고 직접 걸어 본 적이 없어 늘 아쉬웠던 곳이다.

메타세쿼이아 길은 퍽 낭만적이었다. 곧게 뻗은 길에는 높이 솟은 녹색 가로수들이 줄을 이루고 있었고, 자유롭고 이국적인 분위기에 취해 몽롱한 기분이 들었다. '카메라를 가져왔으면 더 좋았을 걸.' 생각하며 아쉬운 대로 휴대폰을 꺼내 아름다운 풍경을 담았다.

"찍어 줄까요?"

옆에서 지켜보던 그가 묻기에 휴대폰을 건넨 뒤 포즈를 취했다. 지인의 부탁으로 몇 번 출사 모델을 서 본 적이 있었고 표정이 자연스럽다는 칭찬도 들었건만, 그의 앞에선 왠지 어색하게 굳어 버리고 말았다. 결과물은 생각보다 더 처참했는데, 어색한 미소는 내 잘못이라고 해도 터무니없는 각도는 분명 그의 잘못이었다.

"현우 씨 무슨 부서예요?"

"아직 수습이라 정해지진 않았어요. 사회부로 갈 것 같긴 한
데."

"그렇구나. 한 글자가 달라서 다행이네요. 사진부는 절대 안
되겠어요."

내가 구시렁대자, 그는 "그래도 풍경은 잘 찍어요. 그리고 고
요 씨는 어떻게 찍어도 예쁜데요." 하고 궁색한 변명을 했다.

가로수 길에 가득 엎질러진 햇살이 아이들을 간지럽히기라도
하는지 앞서 가는 아이들이 까르르까르르 자지러지게 웃었다.
왁자한 웃음소리가 밝은 장조의 노래 같았다. 문득 '난 저렇게
웃어 본 게 언제였더라.' 싶다가, '요즘은 웃음이 많아진 것 같기
도 하고.' 하는 생각이 스쳤다.

굴러다니는 낮은 바람이 발목을 건드렸다. 날이 더워 따뜻하게
데워져 있었다. 그의 이마엔 어느새 땀이 송골송골 맺혀 있었다.

때마침 아이스크림 노점상이 보이기에 그에게 "아이스크림 먹
을까요?" 물었고, 그는 고개를 세 번이나 끄덕이며 좋다고 했다.
아이스크림 기계에는 '대잎 아이스크림'이라고 큼지막하게 적힌
종이가 붙어 있었다.

아이스크림 두 개를 구입하여 그에게 하나를 내민 뒤 내 것을
크게 한입 베어 물었다. 가로수를 닮은 청량한 녹색 아이스크림
이 부드럽게 허물어졌다. 약간 쓰고 약간 단 맛이 독특한 매력으
로 다가왔다. 나는 한참을 맛있게 먹다가, 좀 전에 본 글자를 떠

올리며 "댓잎인데." 하고 혼잣소리를 했다.

"대잎 맞지 않아요?"

그가 우물거리며 대꾸하기에, 휴대폰으로 검색한 결과를 그의 눈앞에 들이밀었다. 물론 내가 맞았다.

"기자가…… 아니, 아니에요."

나는 짐짓 얄밉게 웃어 보였다. 그는 한숨을 푹 내쉬며 "나 큰일 났네요." 하고는 같이 웃었다. 찰칵, 찰칵 찍힌 청춘의 편린들이 장난스러운 무늬를 만들어 내고 있었다.

* * *

현우

그날도 나는 그녀와 어떻게 약속을 잡을지에 대해 고민 중이었다. 더 이상 '취재차'라는 변명은 통하지 않을 터였다. 단도직입적으로 보고 싶다, 만나자, 하고 싶었지만 그럴 순 없었다.

지금까지의 나는 마음이 정해지는 즉시 고백했다. 애초에 친구였던 사이를 제외하면, 세 번에서 다섯 번 정도 보면 마음이 결정되었다. 그 마음이란 건 호감 정도였지만 그것도 쉬이 생기는 게 아니기에 그 정도면 충분하다 생각했다. 그 사람이 어떤 사람인지는 사귄 후에 알아 가도 되는 일이었다.

110

고백하면서 두려워해 본 적도 없고, 거절당해 본 적은 없지만 만약 그랬다 해도 개의치 않았을 것이다. 고백을 받아들일 때도 마찬가지로 '좋다, 싫다'를 결정하는 데 심각한 고뇌까지는 필요치 않았다. 시작이란 걸 그리 어렵게 여기지 않았다.

하지만 지금 그녀에게만큼은 나다울 수 없었다. 나다운 나보다 그녀다운 그녀가 훨씬 확고하기 때문에.

보통의 시작점이 '호감'인 것에 반해 그녀의 시작점은 '운명'이었다. '좋으면 고백하는' 내 태도는 '운명적 순간을 기다리는' 그녀의 신념 앞에서 무너졌다. 혹여 그녀가 내게 이성적으로 호감을 느끼고 있을지라도 아직 나를 받아들이지 않을 게 자명했다. 운명론자인 그녀의 마음을 움직이고 깨닫게 만드는 데에는 시간이 필요했다. 나는 난생처음으로 깊고 벅찬 사랑에 빠져 있었으며 거절당하는 일이 매우 두려웠다.

고심 끝에 그녀에게 메시지를 보냈다. 그녀가 부담스럽지 않게 받아들일 수 있도록, 동시에 앞으로도 볼 수 있도록 수를 썼다. 「우리 별일 없으면 금요일마다 볼까요? 친구들은 대부분 주말에 쉬어서 금요일이 텅 비네요. 고요 씨만큼 말 통하는 사람도 없고.」

그녀는 짧고 명료한 답장을 보내 왔다.

「좋아요!」

5월 중순이었지만, 햇살이 여기저기 마구잡이로 걸터앉은 도시는 이미 여름이나 다름없었다.

그녀는 버스터미널 부근의 횡단보도에 서 있었다. 머리카락을 높이 올려 묶어 가녀린 목선이 뚜렷하게 드러났고, 하늘하늘한 원피스는 그녀를 나비처럼 보이게 했다. 볕이 유독 그녀 쪽으로 내리쬐고 있는 것 같았다.

이번엔 그녀가 광주에 오기로 하여, 어디에 데려가야 기뻐할지 고민하며 수첩에 메모를 해 두었다. 차도 그녀에게 맞춰 세팅해 놓았다. 그녀가 불편해했던 목 쿠션은 트렁크 구석으로 치워 버렸고, 편의를 위해 휴대용 티슈, 밴드, 멀미약, 껌, 초콜릿 같은 것도 구비해 놓았다. 음악 역시 그녀가 좋아하는 것들로 갖춰 두었다. 이만하면 준비는 완벽했다.

나는 그녀 앞에서 차를 멈추고 창문을 내렸다.

"고요 씨! 타세요!"

차 안에서 자신이 좋아하는 음악이 연달아 나오자 그녀는 깜짝 놀랐고, 행복한 표정으로 감상했다. 이따금 허밍으로 따라 부르기도 했다.

곧이어 김광석의 〈서른 즈음에〉가 흐르고, 가사 속 '청춘'이란 단어가 가슴에 박혀 그녀의 청춘은 어땠는지 질문했다. 그녀는 깍지를 낀 작은 손을 자신의 다리 위에 올려놓으며 말했다.

"난 나이에 구애받지 않는 사람인 줄 알았어요. 그런데 올해 들

112

어 부쩍, 청춘은 꿈같은 것이구나, 하는 생각이 휘몰아쳐 자꾸만 조바심이 나요. 너무 무료하게 보냈네요. 이렇게 빨리 지나가는 시간인 줄 모르고."

나는 그녀가 덜 후회하도록, 즐겁고 찬란하게 청춘을 마무리할 수 있도록 돕고 싶었다.

"고요 씨의 청춘을 함께할 수 있어 영광입니다. 자, 오늘은 어디로 가 볼까요?"

미리 준비한 수첩을 그녀에게 건네며 말했다. 나도 가끔 고리타분한 사람이라고 생각되는 게, 휴대폰에 엄지를 두드려 기록하는 것보다 펜으로 서걱서걱 쓰는 느낌이 좋았다. 그녀는 눈을 굴리며 유심히 읽어 보더니 마지막 줄에 적힌 '담양 메타세쿼이아 길'을 골랐다.

그녀의 선택을 받은 초록빛 가로수 길은 무척이나 맑고 싱그러웠다. 이전에 두어 번 와 보았음에도 마치 처음 와 본 듯한 강렬한 미시감에 사로잡혔다. 두어 번 모두 가을이었던 탓에 풍경이 사뭇 달라서인지, 아니면 곁에 그녀가 있어서인지는 잘 모르겠다.

가로수 길에 발을 디딘 그녀는 하늘을 향해 양팔을 쭉 벌리며 숨을 크게 들이마셨다 내쉬었다. 그러곤 감탄사를 연발하며 풍경 사진을 찍는 데 열중했다.

나는 그녀를 가만히 바라보다가 "찍어 줄까요?" 하고 물었다. 그녀의 사진도 남기면 더 좋을 것 같았다. 그녀는 내게 휴대폰을 건네고서 몇 걸음 뒤로 간 뒤 손가락으로 브이 자를 해 보였다. 그리고 '찰칵' 소리가 나자 다시 내 쪽으로 사뿐사뿐 다가왔다.

공교롭게도 사진을 확인하는 그녀의 표정이 딱히 좋지 않았다. 내가 인물 사진에 별로 감각이 없다는 건 인정하지만, 그래도 나름대로 심혈을 기울인 것인데…… 내 눈엔 그 사진도 예쁜데……. 그녀는 대뜸 내게 무슨 부서냐고 묻더니, "사진부는 절대 안 되겠어요." 하면서 입을 샐룩거렸다.

좀 걷다 보니 땀이 잘게 돋아났다.

"아이스크림 먹을까요?"

그렇잖아도 아이스크림 노점상을 보고 고민하던 차에 그녀가 먼저 물어 왔다. 나는 연신 고개를 끄덕였다.

그녀가 내민 녹색 아이스크림을 받아 들며 쌉싸래한 맛을 상상했는데, 의외로 달고 상큼했다. 비슷하게 생긴 녹차 아이스크림과는 또 다른 매력이 있었다.

그녀가 돌연 아이스크림 먹던 것을 멈추더니 "댓잎인데." 하고 중얼거렸다. 좀 전에 '대잎 아이스크림'이라고 매직으로 굵게 적힌 글자를 보았기에 순간 헷갈려, "대잎 맞지 않아요?"라고 했다가 망신을 당했다.

"기자가…… 아니, 아니에요."

그녀가 놀리면서 키득키득 웃기에 나도 웃어 버렸다. 미지근한 바람이 그녀와 나 사이에서 부드럽게 넘실거렸다.

이 길을 다 걷고 나면 어디로 갈까? 죽녹원, 소쇄원, 관방제림…… 담양은 갈 만한 곳이 많았다. 머릿속에 다음 코스를 그려 보던 중 옆에서 "아야." 하는 작은 목소리가 들려왔다.

그녀의 발뒤꿈치가 까져 있는 게 보였다. 그러고 보니 아까부터 걸음이 느려지고 있었는데, 발이 아파서였던 모양이다. 그녀가 신은 샌들은 굽이 좀 있었고 발뒤꿈치를 잡아 주는 끈이 가늘어 불편해 보였다. 나는 속으로 자책하며 그녀를 벤치에 앉혔다.

"미안해요. 신발이 불편한 것도 모르고."

"아니에요. 괜찮아요. 아직 걸을 수 있어요."

"곧 피 날 것처럼 보이는데요. 차에 밴드가 있긴 한데, 여기서 기다리게 하는 건 좀 그렇겠죠?"

"네, 그냥 같이 가요."

"제 신발을 신는 건 어때요? 전 양말 신어서 주차장까지 그냥 걸어도 되는데."

"신발이 너무 큰걸요."

"그럼 업혀요."

"아니, 정말 괜찮아요. 걸을 수 있어요."

"난 정말 안 괜찮아요."

그녀 앞에 쭈그리고 앉아 팔을 뒤로 뻗고 "얼른요." 하고 재촉

했다. 그녀는 우물쭈물하다가 마지못해 내 목에 팔을 둘렀다.

"무거울 텐데."

빈말인지 진심인지 그녀는 가녀린 몸매로 그런 말을 했다. 나는 그녀를 등에 업고 가뿐하게 일어서며 답했다.

"전혀요."

걷는 동안 때때로 목덜미에 그녀의 숨결이 느껴졌다. 행여 내 귓불이 붉어져 있지는 않을지 걱정되었다. 쿵쿵, 쿵쿵…… 심장이 발걸음과 속도를 맞추지 못하고 저 혼자 빠르게 뛰었지만, 내색하지 않고 걸었다.

차에 도착해 그녀에게 밴드를 붙여 주고, 저녁으로 담양의 향토 음식인 대통밥을 먹고, 그녀에게 집까지 데려다주겠다고 했다. 그녀는 미안해서 안 된다고 손사래를 쳤지만 나도 끝까지 고집을 부렸다. 처음부터 바래다줄 생각이었던 데다가 발이 이렇게 된 이상 더욱 당연한 일이 되었다.

전주로 가는 길, 그녀가 에어컨 바람을 추워하여 뒷좌석에 있던 얇은 바람막이를 가져와 덮어 주었다. 그녀가 몸을 뒤척일 때마다 바람막이에서 바스락, 하고 눈 밟는 소리가 났다.

톡톡톡……. 바람막이 속에서 웅크리고 있던 그녀는, 추위가 좀 가셨는지 두 팔을 빼내 휴대폰을 두드렸다. '타자가 빠르네.' 같은 생각을 하며 흘끔 보니, 대학 초반에 나도 잠깐 했던 SNS인 '싸이월드'가 눈에 들어왔다.

"싸이월드? 없어진 줄 알았는데. 아직도 그걸 해요?"

"스무 살 때부터 여기에 일기를 써서 여기가 익숙해서요. 오늘 뭐 했다는 기록을 적는 건 아니고, 그날의 단상 같은 걸 적어 놔요."

"혹시 전에 보내 줬던 메모도? 어른이 되어 간다는 감상이요."

"맞아요."

"오늘은 주제가 뭐예요? 뭐라고 썼어요?"

"음……."

그녀는 토씨 하나 빼지 않고 그대로 읽어 주었다.

　　큰일이다. 다른 날들은 살면서 멀어져 가겠지만, 빛바래겠지만, 잊히겠지만, 청춘은 그렇지 않을 것이다. 죽는 날까지 마음은 청춘에 머물러 있어서, 그 시간들은 빛을 잃지도 않은 채 늘 어젯밤 꿈처럼 남아 있을 것이다. 거울 속에 내 살결이 점차 거칠어지고 늘어지고 주름이 잡혀 가도, 마음은 그저 청춘에 머물러 있어서, 평생토록 그 시간들을 그리워하고 아쉬워하며 살아갈 것이다. 청춘이란 그런 시간이었다.

9
사랑니

고요

주름진 흰색 커튼 사이로 희붐한 새벽빛이 비쳐 오고 있었다. 토독, 톡, 톡…… 밤새 내린 비는 이제야 그칠 채비를 했다. 밤새, 꿈속에서도 비가 내렸다. 이번에도 '그날'이 아니었다.

나와 '그 사람'은 비를 피할 만한 곳을 찾아 달리고 있었다. 그런데 그때 나는 내가 아니라 비였던 것 같다. 하염없이 쏟아져 내리면서, 둘이 함께 달리는 모습을 바라보고 있었다.

둘이 처마 아래로 비를 피했을 때, 더 이상 나는 비가 아니라, 여전히 나도 아니라, 그 사람이었다. 그 사람이 되어서, 내 젖은 머리카락을 가지런히 넘겨 주며 줄곧 듣고 싶었던 말들을 내게 해 줬다. 뭐라고 했는지는 하나도 기억나지 않지만 그것이 분명

들고 싶었던 말들이라는 건 알 수 있었다.

하지만 꿈속에서 내가 아닌 것은 나뿐이어서, 나는 좀처럼 그럴듯한 표정을 지어 주지 않았다. 머리카락을 넘겨 주어도, 그 많은 말을 해 주어도, 무슨 심술이 났는지 입만 삐죽이고 있었다. 아마 아까 우산을 사자고 했는데 필요 없을 거라고 했다든가, 새 옷에 흙탕물이 튀어서 엉망이 되었다든가, 별것 아닌 말다툼이 있었다든가, 그런 사소한 일 때문이었을 것이다.

그래도 그 사람은 조용히 내 어깨를 안아 주고(그 사람 모습을 한 내가, 내 모습을 한 누군가의 어깨를 안아 주고) 뭔가를 더 말해 주려 했다. 때마침 빗소리가 커지는 탓에 잠깐 숨을 돌릴 수밖에 없었지만.

이야기는 거기서 멈추었다. 일어나 창밖의 젖은 풍경을 바라보자 꿈속의 잔상이 빠르게 되살아나 어지러웠다. 그 사람은 내게, 아니, 나는 내게, 아니, 나는 누군가에게 무슨 말을 해 주고 싶었던 걸까. "그리고⋯⋯."란 마지막 말이 이렇게 아득한 상실이 될 줄 알았다면, 꺼내지 말 것을.

깨질 것 같은 머리를 꾹꾹 누르며 식탁에 앉았다. 식탁 위에는 갈색 곰이 그려진 시리얼 상자가 놓여 있었다. 반쯤 무의식적으로 다시 일어나 안이 깊은 그릇을 가져왔다. 숟가락과 우유는 가져오지도 않은 채 시리얼만 산처럼 쌓아 놓고는, 나는 깊은 상념에 잠겼다.

열넷에 운명적 순간을 만난 뒤 나는 이전과 다른 사람이 되었다. 세상을 보고 느끼는 방법이 전혀 달라진 것이다. 무수한 경험이 쌓여 사람을 형성하기도 하지만, 때론 결정적인 하나의 사건이 사람을 완전히 바꿔 놓지 않는가.

단 한순간에 일어난 일이었다. 나는 찬란한 빛을 보았고 압도적인 감정에 휩싸였다. 그건 소설이나 영화에서만 보았던, 직접 겪기 전엔 믿지 않았던 '운명'이 틀림없었다. 영혼이 진동하는 강렬한 울림이었고, 이 순간을 일생 기억하게 될 거라는 걸 곧바로 알 수 있었다.

그때부터 열여섯까지 쓴 시들은 반은 희망적이고 반은 절망적이었던 것 같다.

죽을 때까지 한 번도 못 겪는 사람이 부지기수일 '운명', 그것을 내가 겪었다는 건 벅찬 환희였다. 앞으로의 인생이 어찌 되든 그 경험 하나만으로 이미 내 삶은 의미를 가졌을 정도로.

그러나 나 역시 다시는 겪을 수 없는 일일까 봐 두려웠다. 기억은 이렇게 생생하여 나를 수시로 그날로 되돌려 놓는데, 그것은 영영 기억일 뿐 다시는 현실이 될 수 없을까 봐. 이미 지나가 버린, 놓쳐 버린, 끝나 버린 것일까 봐.

'그런 순간'이 다시 올 수 있을까를 번민했다. '그 사람'을 기다리는 건 아니었다. 톨스토이가 그랬던가. "그에게서 나와 똑

같은 영혼을 알아보았기에 사랑하는 것이다."라고. 나는 세상에 나와 똑같은 영혼을 지닌 사람이 몇 명쯤은 있을 것 같았다.

시간이 흘러 고등학생이 되었고, 그때 쓴 시들은 대부분 절망적이었던 것 같다.

열일곱에 친한 친구에게 털어놓은 비밀이 쉽게 무시당했을 때, '그런 순간'이 다시 오지 않았을 뿐 아니라 위로조차 받지 못한다는 사실에 크게 낙담했다. 나는 극히 관념적인 사람이라 그 일만으로도 세상에서 버려진 듯 쓸쓸하고 위태로웠건만, 공교롭게도 고등학교 3년 동안 여러 일이 터졌다.

그리 좋지 않던 집안 형편이 더욱 기울면서 아빠는 자괴감에 싸여 무력하게 있었고, 엄마는 하루도 쉬지 않고 도배 일을 해 매일 여기저기 상처를 만들고 왔다. 키우던 강아지가 죽었고 가까운 친척들의 죽음도 세 번이나 겪었다. 사춘기인 것도 한몫했는지 줄곧 우울과 불면에 시달렸으며 잦은 잔병을 앓았다. 3학년 땐 나를 싫어하는 무리에게 언어폭력을 당하기도 했다.

당시의 나는 하루가 멀다 하고 울었는데, 늘 내게 닥친 고통보다 더 많은 눈물을 흘렸다. 그리고 깨달았다. 난 항상 울 준비가 되어 있는 사람이라는 걸.

운명적 순간이 내게 왔다 감으로써 내게는 채울 수 없는 결핍과 공허가 생겼다. 언제고 울음을 터뜨릴 준비가 되어 있었으므로 나를 울리려면 어깨를 살짝 쳐 주기만 하면 되었다. 이미 못

견디게 무거운 짐을 짊어지고 있는 사람은, 그 위에 먼지가 내려 앉는 순간 주저앉을 수 있듯이.

그러다 열아홉의 끝에 소리가 내 운명적 순간을 알아주고 스물에 단테의 이야기를 읽게 되면서부터, 위안을 얻으면서부터 점차 덜 울게 되었다. 스물일곱에 시 쓰기를 멈추고, 또 아빠의 암이라는 큰 고통을 겪으면서는 많은 걸 내려놓고 잔잔해져 가기도 했다.

그러나 '그날'의 꿈은 간헐적으로 반복되었고 언제나 선연했다. 매일 떠오르던 것이 자주 떠오르게 되고 또 가끔 떠오르게 되었다고 해서, 그것이 벗어나고 있음을 의미하는 건 아니었다. 왜냐하면 희미해지지 않았기 때문에. 떠오를 때마다 완전하고 또렷했기 때문에. 다만 멀쩡히 살아가기 위해 다른 것에 몰두하는 방법을 배워 가고 있을 뿐이었다.

그런데 이상한 일이다. 반복적이고 선연했던 꿈이 최근 들어 변모해 가고 있다는 게 말이다. 꿈은 내게 무엇을 전하려는 걸까? 나더러 뭘 어쩌라는 것일까?

허기진 기분에 시리얼을 뜨려다가, 숟가락도 우유도 없는 걸 알아차리곤 뒤늦게 그것들을 가져왔다. 와사삭, 시리얼을 씹는 소리가 검불밭을 걷는 소리처럼 들리기도 했다.

띠링. 휴대폰 화면에 '유현우' 세 글자가 띄워져 있었다. 유, 현, 우…… 속으로 그 이름을 또박또박 곱씹어 보았다. 그러자 마치 빗물이 밀려들 양, 순간 가슴속에 쌓인 검불들이 씻겨 내려가는 기분이 들었다. 혼란하던 마음이 안정을 되찾고 있었다.

전에 소리가 "어떤 사람인 거 같아?" 물었지. 그때는 대답을 못 했는데 이제는 몇 가지 수식을 붙일 수 있을 것 같았다. 생각이 깊고 마음이 따뜻한 사람, 내 이야기를 들어 주고 자신의 이야기를 들려주는 사람, 웃음을 주고 평온을 주는 사람, 같은. 종합해서 한마디로 정의하라고 한다면 그건 아직 어렵지만 말이다.

그가 보낸 메시지를 확인해 보았다.

「막 출발했어요. 고요 씨 집 앞으로 갈 테니 천천히 챙기고 있어요. 도착하면 전화할게요.」

오늘은 5월의 다섯 번째 금요일이었고, 그를 만나는 날이었다.

나는 세수를 하고 화장을 마치고 옷을 고르면서 내내 그의 지난주 모습을 떠올렸다. 지난주에 그는 사랑니 때문에 고생 중이었다. 눈에 띌 정도는 아니지만 볼이 살짝 부어 있었고, 통증이 있는지 이따금 손바닥을 펼쳐 볼을 감쌌다. 이후 치과에 다녀왔다고 듣긴 했는데 괜찮아졌는지 모르겠다.

나도 사랑니가 있지만 아직 그로 인한 고통은 겪어 보지 못했다. 몇 년 동안 썩지도 않고 크게 부은 적도 없어서 계속 두어두었다. 손거울을 들어 왼쪽 아래와 오른쪽 아래에 있는 사랑니를 한 번씩 비춰 보던 중, 그에게서 전화가 왔다.

― 고요 씨, 내려와요!

"한옥마을도 가 봤고, 지난주엔 덕진공원에 갔고, 영화는 이따가 보기로 했고……. 흐음, 이번 주에 야근이 잦아서 조사를 못했더니……."

턱을 괸 채 고민 중인 그를 보며 나도 의견을 냈다.

"박물관 어때요?"

"박물관이요?"

"네, J 대학교 박물관이요. 제가 졸업한 대학교의 박물관인데, 신축 후에 한 번도 못 가 봤거든요. 궁금했어요."

"좋아요."

그와 박물관으로 이동했다. 내가 재학생일 적엔 박물관이 무척 허름하여 귀신이라도 나올 것 같았는데, 졸업 후 신축이 되어 아주 웅장해져 있었다. 으리으리한 규모에 비해 관람객은 별로 없어서 마음에 드는 작품이 있으면 그 앞에서 한참을 머무를 수 있었다.

특별 전시 중인 황동 조각상들이 시선을 잡아끌었다. 조각상들은 각기 다른 표정을 하고 다양한 악기를 연주하고 있었다. 그중 환희에 찬 표정으로 첼로를 연주하는 여인 조각상이 독특하여 뚫어져라 들여다보는데, 지나가던 노신사가 말을 걸어 왔다.

"대학생 커플이 이렇게 박물관 와서 데이트 하니까 참 보기 좋네. 몇 학년이에요?"

"네에?"

함께 서 있던 그는 우리가 대학생으로 오해받은 게 신기한지 큰 소리를 내며 놀랐다. 어쩌면 속으로 '난 그렇다 쳐도 고요 씨까지 대학생으로 보다니!' 생각했던 걸지도 모르겠다. 말로는 본인보다 내가 어려 보인다고 했지만, 실상은 내 눈가 주름을 단번에 캐치한 사람이니까.

박물관 관람이 끝난 뒤엔 영화를 보았다. 그와 나는 선호하는 영화 장르가 달라 다소 절충이 필요했다. 나는 로맨스를 좋아하지만 그는 달갑지 않은 기색이었고, 그는 스릴러를 좋아하지만 나는 질겁했다. 그래서 둘 다 괜찮다고 생각하는 장르인 드라마, 코미디, 액션, 다큐멘터리 등을 후보에 올려놓았는데, 얼떨결에 선택한 코미디 겸 액션 영화가 기대 이상으로 만족스러웠다.

저녁 식사를 하면서 내내 영화 얘기만 했다. 주로 내가 이야기했고, 그는 "저도 재밌었어요. 주드 로가 잘생겼더라고요." 정도밖에 반응이 없었지만.

그는 오른쪽 볼에만 보조개가 있는데, 꼭 웃을 때가 아니어도 종종 그것을 감상할 수 있었다. 입꼬리를 살짝 당기며 짓는 특유의 표정 때문이었다. 나는 한쪽에만 생기는 보조개와 그 표정이 꽤 매력적이라고 생각했다.

"이제 안 붓는 것 같네요?"

보조개를 빤히 쳐다보며 그에게 물었다. 마침 그는 오른쪽 아래에 사랑니가 있었다.

"사랑니요? 네, 며칠 약 먹으니까 괜찮아졌어요."

"안 빼도 된대요?"

"아직은?"

"빼면 귀엽겠어요."

그가 어처구니없다는 듯 웃으며 "그건 또 무슨 엉뚱한 말이에요?" 했다.

작년에 동생 소리가 사랑니를 빼고 햄스터처럼 볼이 빵빵하게 부었던 모습이 떠올랐다. 나쁜 언니지만, 솔직히 그 모습이 어찌나 귀여웠는지 모른다. 그 볼을 그에게 대입해 상상해 보았다. '볼이 잔뜩 부으면 보조개가 안 들어가려나?' 같은 쓸데없는 생각도 해 보고, '사랑니를 빼면 많이 아프겠지?' 같은 생각도 했다.

그러고 보니 소리는 버틸 만큼 버틴 뒤에 치과에 갔는데, "뺄 때는 오히려 개운하고 참을 만하던데?"라고 했다. 단지 그 버티는 동안 몇 번이나 기절할 뻔했다고.

소리의 연애도 꼭 그것과 같아서 소리는 되도록 견뎠다. 참고 또 삭였다. 그러다 곪을 대로 곪아서 터져 버리면 그 뒤엔 생각보다 덜 아파했고 빠르게 상처를 회복했다. 그런 소리의 모습을 보고 누군가는 냉정하다고 했지만, 그건 곪을 때까지의 심정을 몰라서이다. 버티고 견디고 참고 삭이면서 소리가 몇 번이나 기절할 뻔했는지 몰라서이다.

딴생각에 빠져 있는데, 그가 무슨 말인가를 하며 특유의 표정을 지었다. 나는 "네?" 하면서 나도 모르게 그의 보조개를 손가락으로 콕 찍었다.

"으아! 미안해요, 현우 씨! 내가 왜 그랬지?"

그는 세상에서 이 이상 황당한 일은 없을 거라는 표정을 지었다. 그리고 세게 찔린 탓에 좀 아팠는지 "거기 사랑니 자리인데……." 하고 중얼거렸다. 그와 있으면 내가 종종 바보가 되어 버리는 것 같다.

사랑니. 사랑처럼 아파서 사랑니. 사랑니는 날 때도 아프고, 관리도 어렵고, 뺄 때도 힘들다. 사랑이 시작될 때처럼, 사랑을 앓을 때처럼, 사랑을 잃을 때처럼 말이다.

그 이름을 붙인 사람을 찾아 내 오랜 운명적 순간에도 이름을 붙여 달라고 보채고 싶었다. 그 사람이라면 내 순간에 이름을 붙여 주고, 15년 동안 꾸었던 꿈의 양상이 변모한 이유도 알려 주고, 무엇보다 앞으로 내가 어떻게 하면 되는지도 알려 줄 수 있을 것 같았다.

* * *

현우

"아아."

 차에 앉아 시동을 걸기 전, 입을 크게 벌려 보았다. 다행히 별로 아프지 않았다. 약이 확실히 효과가 있는 모양이었다.

 지난주 내내 오른쪽 어금니 안쪽이 불편했다. 입을 크게 벌리거나 그 부근의 잇몸을 눌러 보면 통증도 수반되었다. 가까운 치과를 찾아갔더니 사랑니가 잇몸을 뚫고 나오는 중이라고 했다. 의사가 처음 부은 건지 묻기에 그렇다고 했고, 그는 일단 약을 처방해 주겠다고 했다. 그리고 "이후에도 계속 붓고 아프면 다시 방문하세요. 뽑을지 말지는 그때 결정합시다." 하고 덧붙였다.

 시동을 걸고 카오디오를 틀자, 김광석의 〈너에게〉가 흘러나왔다. 그러다 '고요'라는 가사를 듣고는 괜히 설레고 심장이 간질간질해졌다. 회사에서도 툭하면 웃음이 나서 "요즘 연애하니? 왜 이렇게 실없이 웃고 다녀?" 하고 핀잔을 들었었다. 정말 그렇다면 얼마나 좋을까.

 나는 자주 가슴이 요동쳤는데, 어떤 날은 그녀가 내게 아무런 사심이 없는 것 같아 슬펐다가 어떤 날은 그녀가 곧 나를 사랑하게 될 것만 같아 행복했다. 그녀가 날 대하는 태도에 일관성이 없어서는 아니었다. 그녀는 그녀답게 행동했을 뿐인데 나 혼자 그녀의 한마디, 표정 하나, 몸짓 하나에 의미를 부여하고 있었다.

전주에 도착해 그녀를 픽업한 후 J 대학교 박물관으로 향했다. 처음 그녀가 이곳을 추천했을 땐 '국립박물관이 아니라?' 하고 의문을 가졌다. 그녀의 모교라는 것 외엔 아무런 메리트가 없을 줄 알았는데, 막상 도착해 보니 압도적인 규모에 놀라고 말았다. "저기 방치된 작고 낡은 건물 보이죠? 저 재학 당시엔 저기가 박물관이었어요."

그녀가 가리킨 곳은 폐가 수준의 이층 건물이었다.

"차이가 엄청나네요. 마치 메가 사이즈 건프라와 SD 건프라 처럼."

내 괴상한 비유에 그녀는 "음, 알 것 같아요. 이만한 엄청 큰 건담 플라스틱 모델이랑 요만한 이등신 건담 플라스틱 모델 말이죠?" 하고 반응했다. '이만한', '요만한' 하면서 손동작을 해 보이는 모습이 무척 사랑스럽게 보였다.

흔히 말하는 아름다운, 예쁜, 귀여운, 청순한, 섹시한, 지적인, 같은 게 어떤 이미지인지는 대강 구분할 수 있었다. 하지만 '사랑스러운'이 무엇인지는 한 번도 느껴 본 적이 없었다. '귀여운 것과 똑같은 게 아닌가?' 생각할 뿐이었다.

그런데 그녀를 보고 있으면 그 어떤 수식어보다 '사랑스러운'이 가장 잘 어울렸다. 꼭 이런 귀여운 상황이 아니더라도, 진지

할 때나 울먹일 때나 나를 타박할 때에도 그녀는 전부 사랑스러웠다.

박물관 내부에 들어서니 아득히 높다란 천장이 우릴 맞이했다. 박물관은 수많은 전시품으로 채워져 있었지만 특별히 내 흥미를 끄는 것은 없었다.

휘휘 둘러보며 그녀 뒤만 졸졸 따라다니는데, 돌연 백발이 성성한 노인이 우리에게 말을 건넸다. 그는 우리를 '박물관에서 데이트 하는 대학생 커플'로 보고 있었다. 나는 멍하니 있다가 갑자기 '커플', '데이트'라는 단어를 듣고는 깜짝 놀랐다.

"네에?"

내 목소리가 전시실에 쩌렁쩌렁 울렸다. 다른 관람객이 없어서 다행한 일이었다. 자지러질 뻔한 나에 비해 그녀는 그저 사분사분하게 "졸업했어요." 대답할 따름이었다.

저녁 식사 전에는 영화를 보았는데, 계획에서 다소 어그러진 면이 있었다.

원래는 그녀가 보고 싶어 하는 로맨스 영화를 보려고 했었다. 로맨스는 별로 좋아하지 않지만 그녀가 보고 싶어 하니까 그걸로 충분했다. 나는 분명 그녀에게 "좋아요."라고 답했는데, 그녀는 "현우 씨는 이거 보기 싫구나? 맞죠?" 하면서 추궁했다. 아무래도 내 연기력과 리액션은 갈 길이 먼 모양이었다.

결국 우리는 주드 로가 출연한 코믹 액션 영화를 보게 됐는데,

꽤 재밌었지만 그리 집중해서 보지는 못했다. 아마 영화보다도 흘끔흘끔 그녀의 옆모습을 더 많이 감상했을 것이다. 반짝이는 눈빛과 간간이 짓는 미소와 한 번씩 크게 웃는 모습을. 그러니까, 어차피 이렇게 될 테니까, 난 정말 로맨스를 봐도 상관없었다니까.

어쨌든 결과적으로 그녀는 영화에 만족해서 저녁 식사 중 영화 이야기로 열을 올렸다. 나는 고갯짓을 하며 적당히 반응해 주었다.

"저도 재밌었어요. 주드 로가 잘생겼더라고요."

내 반응이 시원찮아서인지 아니면 얼굴에 뭐라도 묻었는지, 그녀가 나를 유심히 들여다보았다. 나는 그녀가 무슨 말을 하려나 그녀의 입술을 쳐다보았다. 마침내 그녀의 입술이 달싹이더니, 불쑥 "이제 안 붓는 것 같네요?" 하고 물어 왔다. 사랑니 얘기였다.

"안 빼도 된대요?"

"아직은?"

"빼면 귀엽겠어요."

이게 대체 무슨 말인가 싶어 나는 그만 푸하, 하고 웃어 버렸다. 그녀는 그런 이상한 말을 해 놓고는 자기만의 세계로 빠져들었다. 그녀가 식사와 함께 마신 건 '무알콜 칵테일'이었으니 설마 또 취한 건 아닐 것이다.

"무슨 생각해요?"

"……."

그녀는 대답이 없었다.

"나 지금 완전 무시당하고 있는 거 맞죠?"

"……."

그녀는 여전히 대답이 없었다.

"예쁘면 다예요?"

그러자 그녀는 "네?" 하면서 갑자기 손가락으로 내 보조개를 찔렀다. 나는 당황하여 무슨 표정을 지어야 할지 몰랐다. 사랑니 부위를 정확히 찔려 찌릿하기도 했다.

"으아! 미안해요, 현우 씨! 내가 왜 그랬지?"

"거기 사랑니 자리인데……."

그녀는 "어떡해."와 "미안해요."를 반복했고, 나는 볼을 살짝 매만졌다.

사랑을 알 만한 나이에 난다고 해서 붙여진 이름, 사랑니. 서양에서는 지혜가 생기는 나이에 난다고 해서 '지치(wisdom tooth)'라고 부른다는데, 사랑니 쪽이 훨씬 근사한 이름이 아닌가 싶다. 나는 작년 말에야 사랑니가 나기 시작했는데, 그것이 정말 올해의 예고였는지도 모르겠다.

사랑이 뭔지 아는 게 가장 어려운 일인 줄 알았다. 그녀를 알지 못했을 때는. 그런데 지금은 너무도 잘 알겠다. 참으로 사랑스러

132

운 사람을, 나는 사랑하고 있다. 지금 이 순간, 별과 눈송이와 빗방울을 다 셀 수 없다는 사실보다, 내가 나라는 사실보다, 내가 그녀를 사랑한다는 사실이 더 명징하게 느껴질 정도로 말이다.

10

위로(1)

<u>고요</u>

5월 말일은 일요일이었고, 부모님의 결혼기념일이었다.

나는 아껴 두었던 연차를 써 가족들과 함께 영화관에 갔다. 부모님은 결혼하고 세 번째로 가 보는 영화관이라고 했다. 그 옛날 신혼 때 한 번, 나와 소리가 어릴 때 디즈니 애니메이션을 보여 주러 한 번 간 게 전부였다. 한산한 거리를 걸으며 곁눈질로 힐끗 보니 두 분 다 들뜬 기색이었다.

영화를 본 뒤에는 패밀리 레스토랑에서 저녁을 먹었다.

"그냥 집에서 먹지."

엄마는 부러 시큰둥한 체했지만, 막상 음식이 나오니 어찌나 맛있게 드시던지 종종 모시고 와야겠다고 생각했다.

……얼마 전까지만 해도 그토록 행복했는데. 어째서 갑자기 이런 일이 일어났을까. 아빠에게 암이 재발했다는 통보. 대장암 수술을 한 지 2년 만이었고, 이번엔 십이지장에 암이 생겼다고 했다.

나는 두근거리는 가슴을 꾸욱 누르며 컴퓨터 앞에 앉았다. 인터넷 검색창을 띄우고 깜빡이는 커서만 망연히 바라보다, 간신히 '십이지장암' 다섯 글자를 입력했다. 발생 빈도가 매우 낮아 연구나 통계가 거의 없다는 내용이 눈에 들어왔다. 심장이 너무 크게 뛰어 밖으로 튀어나올 것만 같았다.

불현듯 2년 전 수술로 떼어 낸 아빠의 대장 일부가 떠올랐다. 수술 후 의사가 그 붉은 덩어리를 우리에게 보여 주었을 때, 무섭거나 징그럽지는 않았다. 뭉클하고 쓰라렸을 뿐. 다만 좀 전까지 아빠의 몸속에 있던 게 지금은 반찬 통처럼 생긴 투명한 통에 담겨 있다는 사실이 어색하긴 했다.

뒤이어 중환자실에 시체처럼 누워 있던 아빠의 모습과, 일반실로 옮긴 뒤 회복하는 과정에서 죽을 만큼 고통스러워하던 아빠의 모습도 떠올랐다. 아픈 내색을 워낙 안 하여 대장암이 4기가 될 때까지 아무도 몰랐고, 응급실에 실려 가서도 간호사가 "얼마나 아프세요?" 물으니 "조금 아픕니다." 하여 순서가 뒤로 밀린 아빠였다. 그런 아빠도 수술 후 통증은 견딜 수 없어 했다.

'그 시간이, 다 끝난 줄 알았던 그 시간이 다시 온다고? 대체

왜?'

 무엇보다 죽을 수도 있다는 공포가 괴로웠다.

 누가 우리에게 이런 시련을 주는 걸까. 누구를 향한 것인지는 몰라도 원망이 복받쳤다. 누군가 아주 쉽게 우리 가족의 삶을 또독, 하고 분질러 놓는 것 같았다. 아늑한 일상들이 다 꿈이었던 것처럼 순식간에 모든 게 달라졌다.

 하루, 이틀, 사흘…… 매일매일 폭풍 같은 고통이 몰아쳤다. 내가 피할 수 있는 길은 어디에도 없는 캄캄하고 세찬 고통. 왼편의 고통을 피해 오른편으로 방향을 틀면 그곳에도 고통이 있고, 눈앞의 고통에 놀라 뒷걸음질 치면 등 뒤에 있던 고통이 나를 잠식하는, 그런 기분이었다.

 막 끓인 삼계탕에서 뜨거운 김이 모락모락 피어났다. "맛있다." 하는 내 말에 소리가 "진짜." 하고 맞장구를 쳤다. 아빠도 동의의 표시로 고개를 주억거렸고, 엄마는 희미하게 웃어 보였다. 불과 며칠 사이 가족들의 얼굴엔 핏기가 사라져 있었다.

 저녁 식사를 마친 후 가족 모두 거실에 둘러앉아 TV를 보았다. 인기 있는 코미디 프로그램이었지만 그 우스운 이야기들에도 전혀 웃음이 나지 않았다. 한껏 망가뜨린 코미디언의 표정을 보며 오히려 대책 없이 슬퍼졌다. 간헐적으로 들리는 가족들의 웃음소리가 울음소리처럼 들렸다.

나는 설거지나 해야겠다고 생각해 몸을 일으켰다. 그릇들이 부딪쳐 달그락달그락 소리를 냈다.

"그래도 이만하면 행복하게 살았지."

기적도 없이 부엌에 온 아빠는, 컵에 물을 따르며 여들없이 중얼거렸다. 내 귀에 들리지 않을 줄 알았던 모양이다. 십이지장에 암이 생기는 일이 흔치 않다곤 하나 초기에 발견했다. 또한 아빠를 수술할 의사는 매우 저명한 분이었다. 남은 것은 마음가짐뿐인데, 아빠는 공연히 속상한 말을 했다.

"왜 그런 말을 해?"

나는 분결에 소리를 질렀다가 체증이 생겼다. 꾸역꾸역 겨우 밀어 넣은 음식들이 하나도 소화되지 않을 것 같았다.

"이상한 말 말고, 나 손가락 좀 따 줘요."

아빠는 눈썹을 슬쩍 들어 올리며 미안한 표정을 지었다가, 곧 거실로 가 서랍장을 뒤적였다. 나는 손의 물기를 트레이닝 바지에 대강 닦고서 시름없이 뒤따라갔다.

거실 바닥에 철퍼덕 주저앉아 아빠에게 손을 내밀었다. 바늘에 찔린 손가락이 잠깐 따끔했고, 검붉은 피가 맺혔다. 나는 눈을 질끈 감았다. 쏴아…… 활짝 열어 놓은 베란다 밖에서, 섬약한 이파리들이 바람에 나부끼는 소리가 들렸다.

'내가 왜 불을 끄고 잤지?'

손가락을 따고 고단한 기운에 잠시 침대에 누웠다가 그대로 잠이 들었다. 나는 본디 스탠드를 켜고 자는 날이 많았다. 암흑 속에서는 무섬증 때문에 잘 잠들지 못했고, 잠든 뒤에도 악몽이나 가위에 시달리는 일이 잦았던 까닭이다.

눈을 떴지만 몸을 일으킬 수 없었다. 반듯이 누운 상태에서 가까스로 목만 움직여 보았다. 책장과 눈이 마주친 것 같은 기이함에 휩싸인 순간, 책장이 빠른 속도로 다가와 나를 짓눌렀다. 공포 영화에서 흔히 볼 수 있는, 멀리 서 있던 유령이 쿵, 쿵, 쿵 하고 어느새 코앞에 다가와 있는 것처럼 순식간에 일어난 일이었다. 와르르 쏟아진 책들이 도깨비불처럼 파랗게 빛나며 내 주위를 분주히 나닐었다. 책장을 밀어내며 발버둥을 쳐 봤지만 꿈은 매몰차게 지속됐다.

"하아, 하아……."

한참 만에 잠에서 깨어나 가쁜 숨을 몰아쉬었다. 이마에는 식은땀이 나 있었다. '끙' 하고 앓는 소리와 함께 기진해진 몸을 일으켜, 스탠드를 켜고 음악을 틀었다. 머리가 핑핑 돌았다. 눈앞에서 벽지와 커튼의 무늬들이 아찔하게 뒤섞이기 시작했다.

다시 침대로 돌아와 베개에 얼굴을 깊이 파묻었다. 스탠드도 어둡고 음악도 조용했다. 더 밝은 빛과 더 큰 소리가 필요하다고 느꼈지만, 밤이 깊었고 모두가 잠들었으므로 단념했다. 그리고 버둥질하던 내 모습이 떠올라 좀 구차하기도 했다는 생각을 했다.

지금이 몇 시쯤이지? 파묻은 얼굴을 들어 휴대폰을 확인하니, 그가 한 시간 전에 보내 놓은 메시지가 있었다.

「고요 씨, 자요?」

내가 슬픔을 토해 낼 수 있는 곳이 어디일까. 가족 모두가 겨우 버티는 중이었기에 가족에게 기댈 수도 없었고, 멀리 사는 친구들도 별 위로가 되지 못했다. 머릿속에는 그밖에 떠오르지 않았다. 현재는 그만이 유일한 숨구멍이라고 할 수 있었다.

틱틱…… 휴대폰 화면에 까만 글자들이 새겨졌다.

「자다 깼어요. 현우 씨…… 나 요즘 너무 힘들어요.」

이튿날, 그는 퇴근하자마자 전주로 달려왔다. 우리는 네모난 컨테이너 카페에 들어갔고 네모난 나무 탁자에 앉았다. 점원이 가져온 검정 가죽 커버의 메뉴판도 네모났다.

"아버님 아프신 건 언제 안 거예요?"

그가 나직하고 조용하게 물어 왔다. 그러고는 내 이야기를 차분히 들어 주다가 "울어도 돼요."라고 말했다. 계속 울고 싶었던 터라, 그 말을 듣자마자 눈물이 마구 쏟아졌다.

탁자 위에 눈물을 닦은 티슈가 수북이 쌓여 갔다. 제멋대로 구겨진 흰색 뭉치는 아픈 파도 같기도, 녹지 못한 눈덩이 같기도, 내 모습 같기도 했다.

그가 조심스럽게 긴 팔을 뻗어 내 손등을 다독였다. 평소 핸드크림을 바르지 않는지 다소 거친 감촉이었지만, 그것이 되레 친밀하고 따뜻하게 느껴졌다. 다정한 온기가 내 안에 배어들었다. 문득 그의 손길만은 네모나지 않을 것이란 생각이 스쳤다.

잠시 시간이 지난 뒤 나는 자연스럽게 손을 빼냈고, 티슈를 한쪽으로 모으며 머뭇머뭇 말했다.

"울어도 된다는 말…… 얼마나 듣고 싶었던 말인지 몰라요. 나이를 먹을수록 마음껏 울기가 힘들어지더라고요."

어른들도 슬픈 감정에 좀 더 솔직할 수 있다면, 아이처럼 대처할 수 있다면 좋을 것이다. 울고 싶을 때 울고 싶다고 말할 수 있다면, 혼자 끅끅거리며 우는 게 아니라 엉엉 시원하게 울 수 있다면 정말 좋을 것이다.

하지만 어른들에겐 자신을 보듬어 줄 상대가 없거나, 있는데도 없는 줄 알거나, 있는 줄은 알지만 소중하기에 더 말하지 못하거나, 어쨌든 어른이기에 스스로 이겨 내도록 해 본다. 그래서 이겨 낼 수 있느냐 하면 그렇지도 않은데 말이다. 보통은 이겨 내고 강해진다기보다 쌓아 둔 채로 나약해질 뿐이다.

"내 앞에선 마음껏 울어요."

"그런 건 상대방을 지치게 만들잖아요."

"난 절대 안 지칠 테니까 그런 걱정은 안 해도 돼요."

"그렇게 말해 줘서 고맙지만…… 조금만 기댈게요. 현우 씨에게 해를 끼치고 싶진 않아요."

"음…… 우는 모습도 예뻐서 그게 좀 해로울 순 있겠네요."

그가 너무 진지하게 말해서 설핏 실소를 터뜨리고 말았다.

"오늘 현우 씨 덕분에 울고 현우 씨 덕분에 웃네요."

그가 짓는 엷은 미소에, 눈이 문득 시렸다.

* * *

현우

「현우 씨…… 나 요즘 너무 힘들어요.」

6월 초순의 여름밤이었다. 그녀의 메시지를 받고 불안한 마음
에 바로 전화를 걸었다.

— 고요 씨, 무슨 일이에요?

— 아빠가…… 십이지장암이래요…….

십이지장암? 누군가 위암, 폐암, 간암, 대장암 등에 걸렸다는
소식은 빈번하게 접해 봤지만 십이지장암은 생경한 것이었다.
내 주변에서는 물론이고 건너서도 전혀 들어 본 적이 없었다.

휴대폰 너머로 그녀가 작게 흐느끼는 소리가 들렸다. 그 목소
리에, 그리고 내가 그녀를 위해 할 수 있는 일이 별로 없다는 사
실에 가슴이 저렸다.

─ 내일 전주에 갈게요.

─ 내일, 평일이잖아요.

─ 퇴근하고 갈게요. 퇴근하자마자 가면 아홉 시 안에 도착할
수 있어요. 잠깐이라도 봐요. 고요 씨 걱정도 되고, 보고 싶어요.

만나 봤자 내가 그녀에게 도움이 되지는 못할 것이다. 기껏해
야 이야기를 들어 주는 것, 그녀가 울면 티슈라도 건네주는 것,
밤공기라도 쐬게 해 주는 것밖에 할 수 있는 일이 없었다. 그래
도 막무가내로 달려가고 싶었다. 그녀에게 한 말 그대로 걱정되
고, 보고 싶었다.

컨테이너 카페의 어두운 조명과 느린 음악이 우울하게 느껴졌
다. 그녀와 나는 모서리가 날카로운 나무 탁자를 앞에 두고 마
주 앉았다.

"아버님 아프신 건 언제 안 거예요?"

"일주일 정도 됐어요."

"잠…… 하나도 못 잔 것 같네요."

"요새 누워서 두 시간쯤을 멀뚱히 천장만 바라보다, 겨우 잠들
려는 순간 훌쩍거리며 일어나요. 세상 모든 일이 슬프고 두려워
서 어쩔 줄 모르겠어요. 잠드는 일조차도. 겨우 잠들어도 악몽
을 꾸기 일쑤고요."

"너무 걱정 마요. 아버님 수술 잘될 거예요."

잠깐 사이에 그녀의 눈시울이 붉어져 있었다. 나는 그녀 앞으로 티슈 케이스를 밀어 주며 "울어도 돼요." 하고 말했다. 마치 그 말만 기다렸다는 듯 그녀의 큰 눈에서 닭똥 같은 눈물이 쏟아졌다. 가슴이 죄어 오는 슬픔 속에서도 두 눈은 피상적이어서, '우는 모습도 아름답다.'고 생각하는 내 자신이 한심했다.

그녀는 한 손으로 연신 눈물을 훔쳐 냈고 한 손은 탁자 위에 남겨 두었다. 나는 머뭇거리다 손을 쭉 뻗어 그녀의 작고 흰 손등을 토닥거렸다. 손등 위로 푸른 핏줄과 까만 점 하나가 선명히 보였다.

"이런 곳에 점이 있었구나……."

나도 모르게 점을 만지작거리며 입속말로 웅얼거렸다. 잠시 가만히 있던 그녀가 조심스레 손을 빼내면서 말했다.

"원래는 없었는데 몇 년 전에 갑자기 생겼어요. 이렇게 선명한데, 언제 어떻게 생겼는지 도통 모르겠어요. 무언가 박혀서 점이 된 것 같긴 한데……."

고개를 끄덕대며 "그렇게도 점이 생기곤 하죠." 하고 맞받았다. 그리고 나도 그런 식으로 생긴 점이 있다며 오른손 중지의 점을 보여 주려다 속으로 가슴을 쓸어내렸다. 하마터면 손가락 욕설이 될 뻔했지 않은가. 이런 심각한 상황에, 멍청이같이.

그녀는 탁자에 눈길을 둔 채 있다가, 눈물범벅의 티슈를 구석으로 치우며 우물거렸다.

"울어도 된다는 말…… 얼마나 듣고 싶었던 말인지 몰라요. 나이를 먹을수록 마음껏 울기가 힘들어지더라고요."

내 앞에선 마음껏 울어도 된다고 했더니, 그녀는 조금만 기대겠다며 해를 끼치고 싶지 않다고 했다.

"음…… 우는 모습도 예뻐서 그게 좀 해로울 순 있겠네요."

그녀가 순간 풋, 하고 웃으며 오늘 내 덕분에 울고 내 덕분에 웃는다고 말했다. 그 모습에 조금 마음이 놓였다.

"현우 씨 앞에선 아이가 되는 것 같아요."

"그래도 돼요."

그녀가 힘들 때 내게 편히 기댔으면 좋겠다. 어른도 가끔은 아이처럼 굴어도 된다. 떼를 쓰고 투정을 부리고 울어도 된다. 적어도 그녀는 내게 그래도 된다. 어떤 것이든 괜찮으니 그녀가 내게 마음껏 토로할 수 있었으면, 그래서 나로 인해 울지 않게 되거나 좀 더 편히 울 수 있었으면 좋겠다.

커피는 어느새 얼음이 거의 다 녹아 양이 부쩍 늘어나 있었다. 나는 빨대로 커피를 휘휘 저었다가 절반 정도를 쭉 들이마셨다. 그녀도 조용히 커피를 마시다가 불쑥 질문했다.

"어질 현(賢)에 벗 우(友) 자를 쓰나요?"

"어? 어떻게 알았어요?"

"'어진 벗'이란 뜻의 '현우'라는 단어가 있잖아요. 그래서 혹시 하고."

그러면서 그녀는 "현우 씨는 정말 이름대로네요." 하고 부언했다. 그녀는 그저 나를 칭찬하고자 한 말이었겠지만, 나는 '벗'이란 말 때문에 순순히 기뻐할 수 없었다.

"고요 씨 이름은 한글이죠?"

"네."

"예쁜 이름이에요. 누가 지어 줬어요?"

"아빠가요. 음……."

그녀는 '고요'라는 이름의 유래에 대해 이야기해 주었다. 나는 턱을 괸 채 그녀의 말을 경청했다.

1987년 어느 봄밤. 그녀의 어머니가 그녀를 낳는 동안, 그녀의 아버지는 떨리는 마음을 진정시키기 위해 잠시 병원 밖으로 걸음을 옮겼다. 그러고는 인생의 마지막 담배를 피우며 하늘을 오래도록 바라보았다. 하늘에 곱게 수놓아진 별들이 그를 어루만져 주었고, 풀 냄새가 그의 넘치는 마음을 다스렸으며, 밤바람이 그의 커다란 심장 소리를 식혀 주었다. 그때의 고요한 풍경이 더없이 아름다워서, 그녀의 아버지는 그녀에게 '고요'라는 이름을 붙여 주었다고 한다.

"동생 '소리'의 이름도 아빠가 지어 줬어요. 소리는 겨울 아침에 태어났는데, 그날 나뭇가지에 쌓인 눈이 후드득 떨어지는 소리와 새소리가 좋아서 그렇게 지었대요."

"아버님이 시인 같으시네요."

"엄마는 아빠의 그런 면에 반했나 보더라고요."

그때 다소곳이 손을 모은 채 다가온 직원이 "죄송한데 곧 폐점 시간입니다." 하고 말했다. 그녀와 나는 탁자 위에 쌓인 티슈를 치운 뒤 남은 커피를 들이켰다. 그리고 카페 문을 열자, 문 위에 달려 있던 금색 종이 '따르릉' 하고 신비한 소리를 냈다.

깊은 밤이었다. 새카만 하늘에는 별 몇 개가 듬성듬성 박혀 있었다. 나는 하늘을 일견했다가 그녀에게로 시선을 옮겼다. 그러자 그녀가 나와 부드럽게 눈을 맞추며 "고마워요." 하고 속삭이듯 말했다.

이후 가능한 한 일주일에 두 번씩 전주에 갔다. 금요일, 그리고 근무일 중 하루. 퇴근 후 전주로 달려가면 두세 시간 정도 그녀를 볼 수 있었다. 그러고 나서 다시 광주에 오면 새벽 한두 시쯤 되었다.

그녀는 내가 피곤할까 봐 염려했으나 그럴 필요는 전혀 없었다. 그녀를 만나러 간다고 생각하면 일도 힘들지 않았고, 얼굴에 생기마저 돌아 마주치는 선배들마다 "데이트라도 가니?" 물을 정도였으니까. 잠이 약간 부족해지는 정도는 대수롭지 않은 일이었고, 오히려 금요일밖에 못 만난 주야말로 시간이 느리게 갔다. 그녀가 염려할 건 내가 아니라 자기 자신뿐이었다.

그녀는 현재의 난관을 씩씩하게 견뎌 나갔지만, 수술일이 다가

올수록 초조해하고 일상을 잃어 가는 건 불가피한 일이었다. 그녀의 말간 피부는 까칠해졌고 입술도 말라 갔다. 어느 날은 무릎에 시퍼런 멍이 생겼기에 물어보니, 넋을 놓고 있다가 카운터에 찧었다고 했다.

  나는 그녀가 조금이라도 활기를 되찾을 수 있도록 노력했다. 앵무새처럼 반복되는 말일지라도 계속해서 위로하고 응원했고, 좋다는 식당에 데리고 다니며 억지로라도 먹였다. 금요일 하루만큼은 꽃이든 영화든 뭐라도 보게 했다. 그렇게 6월이 흘러갔다.

11
위로(2)

고요

  아빠는 7월 첫날에 수술을 받게 되었다. 6월 초에 암 통보를 받았기 때문에 그 기다림은 퍽 길었다. 그동안 내가 할 수 있는 건 마음을 다스리며 차분히 기다리는 것뿐임을 알면서도, 당장 무슨 일이 터질 것처럼 조마조마하고 힘겨운 시간을 보냈다.

  아빠를 사랑하는 사람들이 수술실 앞에 한가득 모여 있었다. 병원 특유의 알싸한 냄새가 코끝에 닿자 손에 땀이 밸 정도로 긴장되었지만, 애써 아무렇지 않은 척 미소를 지어 보였다.

  "민규야, 수술 잘 받고 나와라잉."

  "오빠, 아무 걱정 마."

  친척들이 저마다 한마디씩 아빠에게 응원을 보냈다. 나와 소리는 양쪽에서 아빠를 끌어안으며 "아빠, 사랑해요." 하고 말했다.

"금방 나올 건데 뭘 호들갑들이래?"

엄마는 퉁명스럽게 말하며 고개를 돌렸지만 이미 빨개진 눈은 감출 수 없었다.

이동식 침대에 다소곳이 누운 아빠는 모두에게 해맑은 웃음을 지어 보인 후 의연히 수술실로 들어갔다. 나는 아빠가 보이지 않게 될 때까지 힘껏 손을 흔들었다. 곧 수술실 문이 둔탁한 소리를 내며 닫혔다.

수술은 네 시간에서 다섯 시간 사이로 예상되었다. 불교 신자인 큰아빠와 천주교 신자인 큰고모, 기독교 신자인 막내 고모가 저마다 간절히 기도해 주었다. 종교가 없는 나는 그저 엄마와 소리의 손을 꼬옥 그러쥐었다.

두 시간이 지나 정오가 되자 친척들 몇이 식사를 하러 나갔고, 우리 가족을 비롯해 남은 몇은 식사를 미뤘다. 나는 태연한 척 대기실의 TV를 보기도 하고 대화를 나누기도 했지만, 그것은 그저 눈과 입이 알아서 하는 기계적 행동일 뿐이었다. 머릿속은 몽땅 다른 곳에 가 있었다.

네 시간이 지났다. 혹시 수술이 일찍 끝날 수도 있지 않을까 기대했지만 아직 아무 소식도 없었다. 막내 고모가 "언니, 밥 먹자." 하면서 엄마를 억지로 일으켰다. 엄마는 "아녀, 수술 곧 끝나는데. 갔다 와, 갔다 와." 하고는 다시 앉았다. 나 역시 아무것도 먹고 싶지 않았다.

 다섯 시간이 지났지만 여전히 아무 소식도 없었다. 엄마는 대기실 TV 옆의 모니터 화면만 하염없이 바라보았다. 환자의 이름과 수술 상황이 띄워져 있는 화면이었다. 대기실의 다른 보호자들은 하나둘 "수술 끝났나 보다!" 외치며 일어나는데, 아빠만 계속 '수술 중'이었다.

 여섯 시간이 지났다.

 "아니, 왜 이렇게 오래 걸려? 뭐가 잘못된 거 아니야?"

 "곧 나오겠지. 그런 말은 하질 마."

 친척들은 웅성거리기 시작했고, 엄마의 얼굴은 백지장처럼 창백해져 있었다.

 설마 수술이 잘못된 건 아니겠지. 불안으로 가빠지는 숨을 고르며 말없이 천장을 올려다보는데, 천장에 늘어박힌 색색의 점무늬들이 자갈처럼 보였다. 내가 뒤집힌 세상 속에 있고 저곳이 바다여서, 곧 바닷물과 자갈들이 내게로 일제히 쏟아질 것 같았다. 그렇게 잠겨 버릴 것만 같았다.

 "최민규 님 보호자분."

 지친 눈을 감고 있을 때였다. 수술을 시작한 지 일곱 시간이 되어서야 드디어 아빠 이름이 불렸다. 엄마가 가장 먼저 뛰쳐나갔고, 뒤따라 나와 동생, 친척들이 우르르 몰려 나갔다.

 "수술 잘된 거죠?"

엄마의 질문에 의사는 흥건한 땀을 눌러 닦으며 고개를 끄덕였다. 숨죽이고 있던 모두가 크게 안도하며 법석을 부렸다.

"아이고, 그럼 그렇지!"

"선생님 감사합니다, 감사합니다."

"거봐, 내가 하나님께 응답을 받았다니까?"

아빠는 중환자실에서 사흘을 지낸 뒤 일반실로 이동했다. 곧 장마가 시작되었다. 먹구름이 무서운 기세로 몰려오더니 암울하고 끈적한 비 냄새가 곳곳에 퍼졌다.

몸에 여러 개의 줄을 단 아빠는 아직 아무것도 혼자 할 수 없었고 매일매일 고통으로 일그러졌다. 그 곁을 돌아가며 지키는 엄마와 소리도 하루하루 야위어 갔다. 나는 끼니를 대충 때우는 일, 회사에 지각하는 일, 불면증에 시달리는 일이 잦아졌다. 종일 정신을 빼놓고 있다가 퇴근하면 곧장 병원으로 달려갔다.

병실이 일찍 소등되기 때문에, 퇴근 후 할 수 있는 일이라곤 사실상 자질구레한 것들뿐이었다. 입이 계속 마르는 아빠에게 물을 떠다 주고, 간간이 안마를 해 주고, 열이 나면 부채질을 해 주고, 춥다고 하면 수면 양말을 신겨 주는 등의. 그리고 내내 심심했을 게 뻔한 부모님을 위해 별 거 없었던 내 하루를 최대한 재미있게 이야기했다. 그러다 병실이 캄캄해지면 엄마, 아빠를 한 번씩 끌어안고 걸음을 뗐다.

느린 하루들과 장마가 이어지는 사이, 병실의 사람들이 몇 번 바뀌었다. 의연한 노스님이 겁보 청년으로, 익살스러운 학생이 고지식한 아저씨로 등등.

한 번도 바뀌지 않은 건 같은 날에 입실한 맞은편 아저씨뿐으로, 아저씨는 위암 수술을 받았다고 했다. 아빠와 아저씨는 6인실의 문 쪽 자리였는데 둘 다 그 자리를 퍽 마음에 들어 했다. 가운데는 아무래도 불편하고 창가는 TV가 잘 보이지 않아서 문 쪽이 명당이라고 할 수 있었다.

아저씨는 별다른 손님 없이 거의 늘 아내만이 곁을 지켰다. 아주머니와 엄마는 호방한 성격인 데다가 마침 동년배이기도 해서 첫날부터 친밀하게 지냈다. 첫날 짧은 인사가 오간 뒤, 엄마는 아주머니에게 찐 감자 몇 개를 건넸다.

"이것 좀 드셔 봐요."

"어머머, 감자네? 잘 먹을게요."

아주머니가 감자를 크게 베어 물더니 아저씨를 짓궂게 놀리기 시작했다.

"아유, 소금 안 찍어도 맛있네. 당신이 세상에서 제일 좋아하는 게 감자인데, 못 먹어서 어째?"

"쯧쯧……!"

아저씨가 괘씸하다는 듯 혀를 차자, 아주머니는 "그러니까 빨리 회복하시라고." 하면서 한쪽 눈을 찡긋해 보였다. 그 표정이 어찌나 짓궂던지 아주머니의 첫인상은 장난꾸러기 만화 캐릭터 같았다.

맞은편에 언제나 아주머니가 있었으므로, 내가 간병을 하다 버벅거릴 땐 아주머니에게 도움을 받곤 했다. 딸 같다고 살뜰히 챙겨 주신 덕분에 함께 식사를 하거나 마주 앉아 대화를 나누는 일도 종종 있었다.

여느 아내들이 그렇듯 아주머니는 아저씨가 자리를 비운 틈에 가끔 아저씨 흉을 보기도 했다. 하지만 흉 속에도 애정이 묻어 있었기 때문에, 아무리 미운 체해도 실은 누구보다 남편을 생각하고 있다는 걸 쉽게 알 수 있었다. 그리고 아저씨가 고통스러워할 때마다 아주머니는 세상에서 가장 약한 사람인 동시에 가장 강한 사람처럼 보이곤 했는데, 그건 사랑만이 할 수 있는 일이었다.

창밖의 불빛이 어렴풋이 병원 복도를 비추었다. 다소 신비롭고 몽롱한 분위기가 감도는 밤이었다.

나와 아주머니는 복도 의자에 나란히 앉아 있었다. 내일이 휴무라 내가 병원에서 자기로 했으나 캄캄하고 낯설어 잠을 못 이루던 참이었다. 아주머니도 계속 뒤척이는 것 같더니, 어느새 둘 다 복도로 나오게 되었다.

"고요는 남자 친구 있니?"

정적을 깬 첫마디였다. 선행된 대화 없이도 뜬금없이 묻기 어색하지 않은 질문이면서, 대답하는 쪽은 간혹 난처해지는 질문이었다.

"……아뇨."

"소리도 없다고 하던데, 젊고 예쁜 아가씨들이 왜들 그래? 눈이 높은가?"

"음……."

나는 시선을 떨구며 씁쓸하게 웃었다. 눈이 높고 낮고의 문제는 아니었다. 그저 첫눈에 이 사람이라고 알아보길, 운명적 순간이 나타나길 바랄 뿐이었다.

아주머니는 대답을 기다리듯 나를 물끄러미 쳐다보았다. 눈이 어둠에 익숙해져 아주머니의 깊고 선한 주름들이 뚜렷이 보였다. 나는 에둘러댈 방법을 궁리하다 이내 포기하곤 더듬더듬 말했다.

"연애를 하려면 일단 사랑에 빠져야 하잖아요. 그런데 사랑에 잘 빠지지 않는다고 해야 하나……."

"언제가 마지막 연애였는데?"

"스물여섯 살 때가 처음이자 마지막이었는데, 사실 연애라고 하기도 뭐해요. 너무 짧은 시간이었고, 별로 연인다운 추억도 없고, 그리 열렬한 마음도 아니었거든요."

"고요가 연애에 아주 신중하고 마음을 잘 열지 않는 타입인가

본데…… 그때는 왜 연애하기로 결정했을까?"

"그땐 뭔가 모험을 해보고 싶었던 것 같아요. 운명이 아닌데도, 그만큼이나마 좋아진 적이 처음이기도 했고……. 그런데 실수였어요. 그렇게 금방 끝날 마음인 것을."

나는 비몽사몽간에 그런 말을 늘어놓고는 화들짝 놀라며 어깨를 곤추었다.

아주머니는 상념에 젖은 듯 커다란 두 눈만 끔뻑이다가 "운명이라……. 혹시 고요도 첫눈에 반해 봤니?" 하고 물어 왔다. 나는 약간 놀란 표정이 되어 무심결에 고개만 끄덕댔다. 그러자 아주머니의 얼굴에 얼핏 미소가 떠오르더니 천천히 자신의 이야기를 들려주기 시작했다.

스무 살의 어느 가을날, 아주머니는 강가에 앉아 라이너 마리아 릴케의 시집을 읽고 있었다고 한다. 그런데 부근에서 뛰놀던 아이들이 실수로 아주머니의 어깨를 밀쳤고, 그 바람에 책이 강물로 떠내려가게 되었다. 긴 투병 끝에 죽은 교우가 남긴 선물이라 무척 소중한 책이었다. 행여 글자가 다 번졌을지라도 꼭 건져 내고 싶었다.

무턱대고 강물에 발을 담근 찰나였다. 불쑥 나타난 사내가 아주머니 대신 뛰어들더니 물살을 헤치며 성큼성큼 나아갔다. 다행히 보기보다 물이 깊지 않았고 사내는 곧 책을 건질 수 있었다. 그가 물을 뚝뚝 떨어뜨리며 책을 내민 순간, 아주머니의 머릿속에서 '쾅' 하는 뇌성이 들렸고 운명이란 확신이 들었다고 한다.

구태여 이런 이야기를 나눠 보지 않아서일지도 모르지만 나는 나와 비슷한 경험을 한 사람을 처음 보았다. 소설이나 영화에서처럼, 섬광이 번쩍이거나 시간이 정지하거나 뇌성이 들리는, 그것이 첫눈에 이루어진 사람을 처음 만났다.

콩닥거리는 심장을 가라앉히며 "⋯⋯그게 아저씨였어요?" 하고 질문했다. 아주머니는 "아니, 그러기엔 아저씨가 많이 못생겼지."라고 답하며 평소처럼 장난스럽게 웃었다. 그러곤 "그 사내와는 양쪽 집안의 반대 때문에 헤어졌어. 고요는 어쩌다 첫눈에 반했니? 위험에서 구해 주거나 하면 비교적 첫눈에 반하기 쉽지." 하고 말했다.

"아뇨, 전 그냥⋯⋯ 그 사람이 흘린 농구공이 제 쪽으로 굴러왔고 그걸 주워 준 게 전부예요. 어릴 때였고, 그 이후에 다시 만난 적도 없어요."

"그런데도 그 순간이 그렇게 강렬했어?"

"그 사람에게서 눈부신 빛이 났어요. 그리고 첫눈에 알 수 있었어요. 나는 이 순간을 영영 잊을 수 없겠구나, 라는 걸."

아주머니는 창밖을 잠시 내다보다가 다시 나를 돌아보며 "좀 더 얘기해 줄래?" 하고 부탁했다. 잠결이었는지 동질감이었는지 모든 걸 실토하고 싶었진 나는, 고해하듯 은근하게 말을 이어

갔다. 그 순간을 겪음으로 인해 웃음과 눈물과 생각이 많아졌으며 시를 쓰게 되었다고. 그 순간이 나를 바꾸어 놓았고 나의 대부분을 형성시켰다고.

"아무것도 시작되지 않았지만, 모든 게 시작됐어요."

아주머니가 날 이해할 수 있을까. 열일곱 때의 친구처럼 우스워할지도 모른다. 사람들이 마음을 가늠할 때 중시하는 건 '대상'과 '사건'과 '함께한 시간'이니까. 좋은 사람과 갖은 일들을 겪으며 오래도록 함께했다고 하면 그건 퍽 훌륭한 마음이 된다. 그런데 난 누군지도 모르는 대상, 보잘것없는 사건, 아주 짧은 순간이었기 때문에 구체화될 수 있는 게 없다. 그저 한순간에 느꼈던 거대한 감정과, 그 감정을 잃지 않고 살아온 긴 시간만이 존재할 뿐이다.

"그랬구나. 이해받기 힘든 경험이라 외로웠겠네. 고요를 시인으로 만들 만큼 큰 그리움이었을 텐데. 하지만 이해하지 못하는 사람들의 말은 잊으렴. 그런 깊은 외로움과 그리움은 성장의 지름길이고, 그걸 겪은 고요는 앞으로 아주 예쁜 사랑을 하게 될 테니까."

아주머니는 마치 내 마음을 들여다보고 있는 듯 그렇게 말했다.

"제가 사랑에 빠질 수 있을까요? 전 운명이 있다는 걸 믿게 됐고, 다시 그런 순간이 오길 기다리게 된걸요."

"정말로 간절하게 기다리고 있니?"

"……."

목이 메어 왔다. 가히 모르지는 않았다. 이 사무친 그리움은, 기다림이나 바람이라기보다 차라리 체념이었다. 내가 확신하는 것은 '운명이 다시 올 것이다.'가 아니라 '운명에서 벗어날 수 없다.'였으니까. 압도적인 것은 사람을 무력하게 만든다.

고등학생 때 어느 대학 주최 백일장에서 천재적인 시를 들은 적이 있다. 장원으로 호명된 학생이 단상으로 나가 자신의 시를 읽었을 때, 나는 말할 수 없을 만큼 벅찬 감격과 크나큰 좌절을 동시에 맛보았다. 당시 심사 위원으로 온 다섯 명의 작가들은 하나같이 황홀하고 흡족한 표정으로 그 시를 들었다. 난 내가 평생에 걸쳐도 저 정도의 시 한 편을 써낼 수 없을 거란 무력감에서 한동안 헤어 나오지 못했다.

그날과 마찬가지로, 나는 운명적 순간을 겪고서 사랑에 무기력해질 수밖에 없었다. 운명은 내가 느낄 수 있는 모든 감정의 절정이었다. 이미 그것을 깨달아 버렸는데 어찌 쉬이 사랑에 빠질 수 있겠는가. 좀 설렌다고, 좀 아프다고 해서 그것이 사랑이 되진 않았다. 운명에 비하면 먼지 같은, 결국 지나갈 감정일 뿐이었다.

내가 아무런 대답도 못 하고 있자, 아주머니는 내 어깨에 팔을 두르고 부드럽게 쓸어내리며 입을 열었다.

"피천득의 《인연》, 읽어 봤지? '그리워하는데도 한 번 만나고는 못 만나게 되기도 하고, 일생을 못 잊으면서도 아니 만나고 살기도 한다. 아사꼬와 나는 세 번 만났다. 세 번째는 아니 만났어야 좋았을 것이다.'라는 구절을 너도 알 거야. 때론 그리운 채로 두는 게 나을 때도 있는 법이지."

"……."

"만약 그 사람이 다시 나타난다고 해도 넌 사랑에 빠지지 않을 수도 있단다. 물론 첫눈에 반하는 순간이 또 오면 좋겠지만, 그렇지 않더라도 충분히 사랑에 빠질 수 있고. 잃어버린 꿈이나 첫사랑 같은 건 거의 평생 기억에 남지. 그렇다고 해서 그것이 계속 널 흔들 수 있는 건 아니란다. 그 순간을 내려놓아도 괜찮다는 걸, 그 순간은 그 순간 자체로 의미 있다는 걸 깨닫는 날이 올 거야. 너에게 '완전한 위로'가 생길 때."

위로……. 우리는 삶이 어렵지 않아서가 아니라, 어려움에도 불구하고 위로가 있기에 살아간다. 내게도 위로는 많았다. 문학과 예술, 일, 취미, 자연, 소중한 사람들이 다 위로였다.

다만 난 그것들을 일시적인 숨통으로 여겼는데, 어쩌면 그것들이 크고 작은 치유였을까? 그리고 언젠가 내게 완전한 위로가 생기고 그것이 약과 물이 되어, 불시에 찾아오곤 하는 이 통증과 갈증을 해소시켜 줄까?

"그만 들어갈까?"

아주머니는 휴대폰으로 시간을 확인하더니 기지개를 쭉 펴며 자리에서 일어났다. 나는 아주머니를 따라 일어서며 다급히 물었다.

"아저씨가 완전한 위로였나요?"

아주머니는 살짝 열린 병실 문틈을 지그시 바라보고 있었다.

"처음 봤을 때 운명적인 느낌은커녕 참 볼품없는 남자라고 생각했지. 사랑에 빠진 결정타가 있긴 했는지 생각도 안 나. 그저 비가 오나 눈이 오나 원래 이 자리에 있던 사람처럼 묵묵히 내 곁을 지켜 줬고, 그것이 위로가 됐고, 어느새 이 사람의 부재를 상상할 수 없게 되었을 뿐이야. 어느 순간 '이 사람만 곁에 있으면 다 괜찮겠다.' 싶더라고."

"……."

"나라고 잃어버린 꿈이나 사랑이 떠오르는 날이 왜 없었겠니? 하지만 삶은 생각보다 간단했단다. 무엇이 더 중요한지는 분명했지. 이 사람이 없다고 생각하면, 나는 오직 이 사람만이 그리워졌거든."

* * *

현우

탁상 달력을 한 장 넘기자 큼지막한 '7' 자가 눈에 들어왔다. 7

월 1일, 그녀 아버지의 수술일이 되었다.

그녀가 몹시 걱정됐기 때문에 나는 일하는 내내 전혀 집중하지 못하고 전전긍긍했다. 가슴속에 돌덩이가 얹힌 듯 갑갑했고, 나를 감싸고 있는 공기마저 무거웠다. 그녀에게 오후 늦게 "수술 끝났어요?" 하고 메시지를 보내 봤지만, 그녀는 수 시간 동안 메시지를 읽지 않았다.

그녀의 아버지를 한 번도 뵌 적이 없었기에 진정한 애착을 느낄 수는 없었다. 하지만 '내가 사랑하는 그녀의 아버지'라는 사실은 큰 의미로 다가왔고, 그녀의 아버지가 잘못될 경우 나도 상당히 슬플 거라는 건 알 수 있었다.

몇 년 전 할아버지가 세상을 떠나던 날, 나는 할아버지에게 애착이 없었기에 그 죽음 자체가 크게 와닿진 않았다. 멀리 살다 보니 어려서부터 자주 뵙지 못했고, 할아버지의 가부장적인 고집에 반항심도 있던 탓이었다.

하지만 내 아버지가 "아버지······! 아버지······!"를 끝없이 외쳤고 숨이 넘어갈 듯 오열했고 가슴을 움켜쥐며 주저앉았기에, 난생처음으로 한없이 나약한 모습을 보였기에, 그걸 지켜보는 나도 무척 버겁고 괴로웠다.

사랑한다는 것은 결국 그런 일이다. 그 사람의 상황과 감정이 온전히 그 사람만의 것이 아니라 자연히 내게도 옮겨 오는 일. 내가 많이 사랑하는 아버지가, 할아버지를 많이 사랑했다. 그래서 나도 함께 아팠다. 내가 많이 사랑하는 그녀가, 그녀의 아버지를 많이 사랑한다. 그러니 나도 함께 아플 것이었다.

넋을 반쯤 놓은 채 어떻게 시간이 갔는지 모르게 퇴근 시간이 되었고, 나는 집에 도착한 뒤에도 한참을 더 기다려서야 그녀의 답장을 받을 수 있었다.

「현우 씨, 수술 잘됐어요. 수술이 일곱 시간이나 걸려서…… 끝나고 아빠 중환자실 들어가는 것도 보고…… 그래서 답장이 늦었어요.」

「다행이에요, 고요 씨!」

해종일 기다린 대답을 듣게 되자 나는 안심한 듯 두 눈을 꽉 감았다. 정말 다행이었다. 숨 막힐 듯한 하루가 끝나고, 비로소 숨을 돌릴 수 있었다.

당분간은 그녀의 아버지가 입원한 J 대학교 병원에서만 그녀를 만날 수 있었다. 그녀는 퇴근 후 저녁과 쉬는 날 줄곧 병원에 있었다. 찾아가도 잠깐 만나서 과일 바구니를 전달하거나 혹은 커피를 마시거나 잘하면 식사를 함께하는 정도였지만, 그래도 상관없었다.

장맛비가 차창을 때렸다. 유리 위로 빗금이 죽죽 그어졌다. 빗소리를 음악 삼아 운전하다가, 광주를 지나니 거짓말처럼 비가 그쳤다. 게다가 전주의 하늘은 쾌청하기까지 했다.

"고요 씨!"

나는 병원 밖으로 나오는 그녀를 향해 손을 휘휘 흔들었다.

병원 편의점에서 생수와 음료수를 사고, 그 바깥에 있는 파라솔에 자리를 잡았다. 그녀는 많이 지친 모습이었다. 안색은 파리했고 눈 밑은 헬쑥했으며 팔다리는 더욱 앙상해졌다. 그녀의 아버지가 중환자실에 있을 때까진 그녀가 따로 할 수 있는 일이 없었지만, 일반실로 옮긴 지금은 곁에서 간호를 하고 있으니 육체적 피로가 클 터였다.

"간호하느라 많이 힘들죠?"

"그냥…… 하루가 너무 느리게 지나가요. 하지만 엄마와 소리에 비하면 아무것도 아니에요. 난 쉬는 날에나 좀 돕는 거지, 퇴근 후에 가면 도울 수 있는 일도 별로 없거든요."

"어제 병원에서 잤다면서요. 불면증도 있는데 괜찮았어요?"

"거의 못 잤어요."

"저런. 일찍 소등하니 밤이 더 길었을 텐데……."

"근데 마침 맞은편 아주머니도 못 주무셔서, 같이 얘기 나누다 보니 시간이 금방 갔어요."

"무슨 얘기를 그렇게 나눴어요?"

"음…… 위로에 대해서."

나는 그것이 어떠한 대화였는지도 모르면서 수긍하듯 고개를 주억거렸다. 그녀의 시와 미소가, 존재가 내게 위로라고 생각하면서. 그리고 무언가 더 묻고도 싶었지만 그만두었다.

"그나저나 고요 씨, 점심은 먹은 거예요? 또 식사 대충했죠?"

"입맛이 없는걸요."

"그러지 말고 이것 좀 먹어 봐요."

나는 준비한 3단 도시락 통의 뚜껑을 열어 그녀 앞에 늘어놓았다. 김밥과 유부초밥, 양배추쌈밥, 샌드위치, 과일 샐러드가 담긴 도시락이었다. 인터넷에서 '도시락'을 검색해 흉내를 내 보았는데, 모양은 그럴듯하게 보이나 맛은 자신 없었다. 레시피를 똑같이 따라했으니 대강 맛있는 것 같기도 하고, 프로와 아마추어의 차이로 뭔가 부족한 것 같기도 했다.

"이게 다 뭐예요?"

"자꾸 아무것도 안 먹으려고 하니까. 직접 싸면 성의를 봐서라도 먹어 줄 것 같아서요."

"와아…… 이걸 직접 만들었단 말이에요? 왜 그랬어요, 미안하게."

그녀는 깜짝 놀라며 어쩔 줄 몰라 했다.

"자, 어서요. 아—."

그녀는 잠깐 목을 움츠렸다가 나를 따라 "아—." 하고 입을 벌렸고, 나는 집었던 양배추쌈밥을 쏙 들이밀었다. 그녀가 몇 번 입을 우물거리더니 눈을 동그랗게 떴다.

"어때요?"

"엄청 맛있어요."

나는 활짝 웃으며 안도와 기쁨이 섞인 한숨을 뱉었다. 그러곤 "열심히 만들었어요." 하고 은근슬쩍 어필했다. 그녀는 앞뒤로 고갯짓을 하며 "고마워요. 음, 웬지 마음을 달래 주는 맛 같아요." 하고 말했다. 나도 그녀에게 조금은 위로가 되는 사람일까?

파라솔 옆에 서 있는 푸른 나무의 무성한 잎들이 바람을 따라 선선히 흔들렸다. 오후의 햇살이 나뭇가지와 이파리 사이사이에 파고들어 그녀와 나의 발아래 점점이 흩어지고 있었다.

12

위로(3)

<u>고요</u>

모처럼 쨍하게 맑은 날이었다. 병실 창문을 열어 놓아 커튼이 성글게 들썩거렸다.

"아빠, 나 왔어요."

아빠는 잠이 들락 말락 하고 있었고, 엄마는 간병인 침대에 앉아 있었다. 기운을 좀 차린 것인지 아빠의 안색이 맑아 보였다. 나는 구석에 짐을 내려놓으며 "아빠 안색이 좋아 보이네?" 하고 말했다. 엄마는 대답 없이 고개만 대충 끄덕거렸다.

날도 좋고 아빠의 안색도 좋은데, 이상하게 병원에 침울한 기운이 맴돌았다. 순간 무엇에 이끌리듯 고개를 홱 돌려 뒤를 바라보았다. 어제 하루 병원에 들르지 못했더니 그새 아저씨와 아주머니가 보이지 않았다.

"아저씨 퇴원하셨어?"

멍하니 앉아 있던 엄마는 내 팔을 끌어당겨 자신의 옆에 앉혔다. 그러곤 내 어깨를 감싸면서 들릴 듯 말 듯하게 말했다.

"……돌아가셨어."

"뭐? 왜?"

전혀 예상하지 못한 얘기에 내 눈이 휘둥그레졌다.

"모르겠어. 새벽에 갑자기……."

엄마의 맥없는 목소리에서 짙은 상심이 묻어났다. 엄마의 두 눈이 아빠에게 잠깐 머물렀다가 맞은편 침대로 옮겨 갔다. 아빠는 어느새 잠이 들어 쉭쉭 작게 코를 곯고 있었다.

"네 아빠 그렇게 회복이 늦더니…… 아저씨 돌아가시고 나서 갑자기 상태가 좋아졌어. 의사 선생님도 놀라면서 곧 퇴원할 수 있겠다고 하더라. 아저씨가 멀리 가시면서 아빠 병까지 가져가 준 거 아닌지 모르겠다."

"그런 게 어디 있어."

나는 황당무계한 이야기라고 생각하며 엄마를 따라 맞은편 침대를 쳐다보았다. 덩그러니 빈 침대가 무척 공허했고, 서글서글한 아저씨와 아주머니의 얼굴이 아른거려 가슴이 아렸다. 아주머니의 목소리가, 아저씨가 없다고 생각하면 오직 아저씨만이 그립던 그 말이 귓가에 메아리처럼 울렸다.

아저씨가 죽었다는 사실을, 아주머니가 가장 큰 위로를 잃었다는 사실을 도저히 믿고 싶지 않아서, 나는 눈을 질끈 감아 버렸다.

그간 참았던 스트레스가 아저씨의 죽음을 계기로 몰아닥친 것인지, 그날 밤 나는 미열과 복통에 시달렸다. 엄마는 간병 때문에 병원에 있었고, 소리는 짐을 가지러 서울에 가 있었다. 집에는 나밖에 없었다.

침대에서 굴러떨어지듯 내려와 배를 움켜잡고 거실로 기어갔다. 약이 든 서랍을 겨우 열어 보았지만 해열제와 진통제가 보이지 않았다. 나는 맥이 빠진 채로 거실 바닥에 드러누웠다. 난 이깟 스트레스성 복통도 못 참는데, 몸을 두 번 가른 아빠는 얼마나 큰 고통이었을까? 그리고 죽음은…… 그 거대한 상실은 대체 어떤 것일까? 감히 짐작할 수도 없는 일이었다.

얼마쯤의 시간이 흘렀을까. 풀벌레가 왱왱거리는 소리만 잔잔히 들려오던 가운데, 난데없이 휴대폰이 우렁찬 고성을 냈다. 바로 머리맡에 퇴근 후 아무렇게나 부려 놓은 가방이 있었고, 소리는 그 속에서 들려왔다. 나는 가방을 더듬어 휴대폰을 꺼내 들었다.

— 현우 씨……?

목소리가 약간 잠긴 것을 그가 귀신같이 알아차렸다. 혹시 아프냐고 묻기에, 괜찮다고 해도 됐을 것을 괜스레 칭얼대고 싶어져 "사실은 조금 아파요."라고 답했다. 그러자 그는 어디가 어떻게 얼마나 아픈 거냐며 호들갑을 떨더니, "내가 지금 갈까요?" 하고 말했다.

— 아니, 그렇게 걱정할 정도는 아니에요. 그리고…… 현우 씨 목소리 들으니까 안 아픈 것 같네요.

별다른 뜻 없이 그저 솔직하고 천연하게 한 말이었다. 그때 휴대폰 너머로 웃음소리 같은 숨소리가 들렸다. 마음을 따뜻하게 만드는.

— 약만 주고 올게요.

— 정말 괜찮…….

그 말을 끝으로 전화가 끊겼다. 그에게 정말 괜찮으니 오지 말라고 메시지를 보내려 했지만 손가락에 힘이 들어가지 않았다.

멍하니 있기를 몇 분, 다시 기운을 내 휴대폰을 집었을 땐 그에게서 "이미 출발했으니 만류하지 마요. 우유 투입구에 조용히 약만 넣어 놓고 갈게요. 괜찮아지면 바로 자고, 계속 아프거든 약 먹도록 해요."라는 메시지가 도착해 있었다.

째깍째깍……. 어리어리 겉잠을 자다 깼을 때, 나는 침대에 누워 있었고 이마엔 물수건이 얹혀 있었다. 열려 있는 방문 사이로 거실 불빛이 새어 들어왔다.

미열과 복통이 가라앉은 것을 느끼며 거실로 나가 보았다. 거실엔 그와 소리가 있었고, 오렌지 주스를 마시며 열띤 논쟁을 펼치고 있었다.

인기척을 느낀 그가 소파에서 벌떡 일어나더니 "어, 고요 씨 깼어요? 몸은 좀 어때요?" 하고 물어 왔다. 소리는 탁자에 놓인 아스피린을 집어서 흔들어 보이며 "언니, 현우 씨가 약 가져왔어." 하고 말했다.

"몸은 이제 괜찮은데……."

난 지금 이 상황이 어떻게 된 영문인지 몰라 얼떨떨하게 서 있었고, 소리가 차분히 설명을 해 주었다.

"몇 주 만에 서울에 갔더니 괜히 낯설더라고. 아빠도 자꾸 걱정되고. 자고 내려오지 못하겠어서 짐만 챙긴 뒤 밤에 전주행 버스 타고 내려왔어. 자정 넘어서 아파트에 도착했는데 낯익은 얼굴이 엘리베이터 앞에 서 있잖아. 언니가 아파서 광주에서부터 약을 갖고 왔다는데, 약만 받고 바로 돌려보내려니 여간 미안한 일이 아니어서……. 언니 잠들어 있을 줄 모르고 잠깐 보고 가라고 했지."

나는 좀 당황한 채로 "소리가 태권도랑 유도를 배워서 겁이 없어요. 본인 말로는 웬만한 남자 다 이길 수 있다고 하는데, 저렇게 날씬해서 좀처럼 믿을 수가 있어야죠." 하고 주절거렸다. 그러곤 "물론 현우 씨는 누가 봐도 믿을 수 있는 사람이지만요."

하고 보탰다.

그가 살짝 웃어 보이고는 "약도 전했고, 주스도 마셨고, 고요 씨 괜찮은 것도 봤으니 이만 가 볼게요." 하고 말했다.

"에이, 방금 하던 국회의원 애기는 마저 해 주고 가야죠."

소리가 그의 말을 자르고 끼어들었다. 열띤 논쟁을 펼치는 것 같더니 정치 애기를 하던 중이었나 보다. 보통 처음 나누는 대화의 주제가 그런가? 누가 과탑이랑 기자 아니랄까 봐…….

결국 그는 좀 더 있다 가기로 했고, 셋 다 커피가 마시고 싶어져 소리가 부엌으로 가 커피포트에 물을 끓였다. 그가 날 보며 "고요 씨는 커피 마시면 못 자잖아요. 그리고 오늘도 이미 많이 마신 거 아니에요?" 하고 지적했다.

"아침에 믹스 두 잔, 오후에 편의점에서 한 잔 마셨어요."

"커피를 줄이는 게 좋겠어요."

"고작 그 정도로 뭘요. 프랑스 소설가 발자크는 하루에 오십 잔씩 커피를 마셨다잖아요."

"그건 블랙커피고…… 무엇보다 발자크는 카페인 중독으로 사망했죠."

"흥, 안 넘어가네."

정치 토론이 끝난 뒤 소리는 피곤하다고 먼저 방에 들어갔다. 들어가면서 내게 귓속말로 "합격."이라고 읊조렸던 것 같은데, 잘못 들은 것인지 당최 뜻을 알 수 없었다. 소리가 최근 무슨 시험을 치르거나 면접을 본 것도 아닌데.

거실엔 그와 나만이 남았다. 그가 무슨 일로 스트레스를 받았는지 묻기에 맞은편 아저씨가 돌아가셨노라고 답했고, 우리는 잠깐 '죽음'을 주제로 대화를 했다. 그리고 나니 어느덧 새벽 두 시가 되었고, 그가 자리에서 일어서며 "이제 정말 가 볼게요. 푹 자요." 하고 소곤거렸다.

그를 배웅한 뒤 침대에 누웠다. 그리고 위로에 대해 생각했다.

나의 비밀은 내 삶을 가치 있게 만들어 주면서도 수시로 나를 옥죄었다. '그런 순간'의 상실과 부재는 나를 시 쓰게 하고 성장시켰으나, 나를 절망에 빠뜨리고 세상 모든 아름다운 감정 앞에 무기력해지게 만들기도 했다. 사랑이니 동경이니 우정이니 해도 어차피 운명보다 미약한 감정인데…… 내 비밀을 이해해 주지도 못할 텐데…… 하면서 거부하게 되었고, 나는 자주 혼자 있었다.

어릴 적 TV 프로그램에서, 사랑하는 아내가 죽은 뒤 끼니도 거의 거르며 폐인처럼 살아가는 노인을 본 적이 있다. 그런데 한 이웃 청년이 끊임없이 찾아와 노인을 챙겼다. 노인은 처음엔 강렬히 거부하고 화를 냈지만, 수개월간 지속되자 점차 청년의 마음에 위로받고 세상 밖으로 나오게 되었다.

청년이 노인의 삶과 속사정을 세세히 알고 있진 않았을 것이다. 그러나 청년은 노인을 이해했고, 청년이 옆에 있는 것만으로노 노인의 아픔은 위로받았을 것 같다.

　맞은편 아주머니 역시 아저씨에게 운명적 사랑에 대해 상세히 말하진 않았을 것이다. 아예 아무것도 말하지 않았을 수도 있다. 그러나 아저씨는 아주머니의 아픔을 이해해 줬을 것이며 아주머니는 위로받았을 것이다.

　완전한 위로란 어쩌면 그런 걸까. 비밀을 없게 만드는 게 아니라, 비밀이 있더라도 괜찮아지게 만드는 것. 나는 비밀을 말할 수 없기 때문에 숨이 막혔고 평생 제대로 위로받지 못할 거라 판단했다. 그런데 이 세상에는, 듣지 않고도 이해할 수 있고 말하지 않고도 이해받을 수 있는 어떤 위로가 있는 모양이다.

　어렴풋이 그런 생각들을 하다가 나는 무엇에 홀리기라도 한 것처럼 삽시간에 편안하고 깊은 잠에 빠졌다. 내가 먹은 것은 아스피린이 아니라 커피였는데도.

　그 뒤 머지않아 아빠는 퇴원을 했다. 입원과 수술, 중환자실, 일반실을 거쳐 퇴원하기까지의 기간은 대략 보름에 지나지 않았지만, 마음고생을 심하게 해서인지 족히 서너 달은 지난 기분이었다.

　집으로 돌아와 말끔히 세수하고 면도하고 스킨을 바른 아빠는, 비록 야위긴 했지만 여전히 잘생긴 얼굴이었다.

　"고요야, 소리야. 내 새끼들."

성우처럼 멋진 목소리도 그대로였다.

아직은 종종 고통에 신음하지만 그것도 곧 괜찮아질 것이다. 아빠의 건강은 계속해서 좋아질 것이다. 우리 가족은 잔잔하고 따뜻한 일상으로 차츰 되돌아갈 것이다.

* * *

현우

창문 너머 매미 소리가 요란했다. 내가 서류 가방을 방에 내려놓은 시각은 밤 열 시가 넘은 때였다. 낮에 그녀에게서 "아빠가 부쩍 건강해지셨어요."라는 메시지를 받고는, 한결 나아졌을 그녀의 목소리가 무척이나 듣고 싶었다. 그러나 계속 일이 바빴고 이제야 퇴근을 했다.

나는 조금 고민하다가 통화 버튼을 눌렀다. 올빼밋과의 그녀이니 아직 자고 있지 않을 것이다.

— 현우 씨……?

전화를 받는 그녀의 목소리가 잠겨 있었다.

— 어라, 미안해요. 내가 깨운 거예요?

— 아뇨, 안 잤어요.

— 그런데 목소리가……. 혹시 어디 아파요?

— 사실은 조금 아파요.

그녀가 아프다고? 나는 깜짝 놀라 호들갑을 떨었다.

— 어디가요? 어떻게, 얼마나 아픈 거예요?

— 그냥 미열이랑 복통이 조금. 스트레스 때문인가 봐요.

— 약은요? 병원에 안 가 봐도 괜찮겠어요?

— 약은 없는데…… 쉬면 괜찮아질 거예요.

— 내가 지금 갈까요?

— 아니, 그렇게 걱정할 정도는 아니에요. 그리고…… 현우 씨 목소리 들으니까 안 아픈 것 같네요.

순간 '피식' 하고 웃음이 새어 나왔다. 그런 말을 하면 더 가고 싶어진다는 것도 모를까. 나는 "약만 주고 올게요."라고 하며 전화를 뚝 끊었다. 그리고 약상자에서 아스피린을 꺼내 챙겨 들고 밖으로 뛰쳐나갔다.

현관에 딸린 우유 투입구에 약만 넣어 놓고 올 참이었다. 그녀의 집으로 올라가기 위해 엘리베이터를 기다리는데, 뒤에서 또 각또각 발걸음 소리가 들려왔다. 뒤를 돌아보니 그녀의 동생이 놀란 표정을 짓고 서 있었다. 우리는 동시에 고개를 숙이며 어정쩡하게 인사했고, 그녀의 동생이 먼저 입을 뗐다.

"무슨 일로 오셨는지……."

"고요 씨가 아프다고 해서요. 우유 투입구에 약만 넣어 놓고 가려고……. 아, 여기 약이요. 고요 씨에게 전해 주세요."

"우리 언니가 아파요?"

"미열이랑 복통이 좀 있대요."

"아…… 언니가 스트레스 받으면 가끔 아프곤 하는데……. 설마 광주에서 오신 거예요?"

난 멋쩍게 웃으며 그렇다고 했고, 그녀의 동생은 안절부절못하며 미안해했다. 그러곤 잠시 그녀를 보고 가도 괜찮다고 말했다.

다소 떨리는 심정으로 그녀의 집에 들어서자, 작은 등을 켜 놓은 채 거실 바닥에서 잠들어 있는 그녀가 보였다. 순간 쓰러진 것인 줄 알고 놀랐으나 곧 고른 숨소리를 듣고 안심했다.

그녀의 동생이 그녀의 이마를 짚어 보더니, "아직 열이 있는 것 같아요. 물수건이라도 얹어 놔야 할 것 같은데. 저, 죄송하지만 언니 좀 옮겨 주실래요?" 하고 부탁했다. 나는 그녀를 안아 들고 침대 위에다 다소곳이 눕혀 주었다. 그녀의 동생이 물수건을 가져와 그녀의 이마에 얹었다.

그녀가 잠들었으니 그만 가 봐야겠다고 생각하는데, 그녀의 동생이 거실 탁자에 오렌지 주스를 내려놓으며 "감사해요. 이거 드시고 가세요." 하고 권했다. 나는 어색한 공기 속에서 주스를 대강 들이켰다.

"참, 기자라면서요?"

"네에."

"저 궁금한 거 있었는데. 일주일 전에 터진 기사 말이에요. 그 채용 비리랑 정치자금법 위반……."

생김새는 언니와 꼭 닮았는데 성격은 정반대인 것 같았다. 유약한 느낌의 그녀에 비해 그녀의 동생은 암팡지고 낯가림도 없었다. 어쩌다 보니 정치 이야기에 심취해 있는데, 그녀가 잠에서 깨어 거실로 나왔다.

"어, 고요 씨 깼어요? 몸은 좀 어때요?"

다행히 그녀는 괜찮아진 듯했다. 상태도 확인했으니 정말로 가 보려는데, 그녀의 동생이 "에이, 방금 하던 국회의원 얘기는 마저 해 주고 가야죠." 하고 붙잡았다.

그렇게 한참 정치 이야기를 하고 나니 기진해졌고, 그녀의 동생도 피곤한지 방으로 들어갔다. 그녀는 너스레웃음을 지으며 "복통은 끝났는데 두통이 생길 것 같아요. 나 정치 공부 좀 해야겠어요." 하고 말했다.

"하하. 근데 무슨 일 있었어요? 아버님도 건강해지셨다면서, 웬 스트레스를 그렇게 받았어요?"

그녀가 잠깐 움찔했다가, 나지막이 "실은, 같은 병실의 아저씨가 돌아가셔서 마음이 안 좋아요." 하고 대답했다.

"저런."

"아빠가 그동안 회복이 느렸는데, 아저씨 돌아가시고 나서 갑자기 좋아지셨어요. 엄마는 아저씨가 아빠 병까지 가져가셨나

보다고 하더라고요. 그런 말을 믿진 않지만……."

우리의 대화 주제는 자연스레 '죽음'이 되었다. 가깝고 먼 지인들의 죽음, 그 원인, 그때 느꼈던 감정, 나아가 사후 세계에 대한 생각 등등.

사후 세계라…… 나 역시 어릴 적부터 그것에 대해 여러 생각을 해 보았으나 종교가 없어서인지 특별한 신념은 없었다. 그에 반해 그녀는 상당히 확고한 말투로, 모든 사후 세계가 존재할 거라는 독특한 의견을 냈다.

"죽음을 두고 영원히 잠에 든다고 표현하잖아요. 정말 그럴 것 같아요. 그러니까 천국과 지옥을 믿는 사람이라면 그런 꿈을, 윤회를 믿는 사람이라면 그런 꿈을 꿀 테고, 무(無)를 믿는 사람이라면 아무 꿈도 꾸지 않겠죠. 사후 세계를 경험하고 왔다는 사람들도 모두 말이 다르잖아요. 지옥에서 불타는 모습을 봤다는 사람도, 영혼 상태로 이승을 떠돌았다는 사람도, 저승사자와 강을 건넜다는 사람도 있잖아요. 그들의 말이 진실이라면 사후 세계에도 여러 형태가 있겠죠."

"고요 씨의 사후 세계는 어떤 것 같은데요?"

"먼저 죽은 강아지와 지인들이 날 마중 나오고…… 이후엔 내가 마중을 나가고…… 소중한 모든 이가 곁에 모여 행복하게 지내는 거예요. 그러다 미련이라는 게 없어지면 무로 돌아갈 것 같고. 물론 그냥 바람일 뿐이에요. 다시 만날 수 없다고 생각하면 죽음이란 게 너무 두려우니까."

"그럼 이런 사후 세계만큼은 아니길, 하는 게 있다면?"

"가끔 꾸는 악몽이 있는데요. 세상에 혼자 남겨지는 꿈이에요. 멸망 속에서 나만 살아남든, 망망대해의 한가운데에 홀로 있든, 사람들이 내가 싫어졌다며 다 떠나든. 그런 꿈을 꾸고 나면 죽음이 그런 걸까 봐, 외로이 남겨지는 일일까 봐 소름이 끼쳐요."

그녀가 도리질을 하며 "그런 건 절대 아니었으면 해요." 하고 덧붙였다.

"아닐 거예요. 왠지 고요 씨 말이 다 맞을 것 같다는 느낌이 와요."

그렇게 맞장구를 쳐 주자, 그녀의 굳어 있던 표정이 한결 가벼워졌다.

그녀와 대화를 이어 가던 중 문득 안 형의 이야기를 꺼냈다. 대학 시절 자전거 동아리에 들었는데, 거기서 만난 선배가 인간적인 면모도 훌륭하고 꿈을 향한 열정도 대단했다고. 존경하던 선배였는데 안타깝게도 교통사고로 세상을 떠났다고.

"존경했던 선배라니 많이 슬펐겠어요."

"당시엔 오히려 덤덤했던 것 같아요. 개인적으로 정신이 없었을 때라. 그런데 시간이 지나도 형은 잊히지 않더라고요. 참, 형이 편집자로 일했거든요. M 문예지가 형이 편집한 거예요."

"아아…… 그래서 현우 씨가 그 문예지를……. 신기하네요."

"그렇죠? 우리도 꽤 운명적이라니까요."

그녀는 입을 다문 채 눈만 느리게 끔뻑였다. 그 무언의 눈빛이 긍정이라고 판단하긴 어려웠지만, 그렇다고 부정으로 비춰지지도 않았다.

그로부터 며칠 후 그녀의 아버지가 퇴원했다. 그녀는 메시지를 통해 그 소식을 곧장 알려 왔다.

「우리 아빠 퇴원했어요!」

「축하해요. 그동안 고생 많았어요.」

「고마워요. 전주까지 왔다 갔다 하면서 챙겨 주고……. 현우 씨까지 고생시켜 버렸네요.」

「고요 씨가 밥만 잘 먹었으면 고생한 거 아닌데, 밥을 통 안 먹어서 먹이느라 좀 고생했네요.」

「정말 고마워요. 미안하고.」

「그럼 나 소원 하나만 들어줘요.」

「뭔데요?」

「오는 토요일에 광주에서 박정현 콘서트가 있는데, 저희 신문사에서 주최하는 거라 공짜 표가 생겼거든요. 같이 가요.」

내가 다니는 K 신문사에서 주최하는 건 사실이었고, 공짜 표는 거짓이었다. 단지 할인을 좀 받을 수 있을 뿐이었다. 그녀는 콘서트 날이 토요일이라 바로 확답은 못해 주지만 되도록 연차를 써 보겠다고 했다.

「물어보고 답장 꼭 줘요.」

「네. 저도 꼭 가고 싶어요.」

폭풍 같던 시간이 지나가고, 잔잔한 평온이 찾아오고 있었다.

13

콘서트

고요

"너무 떨려요. 공연 정말 오랜만이거든요."

그에게서 전해 받은 박정현 콘서트 표를 소중하게 들여다보았다. 아침에 눈을 뜰 때부터 들썩거리던 마음이, 이제 공연 시작까지 두 시간도 채 남지 않자 견딜 수 없을 지경이 되었다.

"고요 씨, 그 말 벌써 세 번째예요. 얼른 밥부터 먹어요."

내가 그렇게나 반복했던가? 나는 쑥스레 웃으며 분홍 장지갑 속에 표를 조심조심 집어넣었다.

오늘은 내가 맛있는 걸 사기로 약속했었다. 그에게 뭐가 먹고 싶은지 물었고, 고민하다가 우리는 고깃집에 들어갔다. 안에서는 철 지난 유행가가 흘렀고, 바글바글한 사람들로 인해 장터처럼 소란스러웠다.

"정말 이걸로 되겠어요? 더 맛있는 거 먹으러 가도 되는데."

"고기보다 맛있는 게 세상에 있나요?"

그가 눈썹을 살짝 치켜들며 장난기 섞인 표정으로 말했다. 그러고는 메뉴판을 보지도 않고 "삼겹살?" 하고 묻기에 "한우요." 라고 대답했다. 물론 큰맘 먹고 쏘려던 이유가 첫 번째이지만, 가끔 돼지고기에 알레르기 반응이 일어나 주의하는 편이기도 했다.

식당은 퍽 재미있는 곳이었다. 셀프 코너에는 '갖다 먹어요.'라는 문구가, 카운터 근처에는 '애인이 바뀌어도 모른 척해 드립니다.'라는 문구가 쓰여 있었다. 우리는 그걸 보며 한참을 웃었다. 그의 오른쪽 볼에 계속해서 보조개가 생겼다.

"고마워요. 그동안 참 힘들었는데, 현우 씨 덕분에 기운 차리고 그 시간에도 가끔씩 웃을 수 있었어요."

"그래서 오늘 내 소원 들어주러 왔잖아요."

그는 몇 번 "앗, 뜨거." 하며 고기를 구웠고, 익는 족족 내 쪽으로 밀어 주었다.

"먹어요."

그가 다정하게 말했다.

"현우 씨 먹으라고 온 건데. 집게 줘요. 내가 구울게요."

나는 억지로 집게를 뺏어 들었다. 그리고 그와 손이 스칠 때,

언뜻 미묘하고 이상한 기분에 휩싸였다.

 저녁 일곱 시. 박정현의 콘서트가 시작되었다.

 무대의 조명과 배경이 곡의 분위기에 맞춰 계속 바뀌었다. 붉은빛, 노란빛, 보랏빛으로 변하며 화려해지기도, 은은해지기도 했다. 그것을 보고 있자니 묘연한 꿈을 꾸는 듯 혼몽해졌다.

 또한 노래는 온몸에 전율을 일으켰고, 나는 한 곡이 끝날 때마다 큰 환호와 갈채를 보냈다. 그는 워낙에 리액션이 부족해서 박수만 몇 번 치고 말았다.

 박정현의 농담 섞인 멘트가 끝나고, 다음 곡의 전주가 시작되었다. 분명 박정현의 곡은 아닌데 제법 익숙한 전주였다.

 "어…… 이거 윤종신 노래 아니에요?"

 "맞네요. 〈오래전 그날〉."

 "현우 씨도 아는구나. 이 노래 슬프죠."

 그런데 들어 보니 가사가 약간 달랐다. 원래는 남자 입장에서 부른 것이 여자 입장으로 바뀌어 있었다. 그렇잖아도 슬픈 노래인데, 덕분에 더욱 몰입이 되어 버렸다.

 나는 "여자 입장으로 개사했네요." 하며 넌지시 그를 바라보았다. 그는 처음부터 나를 보고 있었는지 눈이 마주치자 민망해하며 고개를 돌렸다. 그러고는 "진짜 울보네요."라고 핀잔했다. 나는 촉촉해진 눈에 힘을 주었다.

"박정현이 노래를 애절하게 하는 걸 어떡해요, 그럼."

그의 시선을 신경 쓰기 시작하자, 그가 줄곧 무대가 아니라 나만 보고 있다는 걸 금세 알아차릴 수 있었다. 나는 어색함으로 집중력이 흐트러졌다가, 박정현의 폭발적인 고음이 터지자 깜짝 놀라며 다시금 무대에 빠져들었다.

콘서트가 끝을 향해 갈수록 관객들의 동작이 커졌다. 사람들은 노래에 맞춰 팔을 왼쪽, 오른쪽으로 흔들며 물결을 만들고 있었다. 나도 보란 듯이 팔을 흔들며 그를 향해 "콘서트에 왔으면 이렇게 하는 거예요." 하고 말했다. 하지만 그는 내 말을 듣고도 미소만 지을 뿐 꿈쩍도 하지 않았다. "아니, 이렇게, 이렇게. 팔 좀 흔들어요."

답답해진 나는 그의 팔목을 잡아 올려 왼쪽, 오른쪽으로 움직였다. 엉겁결에 팔목을 잡힌 그는 적잖이 당황했다. 콘서트장이 어두워 그의 얼굴색이 정말로 보였던 것은 아니지만 누가 봐도 새빨개진 표정이었다.

곧이어 신나는 곡이 나오고, 박정현이 "일어나세요!" 하고 외쳤다. 나는 관객들과 함께 벌떡 일어서며 함성을 질렀다. 그는 그때도 묵묵하게 앉아 있을 뿐이라 강제로 일으키는 수밖에 없었다.

"아유, 좀 일어나 봐요!"

늘어뜨린 그의 팔이 퍽 무거웠기 때문에, 그에게 팔짱을 끼듯

잡아 일으켰다.

나는 박자에 맞춰 어깨를 들썩이며 박수를 쳤고, 따라 하라는 눈짓을 보냈다. 그는 한손으로 이마를 짚으며 허탈하게 웃더니, 뻣뻣하게 굳은 채로 어색한 박수를 쳤다. 그저 나를 바라보는 눈동자만이 찬연하게 빛나고 있었다.

두 시간 가량의 콘서트가 끝나고 화장실에 다녀오는데, 그가 복도에서 웬 남자와 헤어지고 있었다. 나는 상대방이 시야에서 사라지길 기다렸다가 다시 그에게로 걸음을 옮겼다.

"아는 사람 만났어요?"

"저희 회사에서 주최했다 보니 동료들이 꽤 왔더라고요."

"아아."

"고요 씨 예쁘대요."

"네?"

"방금 인사한 선배가, 아까 공연장 들어갈 때 우리 봤다고 하더라고요."

또래의 여자와 공연장에 간다면 열에 아홉은 연인과 가는 것이겠지. 나는 멋쩍게 목을 긁으며 "오해했겠네요." 하고 웅얼거렸다. 그는 내 말 뜻을 잠시 생각해 보더니, "다 알던데요." 하면서 성큼성큼 앞서 걸었다. ……뭘 안다는 것일까?

늦은 밤, 그는 차 안에서 박정현의 노래를 틀었다. 아직 콘서트의 열기가 온전히 남아 있었기에 마치 우리 둘만을 위한 앙코르 공연이 시작되는 것 같았다.

"고요 씨 집까지 한참 걸릴 테니까, 그동안 한숨 자요."

"전혀 졸리지 않은걸요. 진정이 안 돼서 오늘은 늦게 잠들 것 같아요."

잠들기 전까지 오늘이 이어질 터이기에 최대한 늦게 잘 작정이었다. 경험상, 공연을 본 뒤 두근거리고 생생한 느낌은 늘 자기 전까지만 지속되었다. 꿈같은 공연을 본 다음 날이면 그것은 정말 꿈처럼 멀어져 있었다. 나는 다시 쳇바퀴 같은 일상으로 돌아가야만 했다. 가수들이 무대를 마치고 텅 빈 집으로 돌아가면 그 괴리가 크다고 하던데, 그것과 비슷한 심정일 것이다.

"오늘 무척 행복했어요."

그가 "나도요." 하며 생긋 웃었다.

"근데 이건 현우 씨 소원이 아니라 제 소원 같아요. 다른 소원은 없어요?"

"소원이야 많지만……."

"뭔데요? 두 개 더 들어 줄게요."

"정말요?"

"네. 근데 마음 바뀌기 전에 빨리 말해야 돼요."

그는 조금 머뭇거리다가, "고요 씨가 싸이월드에 쓴 일기가 읽고 싶은데." 하고 말했다.

"안 되나요?"

"아뇨, 괜찮아요. 그럼 일촌을 맺어야 하나?"

별로 대수롭지 않다는 듯 답했지만, 타인에게 내 일기장을 펼쳐 보인다는 건 사실 큰 용기였다. 그곳엔 나의 삶과 가치관과 비밀이 다 녹아 있었다. 그곳이 곧 나인 셈이었다.

그리고 그 용기는 그가 나를 오역하지 않을 것이라는 믿음에서 기인했다. 그는 나를 잘 읽어 내고 옳게 해석할 것이며 함부로 판단하지 않을 것이다. 나를 온전하게 나로 바라봐 줄 것이다. 그의 한결같은 위로는 내게 그런 믿음을 주었으며, 나는 문득 세상 밖으로 나가고 싶어졌다.

그가 해맑게 웃으며 "전 좋아요."라고 했다.

"알겠어요. 대신 평가는 하지 마요. 그냥 토막글이니까. 그리고 제 싸이월드는 정말 그것뿐이라 구경하는 재미는 없을 거예요. 다른 건요?"

"음……."

그는 입을 앙다문 채 고민에 빠졌다.

"셋, 둘……."

"사진! 사진 보내 줘요. 전에 담양에서 찍은 거요."

"싫어요. 그건 못 나왔잖아요."

"그럼 이따가 같이 찍어요, 우리."

"……그래요."

차는 휑한 도로 위를 미끄러지듯 달렸고, 예정보다 빨리 집 앞에 도착했다. 그는 주차선 안에 반듯하게 차를 받친 후 주섬주섬 휴대폰을 꺼내 들었다.

"어두워서 사진이 잘 나올까요?"

내가 묻자, 그는 운전석 위의 불을 켜며 "최고의 조명이죠." 하고 미소를 지었다. 그리고 그의 휴대폰으로 세 장의 사진을 찍은 뒤 함께 차에서 내렸다.

가로등 불빛 아래 희뿌연 먼지가 떠다녔다. 그가 불쑥 손가락을 뻗어 내 볼을 건드렸다. 나는 그만 흠칫 몸이 굳어 버렸다.

"속눈썹이 빠져서요."

"아……."

당혹감을 애써 감추며 "다음엔 미리 말해 줘요. 속눈썹이 빠지면 소원을 빌어야 하거든요." 하고 말했다. 그러자 그가 "네? 그게 뭐예요?" 하며 황당해했다.

"속눈썹이 빠지면요, 그걸 손가락에 올려놓고 소원을 빈 뒤 후— 하고 불어요. 그렇게 해서 한 번에 날아가면 소원이 이루어진대요."

"처음 듣는 이야기인데…… 정말 그런 게 있어요?"

"네, 그런 게 있어요."

나는 싱긋 웃어 보이며 "갈게요. 오늘 고마웠어요." 하고 작별 인사를 했다.

"잠시만요."

그가 차 뒤쪽으로 뚜벅뚜벅 걸어가더니 곧 트렁크 열리는 소리가 들렸다. 무슨 일인가 싶어 고개를 갸웃하고 있는데, 눈앞에 꽃다발이 들이밀렸다. 보라색 스타티스로 만든 드라이플라워였다.

"그냥, 지나가다 봤는데 예뻐서요. 아버님 퇴원 축하 겸."

순간 심장이 아릿한 기분이 들었다. 이렇게 갑작스런 꽃, 이라니. 가장 받고 싶은 선물이 언제나 꽃일 정도로 나는 꽃에 굉장히 약했다. 난 너무 놀라 안절부절못했고, 고맙다는 인사도 버벅거리며 어설프게 하고 말았다.

"그럼. 잘 들어가요."

적요한 어둠 속에서, 그는 내가 보이지 않을 때까지 그 자리에 서 있었다.

……띠링. 품에 안고 있던 꽃다발을 책상 위에 올려놓고 메시지를 확인했다. 좀 전에 찍은 사진이 전송되어 있었다. 나는 침대에 길게 엎드려 사진 속 그의 얼굴을 확대했다. 자꾸만 웃음이 났다.

* * *

현우

"꽃?"

그녀를 만나러 가는 길, 그녀와 꼭 어울릴 것 같은 꽃다발을 보았다. 예쁘게 말려 놓은 보랏빛 꽃이었다. 마치 그녀의 아파트에서 보았던 자그마한 별들을 한데 모아 놓은 것 같은 생김새였다.

"이 꽃 이름이 뭐예요?"

"예쁘죠? '스타티스'예요. 꽃말은 '변치 않는 사랑'이랍니다."

꽃을 파는 아주머니가 샛말간 목소리로 말했다. 나는 그 꽃을 샀다.

그녀와 저녁 식사를 하고, 그녀가 좋아하는 박정현의 콘서트를 보았다. 공연을 관람하는 내내 그녀의 눈동자가 유리알처럼 빛났다. 오랜만에 보는 행복한 모습이었다.

"훌쩍."

윤종신 원곡의 〈오래 전 그날〉이 흐를 때였다. 그녀는 어찌나 감수성이 풍부한지 슬픈 곡이 나오자 금세 눈물을 지었다. 그런 그녀를 바라보며 꽉 안아 주고 싶다고 생각하는데, 그녀가 "여자 입장으로 개사했네요." 하며 갑자기 돌아봐 눈이 마주쳤다.

화끈거리는 기운이 얼굴을 잠식했다. 지금까지 그녀를 보고 있던 것과 방금 전의 속마음을 홀라당 들킨 것만 같았다. 나는 휙 고개를 돌리며 무심하게 "진짜 울보네요." 하고 말했다.

"박정현이 노래를 애절하게 하는 걸 어떡해요, 그럼."

그녀는 그렇게 꿍얼거리며 다시 코를 훌쩍였다.

난 타고난 몸치여서, 춤은 물론이거니와 박자에 맞춰 몸을 흔드는 것조차 어색한 사람이다. 그래서 공연 내내 그저 우두커니 있었는데, 그녀는 그 모습이 내심 마뜩잖았는지 콘서트는 그렇게 보는 게 아니라며 훈수했다. 그러곤 내 팔을 잡아 올려 물결을 만들게 하고, 나를 자리에서 일으켜 세우기도 했다. 그녀는 그녀의 손이 내게 닿는 일이 날 얼마나 떨리게 하는지 잘 모르는 듯했다.

정신을 차릴 겨를도 없이 콘서트가 끝나고, 많은 인파가 물밀듯이 공연장을 빠져나갔다. 사람들 사이에 끼어 잠시 그녀가 내 가슴팍에 안긴 모양새가 되었다. 쿵, 쿵, 쿵…… 심장 박동이 빨라져 갔다. 아, 내 심장 소리가 다 들리겠구나. 그녀에게 내 마음을 다 들키겠구나. 나는 저릿해져 오는 가슴을 어쩌지 못했다.

홀에서 복도로 나오자 인파가 홍해 갈라지듯 흩어졌지만, 나는 여전히 미몽에 빠진 듯 얼떨떨했다.

"현우야!"

그녀가 화장실에 다녀온다고 하여 기다리는 동안, 정 선배와 마주쳤다. 정 선배는 회사에서 거의 유일하게 친하다고 할 수 있는 선배였다. 그렇잖아도 얼굴이 안 형을 닮아 첫인상이 좋았는데, 최근 함께 출장을 다녀온 뒤로 부쩍 친해졌다.

"선배도 오셨네요."

"어, 많이들 왔던데. 그나저나 예쁘더라."

"네?

"네가 좋아하는 여자 말이야. 무뚝뚝한 유현우를 실없이 웃게 만든 여자."

"아…… 보셨어요?"

"아까 공연장 들어갈 때 봤지. 잘해 봐. 아주 잘 어울리던데."

정 선배는 격려하듯 어깨를 툭툭 치고 갔다. 나는 땀이 나서 셔츠의 단추를 하나 풀었다. 옷깃이 벌어지니 숨이 좀 트이는 것 같았다.

들킬 마음은 없었는데, 회사에서 하도 실없이 웃고 다니니 모두가 눈치를 챘다. 쟤 틀림없이 사랑에 빠졌구나, 하고. 나와 친한 정 선배는 매일매일 추궁했고 결국 이실직고를 했다. "네. 저 사랑에 빠졌어요."라고.

"아는 사람 만났어요?"

어느새 옆에 온 그녀가 물었다. 나는 우리 회사에서 주최한 콘서트니만큼 동료들이 꽤 왔더란 말을 하며 "고요 씨 예쁘대요. 방금 인사한 선배가, 아까 공연장 들어갈 때 우리 봤다고 하더라고요." 하고 전했다. 그리고 선배가 우리 사이를 오해했겠다는 그녀의 반응에 "다 알던데요." 대꾸하고 먼저 걸어 나갔다.

그녀만 모르고 다 알고 있다. 정 선배는 물론, 아까 만난 꽃을 팔던 아주머니도, 하물며 방금 날 지나친 행인도 알 것이다. 내가 그녀를 바라보거나 떠올릴 때 어떤 얼굴을 하는지. 나는 누가 봐도 사랑에 빠진 남자였다.

그녀를 집에 바래다주면서 박정현의 노래를 들었다. 그러다 공연에서 들었던 곡이 나오면, 아까 그 곡을 들을 때 그녀의 표정이 어땠는지 다 떠올랐다. 지금 고개를 돌려 그녀를 바라보면 내 예상이 꼭 맞을 것이다.

노래를 감상하던 그녀가 문득 벅찬 목소리로 말했다.

"오늘 무척 행복했어요."

"나도요."

"근데 이건 현우 씨 소원이 아니라 제 소원 같아요. 다른 소원은 없어요?"

갑작스런 질문에 당혹했지만 사양해 봤자 나의 손해였다. 그녀는 두 가지 소원을 더 들어주겠다고 했고, 고민할 시간을 주지 않아 당장 떠오르는 대로 대답했다. 그녀의 일기를 읽고 싶고, 그녀와 함께 사진을 남기고 싶다고.

전주로 가는 길은 훤히 뚫려 있었다. 노란 가로등이 은은하게 비추는 도로는 그녀와 나를 위한 무대 같았다. 마치 세상에 우리 둘만 존재하는 듯했고, 이대로 시간이 멈췄으면 좋겠다고 생각했다.

일부러 속력을 내지 않고 느릿느릿 운전했지만, 휑뎅그렁한 길 탓에 순식간에 그녀의 집 앞에 도착하고 말았다. 벌써 헤어질 시간이라니. 아쉬움이 한가득 일렁였다.

주차장에 차를 대고, 아까 약속한 대로 사진을 찍기 위해 휴대폰을 꺼냈다. 나는 운전석 위의 조명을 켰고 그녀는 내 옆으로 바짝 몸을 기울였다.

"하나, 둘, 셋!"

그녀의 낭랑한 신호음에 맞춰 동그란 촬영 버튼을 눌렀다. 찰칵— 경쾌한 셔터 소리가 울려 퍼졌다. 그렇게 몇 장을 찍은 후 그녀를 따라 차에서 내렸다.

오늘은 별 대신 달이 유난히 밝고 아름다웠다. 은은하게 번진 저 달빛을 코끝에 대어 볼 수 있다면 아마도 단 향기가 조각조각 배어날 듯했다. 달의 빛이라서가 아니라 빛이 달아서, 그래서 달빛이라 불러도 좋겠다는 뜬금없는 생각도 했다.

고운 그녀의 얼굴을 바라보았다. 뺨에 속눈썹 하나가 붙어 있었다. 나도 모르게 손가락을 뻗어 그것을 톡톡 떨어내었다. 그러고는 '아뿔싸!' 싶어 서둘러 변명했다.

"속눈썹이 빠져서요."

"아……. 다음엔 미리 말해 줘요. 속눈썹이 빠지면 소원을 빌어야 하거든요."

그녀의 말에 의하면, 빠진 속눈썹을 손가락 위에 올려놓고 '후' 불어서 그것이 단번에 날아가면 소원이 이루어진다고 했다. 나는 처음 듣는 설이었고 잠깐 당황했지만, 결론은 '역시 그녀는 사랑스럽구나.'였다.

"갈게요. 오늘 고마웠어요."

"잠시만요."

나는 그녀를 세워 둔 뒤, 트렁크에서 꽃다발을 꺼내 그녀에게 내밀었다.

"그냥, 지나가다 봤는데 예뻐서요. 아버님 퇴원 축하 겸."

"어어…… 고, 고마워요."

그녀가 놀란 토끼 눈을 하며 말을 더듬었다. 볼이 약간 발그레해진 것 같은 착각도 들었다.

"그럼. 잘 들어가요."

그녀는 고개를 끄떡하고는 아파트 현관으로 걸어갔다. 또각또각 들리는 굽 소리가 점차 희미해져 갔고, 그녀가 두어 번 뒤를 돌아다보았다. 나는 현관문이 닫힌 뒤에도 한참을 더 서 있었다.

광주로 돌아오는 길에 휴게소에 잠깐 들렀더니, 집에 도착했을 땐 새벽 두 시가 다 되어 있었다. 나는 바로 눕지 않고 싸이월드에 접속부터 했다. 그녀에게 일촌 신청을 해 둬야지. 수년 만에 접속한 거라 비밀번호가 잘 기억나지 않았다.

"H, W…… 2, 7……. 아니네. 8이었던가?"

몇 번의 실패 끝에 겨우 로그인에 성공했다. 기쁜 마음으로 '사람 찾기'를 해보려는데, 내가 못 찾는 것인지 그 기능이 보이지 않았다. 그렇다면 당장 그녀를 찾을 수 있는 방법은 없었다. 자고 일어나서 직접 홈페이지 주소를 물어보는 수밖에.

M 문예지에 실린 그녀의 시들은 이미 세 번씩 읽었다. 그녀가 더 이상 시를 쓰지 않아 서글펐는데, 드디어 새로운 글들을 읽을 수 있게 되었다. 그녀는 '그냥 토막글'이라고 했지만 내겐 전혀 그렇지 않았다. 다만 그녀가 전에 밀러 타임에서 한 말이 걸리긴 했다.

"매 순간 절절히 깨달아요. 내가 품었던 모든 은유가 그를 위한 것이었음을……. 그를 만났던 찰나가, 내가 저지른 가장 찬란한 실수였죠."

그녀의 글을 읽을수록 그 뜻을 알게 되겠지. 찰나가 그녀를 형성시키고 찰나의 기억으로 살아올 만큼, 그녀에게 그것이 얼마나 특별하고 절절한 것인지 다 알게 되겠지. 심지어 그녀가 큰 의미 없이 쓴 단어에도 '그'라는 사람을 상상하며 의미를 부여하겠지. 그래도 읽고 싶었다.

나는 잠들지 못하고 왼편으로 누웠다가 오른편으로 돌아누웠다가를 반복했다. 자꾸만 그녀의 모습이 떠올랐다. 달빛 아래 스타티스 꽃다발을 안고 놀라던 그녀가. 그녀도 아까 우리를 비추고 있던 달빛을 봤을까. 달빛을 받은 그녀 얼굴이 얼마나 환했는지, 스타티스가 그녀와 얼마나 잘 어울렸는지 그녀도 알까. 나는 그 순간을 오래도록 또렷이 기억하게 될 터였다.

14

꽃

고요

'그날' 꿈을 꾸지 않은 지 오래되었다. 아빠가 아팠을 때 매일 같이 불면증에 시달려서인지, 그 즈음부터는 '그 사람'과 소통하지 못하는 먹먹한 꿈도 꾸지 않았다. 왜 내게서 그날이 멀어져 가고 있을까. 왜 그 사람이 옅어져 가고 있을까.

나는 책상에 엎드린 채 스타티스 꽃을 물끄러미 바라보았다. 그러다 불현듯 연애라고 하기도 무엇한 내 첫 연애가 떠올랐다. 상대는 꽃을 줄 줄 모르는 남자였다.

스물넷 2월, 이력서에 붙일 증명사진을 찍기 위해 작은 사진관에 방문했다. 아르바이트생인 듯한 어린 사진사가 날 맞이했다.

너무 어려 보이는 탓에 '일한 지 얼마 안 된 것 아닐까?' 하고 못 미더웠는데, 그런 고정관념을 비웃듯 촬영에 임하는 자세도 열정적이었고 결과물 또한 훌륭했다.

컴퓨터 화면을 보며 십여 장의 사진 중 한 장을 고르는데, 그가 건들건들한 태도로 쏘아붙였다.

"얼굴은 예쁘장한데 표정이 영 어색하네. 계속 지도해 줬는데 내 말대로 안 해서. 봐, 입꼬리가 죄다 한쪽만 올라가 있잖아. 그나마 이게 나으니 이걸로 해요. 입꼬리는 포토샵으로 수정해 줄 테니."

그때만 해도 사진 찍히는 데 재주가 없었고 증명사진을 찍을 때면 특히나 어색한 표정이 되었다. 그래도 그가 찍어 준 건 맘에 들었고 표정도 괜찮은데, 하도 타박을 하여 나도 한마디 했다. 몰래 그의 뒤통수를 노려보면서.

"전 마음에 드는걸요. 그리고 말이 자꾸 짧으시네요. 나이도 저보다 어리신 것 같은데……."

그러자 그가 휙 뒤돌아보며 어이없다는 투로 물었다.

"하, 몇 살인데요?"

"스물넷이요."

"아……."

"몇 살이신데요?"

"스물셋……이요."

200

"거 봐요. 그럴 줄 알았다니까."

"아니, 한 스무 살 돼 보이기에…….""

그는 민망한 듯 어정쩡하게 대꾸하고 말았다. 어쨌든 실랑이 끝에 고른 사진은 퍽 좋았고, 메일로도 사진을 보내 준다기에 종이에 메일 주소를 적어 두었다.

그리고 그날 저녁 메일이 와 있어 확인해 보는데, 첨부된 사진 파일과 함께 짧은 메시지가 적혀 있었다.

> 포토그래퍼 곽근원이라고 합니다. 아까는 실례가 많았습니다. 마음에 들어서 그러는데, 괜찮으시면 연락하고 지낼 수 있을까요?

황당했다. 이성으로서 마음에 든다는 건지 모델 제의를 하는 건지는 모르겠지만, 어느 쪽이든 결론은 마찬가지였다. 나는 그의 불량한 태도를 떠올리며 아무 답장도 하지 않았다.

그로부터 2년이 지난 스물여섯 여름. 소개팅 같은 건 질색이었고 한 번도 해 본 적이 없었는데, 그날은 반강제로 승낙하고 말았다.

"제발, 진짜 제발. 그냥 밥 한 번 먹고 온다고 생각해 주라, 응? 내가 다음에 맛있는 것도 살게. 그리고 이렇게 기대 안 할 때 인연이 나타나고 그런 거라니까? 제발 부탁이야."

친구는 옷소매를 놓아주지 않고 '제발'을 연거푸 되뇌었다. 너무 간곡하게 부탁하니 더 이상은 나도 거절하기가 어려웠다.

등단을 했지만 시가 써지지 않아 갑갑했던 시기였다. 이미 이십 대의 절반이 지나갔음에도 운명이 다시 오지 않는 데 대해 좌절과 회의를 느끼던 시기이기도 했다.

그러니까 그 여름의 나는 그랬던 것이다. 나의 꿈과 운명이 사실은 신기루 같은 것이 아닌가 싶었고, 나다운 일이 일순간 하찮아졌으며, 삶의 무료가 극에 달해 있었다. 아무리 운명에 연연하는 나라고 해도 그런 시기가 아예 안 오진 않았다. 삶에는 때때로 비바람이 불고 우리는 수시로 방황하게 되니까 말이다.

한데 다른 때엔 그런 생각을 금세 물리칠 수 있었던 반면, 그 여름엔 그런 생각이 퍽 오래 머물러 있었다. 나는 어디로든 도피하고 싶었다.

'저렇게까지 부탁하는데 새로운 경험이라 생각하고 콧바람이나 쐬고 올까. 정말 그런 데서 운명을 만날 수도 있는 거 아닐까.'

이튿날 소개팅 자리에 나온 건 다름 아닌 그 사진사였다. 그때 찍은 증명사진이 마음에 들어 주민등록증 사진도 그걸로 바꿨는데, 그래서인지 아직까지 기억나는 사람이었다. 이름도 특이하여 그것도 기억이 났다.

"어어?"

그도 나를 알아보았다.

그는 2년 전의 건방진 느낌이 싹 사라지고 어느새 어른스러워 져 있었다. 나는 이런 인연이 신기하기도 해서 몇 번 더 그를 만나 보게 되었다. 비록 운명처럼 사로잡히는 느낌은 아니었지만 만날수록 그가 궁금해졌다.

　그는 손금이 독특했다. 뭔가 손금이 몇 개 없었고 모양도 희한했다. 스무 살에 우연히 사진관에서 아르바이트를 하고 그게 쭉 이어져 직업이 되었지만, 그 전엔 권투를 배웠다고 했다. 그래서 입가와 손목에 상처가 있었다. 눈은 작고 옆으로 길었는데 놀랄 때면 신기할 정도로 동그래졌다. 그리고 그 눈을 자주 고양이처럼 비볐다. 노래를 가수 뺨치게 잘하고, 음식은 간이 짠 것을 좋아하고, 커피는 설탕을 탄 원두커피만 마셨다. 늘 새벽 두 시까지 깨어 있었다.

　한 사람을 알아 간다는 건 신기한 일이었고 그가 매력적인 사람으로 느껴졌다. 하지만 아직 사상이나 성격까지 알 수는 없는 노릇이었다. 나는 그런 것에 대해 알 수 있기까지 차분히 만나 보길 바랐으나, 사실 그렇게 해 주는 사람이 거의 없다는 것쯤은 알고 있었다. 사람들은 밥 몇 번 먹는 동안 자신의 마음을 정하고, 시작했다.

　그와 만난 지 2주째 되던 날, 그는 나에게 고백을 했다.

　"고요 씨 맘이 확실해질 때까지 기다리려고 했는데, 심장이 터질 것 같아서 더 이상은 못 끌겠어요. 우리 같이 걸어요. 고요 씨가 원하는 대로 걸을게요. 지금처럼 걸으라면 지금처럼 걷고, 좀 더 빨리 걸으라면 그렇게 하고, 좀 더 천천히 걸으라면 그렇게 하고, 뛰라면 뛰고, 멈추라면 멈출게요."

아주 로맨틱하고, 한 번쯤 믿어 보고 싶은 고백이었다. 그 말을 들은 날 나는 밤새 휘몰아치는 감정 속에 있었다. 바라 온 운명은 아니었지만 그가 좋았고, 설렜고, 이대로 끝이라고 생각하면 가슴이 아팠다. 이 사람이라면 언젠가 날 사랑에 빠뜨릴 수 있을 것도 같았다.

그 고백을 들은 뒤에도 연락과 만남을 지속했기에 우리는 자연스럽게 사귀는 것처럼 되었다. 그는 친한 친구에게 나를 '애인'이라고 소개했다.

하지만 '사귀는 건가?' 싶은 그때부터 그는 달라져 갔다. 일단 내게 말을 놓았고, 그러면서 예전의 건들건들한 모습이 툭 비어져 나왔다. 매일 새벽 두 시까지 연락하던 모습도 금세 사라졌다.

막 사진관을 개업했을 때라 바쁘다는 건 알고 있었다. 하지만 당시의 나는 그의 바쁨을 받아들이지 못했다. 나는 첫 연애였다. 다정한 태도와 낭만적인 말이 절실히 필요했다. 그를 선택한 것도 그런 모습 때문이었는데, 알고 보니 그는 전혀 그런 사람이 아니었다.

그에게 우리 사이가 무엇인지 잘 모르겠다며 꽃 한 송이와 함께 다시 정식으로 고백해 주길 청했다. 그는 친구에게 애인이라고 소개까지 했는데 어떻게 우리 사이를 애매하게 생각하고 있느냐며 짜증을 냈다. 어쨌든 알았다, 꽃을 곧 주겠다, 라고 약속했지만, 나는 일주일이 지나도록 꽃을 받지 못했다. 사진관 바로 옆 골목에 꽃을 파는 노점이 있었음에도.

그는 꽃 한 송이 가지고 무엇하겠느냐고, 더 큰 걸 준비하느라 시간이 걸리는 거라고 했다. 하지만 그 말이 사실이든 아니든 난 이미 낙망하고 있었다. 내가 필요한 건 정말 꽃 한 송이뿐이었다.

나는 자주 울게 되었고, 그는 지친 기색이 역력했다. 그는 내게 "아이 같다."라는 말을 종종 했는데, 이전에는 그것이 칭찬이었으나 이제는 전혀 다른 뜻이란 걸 알 수 있었다. 아마 그도 나를 두고 같은 생각을 했을 것이다. 전혀 그런 사람이 아니구나, 라는 생각. 그가 원하는 여자는 바쁜 자신을 이해해 주고 기다려 줄 수 있는 여자였고, 나를 그런 여자로 착각했던 것이다.

그와 마지막으로 만나던 날, 나는 "언제 또 보지?"라고 했고 그는 "연락할게."라고 했다. 하지만 서로의 눈을 보며 둘 다 알고 있었다. 우리는 다시 보지 않을 것이며, 연락하지 않을 거라는 걸.

딱히 연인다운 추억도 없었으니 굳이 헤어지자는 말도 필요하지 않았다. 그렇게 우리는 자연스럽게 헤어졌고, 이후 내가 가장 받고 싶은 선물은 늘 꽃이게 되었다.

　띠링- 메시지 알림 소리에, 꽃다발에서 눈을 뗐다.

「평가하지 말라고 했는데 미안해요. 오늘 스무 편 넘게 읽었는데, 글이 다 좋아요. 정말이에요.」

　정말이지 말도 안 듣는 사람. 그런데 하나도 밉지 않은 사람.

「읽은 티 내지 마요. 일촌 끊을 거예요!」

「너무해요.」

「현우 씨가 너무해요.」

「하하. 전에도 이런 상황이 한 번 있었는데, 기억나요?」

「안 나요. 내가 기억나지 않는 날은 5월 1일뿐이니 그날이겠네요.」

「맞아요. 그러고 보니 나 그날 엘리베이터 앞에서 하다 만 말 있는데.」

「뭔데요?」

「그때 고요 씨가 그랬거든요. 세상은 자기편이 아니라고. 그래서 말해 주려고 했죠. 만약 세상이 당신 편이 되어 주지 않는다면, 내가 세상만큼 당신 편이 되겠다고.」

「……」

「주제 넘는 거 알지만, 고요 씨 글을 볼 때마다 생각해요. 다시 시를 썼으면 한다고. 아니, 써야만 한다고. 그리고 방금 한 말은 계속 유효할 거예요. 나, 세상만큼 고요 씨 편이에요.」

「스타티스가 정말 예뻐요.」

나는 그저 그렇게만 답했다. 그리고 생각했다. 이 사람은 꽃을 줄 줄 아는 사람이라고. 내 안에서 무언가 시작되려는 듯 꿈틀거리고 있었다.

* * *

현우

그녀의 싸이월드에 들어가 보니, 2006년부터 현재까지 그녀가 쓴 일기는 구백 편이 훌쩍 넘었다. 그렇다면 일 년에 백 편, 한 달에 여덟 편, 일주일에 두 편 정도 쓰는 셈이었다.

'처음부터 차근차근 읽어야지.' 했는데, 첫 페이지를 향해 거슬러 가는 동안 목록을 쓱 훑다 보니 결국 눈에 띄는 대로 클릭하게 되었다. 그렇다고 마구잡이로 읽다간 빠뜨리는 글이 생길 수 있으니, 어디를 읽었는지 기억하기 쉽도록 한 달씩 묶어 읽기로 했다.

첫 표적은 2012년 6월이었다. 그녀는 그저 토막글일 뿐이라고 했지만 좋은 글이 많았다. 조금 만져 준다면 금세 시가 될 글들이었다.

그 시기의 글에는 '소나기'라는 단어가 반복되었는데, 전반적으로 M 문예지에 실린 시와 비슷한 느낌이었다. 그녀와 내가 처음 마주친 날 송정역 대합실에서 읽었던 시. 이별 후 쓴 시인 듯하면서 아닌 것 같기도 했는데, 일기를 읽고 나니 정말 이별이 모티프였던 모양이다. 6월에 소나기 같은 연애를 하고, 그것을 시로 써 8월호에 실은 것 같았다.

가슴속에서 설익은 감정이 스멀스멀 피어올랐다. 무심코 고개를 들었다가 탁상 거울 속에 비친 나와 눈이 마주쳤다. 거울 속의 나는 꽤나 그늘진 얼굴을 하고 있었다. 한마디로, 질투였다.

나는 질투가 뭔지 모르는 사람인 줄 알았다. 질투한다 해도 그녀의 운명 외에는 질투하지 않을 줄 알았다. 내용으로 미루어 보았을 때 소나기란 놈은 그녀의 운명이 아니었지만, 그래도 왠지 질투가 났다.

그래, 그녀에게도 첫사랑, 첫 연애 같은 게 있겠지. 그녀가 내게 사랑이나 연애를 해 보지 않았다고 말한 적은 없었다. 애써 심호흡을 하며 등을 곧게 폈다.

'오랜만에 접속한 김에 내 것도 구경해 볼까.'

잠깐 그녀의 싸이월드 창을 내려놓고 내 싸이월드에 들어가 보았다. 물론 정말로 구경하고 싶었던 건 아니다. 미성숙한 감정에서 벗어나고자 부리는 딴청이었을 뿐이다.

'이게 왜 남아 있지?'

단체 사진 아래에 실수로 삭제하지 않은 댓글이 하나 보였다.
분명 사진, 방명록, 댓글 다 꼼꼼하게 삭제했었는데……

  심은주 : 역시 내 남자가 제일 잘생겼군. 사랑해.

내 첫사랑, 첫 연애였다.

'심'을 처음 만난 건 고등학교 3학년 2학기, 독서실에서였다.
어쩌다 그녀와 대화하게 되었는지는 기억나지 않는다. 별 것도
아닌 내 말에 자꾸 웃던 그녀의 모습과, 나도 모르게 해 버렸던
고백도 이제는 어렴풋하다. 그녀와 나는 함께 열심히 공부하여
같은 대학에 붙었고, 이른바 '캠퍼스 커플'이 되었다.
  "현우, 다음 주에 미팅 콜?"
  미팅을 하자는 동기에게 여자 친구가 있다고 말하니, 벌써부터
커플이냐며 동기들은 '우우' 야유를 보내면서 부러워했다.
  그녀는 커트 머리에 청바지를 즐겨 입었고 언제나 당당했다.
내가 사귄 상대 중에 유일하게 날 설레게 했던 사람이고, 가장
착한 사람이기도 했다.
  내가 좋아하는 많은 것들이 그녀에게서 왔다는 걸 부정할 수
없다. 음식, 스포츠, 음악, 책, 영화 등 그녀가 2년 동안 내게 끼
친 영향은 실로 방대했다. 내가 A를 좋아하는데 그녀가 B를 좋

아한다고 해서 내 취향도 B로 바뀐 것은 아니지만, 내가 A든 B든 C든 상관없을 땐 그녀의 취향이 곧 내 것이 되었다.

그녀는 무엇이 좋다는 말은 많이 해도 무엇이 싫다는 말은 거의 하지 않았다. 그래서 그녀가 싫어하는 게 있다는 점은 꽤 놀라운 일이었고, 그게 꽃이어서 더욱 놀랐다.

당시에 나는 왠지 아이와 동물과 꽃은 세트라고 믿었다. 어머니와 누나가 그 세 가지를 다 사랑하여 막연히 그렇게 여겼던 것 같다. 유난히 아이를 좋아하면 나머지 둘도, 동물을 좋아하면 나머지 둘도 좋아하는 줄 알았다. 그녀는 아이와 동물을 무척 사랑했고, 나는 어떤 날엔가 그녀에게 꽃다발을 선물했다. 분명 그녀가 기뻐할 것이라 생각했는데 예상과는 다르게 '쓸데없는 것'을 샀다며 혼쭐이 났다.

어쨌든 그녀와 나는 주변에서 인정하는 잘 어울리는 커플이었다. 알콩달콩 닭살 떨면서 오래도록 잘 사귀는.

그런 우리가 헤어지게 된 이유라면, 글쎄, 단지 '어려서'였던 것 같다. 꼭 군대 때문도 아니었고, 특별히 누가 잘못한 일도 없었고, 좋아하는 마음이 사라져서도 아니었다. 그냥 어려서. 어려서 이해를 못하고, 어려서 다투고, 어려서 자존심을 세우고…… 그런 것들이 켜켜이 쌓이다 비 오는 어느 날 종지부를 찍게 되었다.

헤어지자고 먼저 말한 쪽은 그녀였는데, 내가 "그래. 알겠어."

라고 하자 그녀는 노란 우산을 내팽개치고 빗속에 주저앉아 펑펑 울었다. 나는 뒤돌아 걸었고 빗소리가 무척 컸지만, 집에 가는 내내 나뒹구는 노란 우산이 보였고 그녀의 울음소리가 들렸다.

딸깍- 댓글을 삭제하고 행여 또 남아 있는 게 없는지 살핀 후, 읽고 있던 일기장으로 되돌아왔다.

다음 표적은 2012년 12월로 했다. 그때의 글에서는 전반적으로 깊은 무력감과 슬픔이 느껴졌다. 그녀가 펜을 놓기로 한 시기였으니 마땅히 그럴 만했다. 그리고 두 달 후엔 꿈을 그리워하는 듯한 글을 많이 썼다.

조금 늦게 피더라도 모두 꽃이고, 조금 늦게 뜨더라도 모두 별이야. 조금 빨리 시들었더라도 모두 꽃이었고, 조금 빨리 졌더라도 모두 별이었지. 너무 쉽게 지나가 버린 과거를 원망하지 마. 꽃은 다시 피고, 별은 다시 뜨니까.

모든 꽃이 화려한 색을 자랑하거나 모든 별이 환하게 빛날 필요도 없어. 그런 꽃과 별도 있고, 좀 더 옅고 은은한 꽃과 별도 있는 거지. 서로의 농도나 방향이나 시기가 다르다고 해서 가치가 다른 게 아니야. 넌 그저 진실하기만 하면 돼. 너의 색이나 빛이 어떤 가짜를 덧칠하고 덧입힌 게 아닌 진

꽃 **211**

실한 것이라면, 그걸로 되는 거야.

잊지 마. 느리게 가도 괜찮아. 옅어도 괜찮아. 너는 이미 꽃
이고, 별이야.

이것도 꿈 앞에서 좌절하는 사람들에게 하는 말이자 그녀 자
신에게 하는 말이겠지. 그녀는 자신이 쓴 글을 기억하고 있을
까? 자신이 이미 꽃이고, 별이라는 걸. 그녀가 다시 꿈을 꾸었
으면 좋겠다.

평가하지 말라는 당부를 들었음에도 나는 결국 그녀에게 메시
지를 보냈다.

「평가하지 말라고 했는데 미안해요. 오늘 스무 편 넘게 읽었는
데, 글이 다 좋아요. 정말이에요.」

「읽은 티 내지 마요. 일촌 끊을 거예요!」

아니, 이 말은 너무 심한 거 아닌가?

「너무해요.」

「현우 씨가 너무해요.」

어디선가 들어 본 대사였다. 단테와 베아트리체가 만났다는 5
월 1일에, 그녀가 나를 사랑에 빠뜨린 밀러 타임에서 나눈 대화
였다.

나는 그날을 상기하며 그때 다 하지 못한 이야기를 꺼냈다. 내
가 얼마만큼 그녀를 응원하고 있는지 알려 주고 싶었다. 세상이

그녀 편이 아니라면 내가 세상만큼 그녀 편이 되겠다는 그날의
다짐을 전하며, 더불어 그녀가 다시 시를 쓰길 바란다고 말했다.

「스타티스가 정말 예뻐요.」

그녀는 단지 그렇게만 대답했다. 꽃을 싫어하는 첫사랑과 꽃을
좋아하는 그녀는, 정말 하나도 닮지 않았다.

15

마지막 장마

<u>고요</u>

현관을 나서기 전 우산을 집었다가, 아무래도 비가 오지 않을 것 같아 다시 두었다.

그에게 이번엔 데리러 오지 말라고, 몇 시에 어디에서 만나자고 약속을 잡아 놨었다. 걸어서 갈 수 있을 만한 장소였는데, 머리띠가 마음에 들지 않아 몇 번 바꿔 쓰다 보니 시간이 지체되었다. 지금 걸어가면 좀 늦을 듯해 택시를 잡아탔다.

나는 며칠째 스스로에게 질문을 던지고 있었다. 그가 지금껏 내게 해 준 무수한 말들을 곱씹으며 밤새 한숨도 자지 못한 날도 있었다.

그의 말들은 모두 어떤 의미일까? 그는 나를 어떻게 보고 있는 것일까? 또 나는 그를 어떻게 보고 있는 것인가? 이런 게 물들어 간다는 것일까? 그렇다면 실패한 첫 연애와는 다른 결과를 낳을 수 있을까? 서로가 보고 있는 서로의 모습이 진짜이며, 보다 가까운 사이가 되어도 변하지 않을 것인가? 만약 언젠가 운명이 내 앞에 나타나면 어떻게 될까? 이 마음은 어디까지 커질 수 있는 것인가? 운명을 이길 수 있는 것인가? 운명이 나타난다 해도 흔들리지 않을 만큼, 완전한 위로인가?

차창 밖으로 구름발치를 바라보는데, 손에 쥐고 있던 휴대폰이 울렸다. 그였다.

— 고요 씨, 정말 미안해요. 시간이 벌써 이렇게 된 줄 몰랐어요. 나 J 대학교 앞 카페에서 일하고 있는데, 아직 일이 끝나지 않아서…….

— 그럼 내가 거기로 갈게요.

전화를 끊고 타고 있던 택시의 방향을 틀었다.

"기사님, 죄송한데 J 대학교 앞으로 가 주세요."

"아이고, 택시비 배로 뛸 텐데. 상대가 아주 괜찮은 사람인가 봐요?"

나는 멋쩍게 웃으며 "좋은 사람이에요." 하고 대답했다. 신호가 멈추자 택시 기사는 고개를 뒤로 돌려 나를 빤히 건너다보았다.

"아가씨 꼭 백설공주 같네."

머리띠를 쓰고 있어서 그런가, 잠깐 생각했다. 그러고는 천연
덕스럽게 말했다.

"그럼 지금 제가 만나러 가는 남자는 저한테 고마워해야겠네
요?"

"그럼! 완전 땡큐지!"

목적지에 도착하기 전까지 택시 기사는 두 살 연상 부인과의
러브 스토리를 들려주었다. 대학생 때 동아리에서 만나 서로가
첫사랑이었고, 중간에 두어 번의 큰 역경이 있기도 했지만 결국
부부가 되었다는⋯⋯. 흥미롭게 듣던 나는 택시에서 내리기 전
한마디를 끼어들었다. "저도 두 살 연상이에요." 하고.

그는 카페 창가에 앉아 노트북으로 기사를 쓰고 있었다. 쉬는
날이건만 또 업무가 생긴 것이다. 게다가 당일 아침에 갑자기 통
보받아, 그는 약속 시간보다 몇 시간 일찍 전주에 도착해 일하
고 있던 중이었다.

"미안해요. 좀만 더 하면 끝나요. 약속 장소 근처에 있으려 했
는데, 검색해 보니 거긴 카페가 없는 것 같더라고요. 빨리 끝낼
수 있을 줄 알고 일단 보이는 곳으로 왔는데."

"괜찮아요. 천천히 해요."

나는 그가 마시고 있는 아메리카노를 따라 주문했고, 역시나
너무 써 미간을 좁힌 채 시럽을 잔뜩 넣었다.

"그러게 왜 아메리카노를 시켰어요? 평소처럼 카페 모카를 시키지 않고."

"그냥…… 왠지 현우 씨랑 같은 게 마시고 싶었어요."

그는 내 말에 다소 어리둥절해하다가 그저 살짝 웃고 말았다.

그는 머리카락을 왁스로 가볍게 세웠고 멋스러운 하늘색 셔츠를 입고 있었다. 나는 그가 일하는 모습을 감상하다가 언뜻 가슴 한편이 욱신거리는 기분을 느꼈다. 그가 멋져 보여서, 내게 넘치는 사람 같아서, 내 마음이 커져 가도 되는 건지 알 수 없어서…….

잠시 뒤 갑작스러운 비가 쏟아졌고, 그가 창밖을 내다보며 "비가 많이 오네요." 하고 말했다.

"현우 씨 우산 있어요? 난 안 가지고 왔는데."

"아마 차에 하나 있을 텐데 지금은 없네요. 음, 이따가 우리 영화 찍겠는데요?"

그는 두 손으로 머리 위를 막으며 뛰는 시늉을 해 보였다. 나는 그 모습이 귀여워 "하핫!" 하고 크게 웃었다.

그와 나는 다행히 비가 잦아들었을 때 카페에서 나왔고, 영화를 보고, 저녁을 먹었다. 저녁이 되자 비는 완전히 그쳤다. 이대로 헤어지기가 아쉬워 우리는 가까운 공원을 산책하기로 했다.

비에 젖은 공원은 모든 냄새가 짙어져 있었다. 집 근처인데 한 번도 와 보지 못한 공원이었다. 아주 넓고, 푸르고, 가로등 불빛이 아름다운 곳이었다. 그는 나지막이 "오늘이 마지막 장마래요."라고 했고, 나는 "그럼 오늘 오길 정말 잘했네요." 하고 맞받았다.

걷다 보니 지압 길이 나왔다. 나는 신발을 벗어 들고 맨발로 걷기 시작했다. 그도 눈치를 보며 나를 따라 했다가, 곧 포기하고 다시 신발을 신었다.

"아야, 고요 씨는 안 아파요?"

"네, 난 좋은데! 시원한데!" 하고는 팔짝팔짝 신나게 걸었다. 그는 평평한 옆길로 옮긴 뒤 나와 보폭을 맞춰 걸으며 나를 따스하게 바라보았다. ……그의 눈길에 빠져들 것 같다고 느낀 순간, 발을 삐끗하여 휘청거리고 말았다.

"어어! 조심해요."

그가 얼른 내 어깨를 잡아 주었다. 난 왜 이리 덜렁대는지. 그의 앞에서 왜 자꾸 바보가 되는지. 열이 오른 뺨을 긁적이며 속으로 한탄했다.

공원 안쪽으로 깊이 들어서자 사이좋게 배드민턴을 치는 커플이 보였다. 셔틀콕에 맺힌 물기가 가로등 불빛에 반짝반짝 빛나서, 셔틀콕이 마치 둘 사이를 왔다 갔다 하며 사랑을 전하는 요정 같았다. 그리고 그 옆에는 인조 잔디 구장에서 홀로 축구공을 차는 남학생이 보였다.

나는 벤치에 앉아 셔틀콕과 축구공을 번갈아 가며 구경했다.

숨을 크게 들이켜니 푸른 것들에게서 맑고 싱그러운 냄새가 났다. 누구든 사랑에 빠지기 쉬운 공간이었다.

그도 내 앞에 서서 같은 풍경을 바라보고 있었다. 그의 뒷모습을 제대로 본 게 처음이던가. 그의 넓은 등을 빤히 쳐다보며 문득 내 오랜 순간을, 내 오랜 마음을 떠나보내고 싶다고 생각했다. 운명에서 홀가분해지고 싶다고.

그때 축구공이 또르르 그의 근처까지 굴러왔고, 그는 그것을 남학생에게로 뻥, 하고 차 주었다. 축구공은 아주 느리게, 아주 멀리, 아주 긴 포물선을 그리며 날아갔다.

"일주일을 또 어떻게 기다리죠?"

그는 차에 앉자마자 한숨을 내쉬었고, 내게서 눈길을 떼지 못하며 물었다. 나는 그 말이 왠지 쑥스러워 고개를 푹 숙였다.

애꿎은 신발만 내려다보고 있는데, 그가 불쑥 내 쪽으로 팔을 뻗어 왔다. 깜짝 놀라 심장이 콩닥거렸고, 그는 내 안전벨트를 당기며 "안전벨트." 하고 속삭이듯 말했다.

"하려고 했어요……."

"알아요. 그냥 내가 해 주고 싶어서요."

그는 출발하려다 말고 음악을 틀었다. 나는 "평소 현우 씨가 듣는 음악으로 틀어 봐요. 궁금해요."라고 요청했다. 그는 주로 팝을 듣는 모양으로, 목록을 살펴보니 니요의 곡이 많았다.

"흐응, 그렇구나. 나도 좋아요."

그는 출발하지 않았고, 나도 출발하자고 하지 않았다. 우리는 계속 니요의 곡을 들었다. 〈Because Of You〉 특유의 드럼 소리 탓인지 덩달아 심장이 뛰는 듯했다. 조금 전 놀란 게 아직 진정되지 않은 걸지도 몰랐다.

내가 그의 옆모습을 살며시 건너다보자, 그도 고개를 돌려 나를 보며 "지금은 너무 갑작스럽겠죠?" 하고 물었다. 나는 정확한 뜻을 알지 못해 아무 대답도 하지 않았다. 그가 천천히 입을 열었다.

"나 요즘 웃음이 많아졌어요."

"나도 그래요."

"다들 놀라요. 왜 이리 실없이 웃고 다니느냐고. 원래는 정말 무표정했거든요."

"……."

"회사에 친한 선배가 한 명 있는데, 얼마 전에 술 한잔 기울이면서 고민 상담을 했어요. 내가 좋아하는 여자가 있는데, 내 인생에 한 번도 없었고 앞으로도 없을 사람이라고, 이런 마음은 처음이고 어떻게 해야 할지 모르겠다고 했죠."

"……."

"혼내더라고요. 너는 그 나이가 돼서 아직도 모르느냐고. 그냥 열렬히 사랑하고 표현하라고."

"……."

"고요 씨, 내가 표현해도 되나요?"

이제 그의 말뜻을 이해할 수 있을 것 같았지만, 가슴속이 번잡했고 목에서 아무 말도 나오지 않았다. 분명 그에 대한 마음이 커져 가고 있었지만 아직 사랑이라고 정의하지는 못했으며 그역시 내게 사랑한다고 말한 건 아니었다.

사람들에게 기억에 남는 사랑을 묻는다면 보통 세 가지일 것이다. 처음 사랑한, 가장 사랑한, 지금 사랑하는. 나는 생의 끝에 섰을 때 그 '처음'과 '가장'과 '지금'이 모두 일치하고 싶다. 내 생애 단 한 사람만을 사랑하고 싶다. 그가 과연 그 한 사람일까? 그 한 사람이 될 수 있을까? 순간의 착각이고 잠깐의 소나기면 어떻게 할까?

그의 손이 천천히 다가와 내 손등 위에 부드럽게 포개졌다. 그손이 무척 뜨거워서, 아마 그래서 내 눈시울도 뜨거워지는 듯했다. 자꾸 눈물이 날 것만 같았다.

나는 정말이지, 일기 예보를 듣지 못했다. 하늘이 맑아 보여 우산을 챙겨야 하는지 몰랐다. 비는 이미 한참을 걸었을 때 쏟아지기 시작했고, 나는 단숨에 젖어 버렸고, 다시 돌아가기엔 늦었고, 비를 피할 장소 같은 건 보이지 않는다.

……그냥 이대로 젖어 들 수밖에 없겠지. 행여 이 여름 잠깐 내리고 마는 소나기라 할지라도, 지금은 이 비를 멈추는 방법을 알지 못하겠으니까.

* * *

현우

며칠 전, 정 선배와 둘이서 술을 마셨다.

"어떻게, 고백은 했니?"

"아뇨. 아직."

"네가 갓 스무 살도 아니고, 첫사랑도 아니고, 무슨 가슴앓이를 그리 오래 해."

나는 술잔을 기울이고 또 기울였다. 목구멍으로 홧홧한 기운이 차올랐다. 장마라 비가 한창이었고, 술집에선 아주 어릴 적 들어 본 올드 팝이 흘러나왔다. 남들이 '청승'이라고 부르기 딱 좋은 모습이었다.

"……첫사랑일지도 몰라요."

"뭔 소리야?"

"연애라면 평범하게 해 봤어요. 처음 사귀었던 여자를 가장 좋아했고, 편의상 '첫사랑'이라고 불렀죠. 그런데 아닌가 봐요. 그녀를 향한 마음은 지금까지의 연애와는 완전히 달라요."

"계속 얘기해 봐."

"그녀는 정말 예쁘고 순수하고 특별해요. 내 인생에 한 번도 없었고 앞으로도 없을 사람이죠. 이런 마음은 처음이고, 어떻게 해야 좋을지 모르겠어요."

"넌 그 나이가 돼서 아직도 모르냐? 그냥 열렬히 사랑해. 표현하고."

"하지만 아직은 두렵고……."

"뭘 '아직은'이야? 만난 지도 꽤 됐고, 매주 만나고 있잖아? 당연히 너한테 관심 있겠지."

"그건 제가 친구로서 다가갔기 때문에……. 그리고 관심 정도론 안 돼요. 일일이 설명할 순 없지만, 그녀는 신념이 워낙 독특하고 분명해서 일반적인 기준으로 재단할 수가 없어요. 시작점이 아주 높고 속도가 아주 느린 사람이에요."

"둘 다 겁쟁이라는 소리군."

정 선배는 나를 흘겨보다가 술잔을 연거푸 비워 냈다.

"짝사랑 어서 끝내. 안 아프게 끝나면 좋은 거고, 아프게 끝나도 뭐 어쩔 수 있냐. 적어도 아쉽지는 않아야 할 것 아냐. 내가 살면서 사랑 때문에 아쉬웠던 적은, 너무 좋아서 어떡해야 할지 몰라 발만 동동 구르다 놓쳤던 적뿐이야. 고백했으면, 결과가 어찌 됐든 후회는 안 남았지."

나는 빈 술잔을 매만지며 잠시 머뭇거렸다.

"근데요 선배. 그녀와 이별하면, 사랑과도 이별하게 될 것 같아요."

"그건 또 무슨 소리야?"

"그녀를 알기 전까지 사랑을 몰랐거든요. 제게는 사랑이라는 게 그녀만이 알려 줄 수 있는 감정인 것 같아요. 그러니까 그녀를 잃게 되면, 그녀와만이 아니라 사랑이란 감정 자체와 헤어지게 될 것 같아요. 사람들은 때때로 '사랑은 사라지는 게 아니라 옮겨 갈 뿐.'이라고 하지만, 나는, 그녀가 가면 사랑도 없어요."

"……그 여자밖에 못 사랑하겠다는 말을 참 별나게도 한다."

정 선배는 내 머리를 콩 쥐어박으며 술잔이 넘치도록 술을 따랐다.

"그 애길 나한테 하지 말고, 그 여자한테 하라고."

7월 넷째 주 금요일, 뉴스에서는 오늘이 마지막 장마라고 했다.

그녀의 도시로 향하는 길에 계속 팝을 들었다. 특히 니요의 곡이 많았는데, 그의 목소리를 듣고 있으면 '둥둥' 울리는 무대를 밟고 서 있는 기분이라 좋았다.

니요는 지금의 내 마음을 대변하듯, 자신에게 문제가 생겼는데 어떻게 해야 할지 모르겠다고 노래했다. 창밖을 바라보니 비조차 갈피를 못 잡는 듯 한두 방울 떨어지다 멈추기를 반복하고 있었다.

그녀와 오후 세 시쯤 만나 커피를 마시고 영화를 보고 저녁 식사를 했다. 그다지 짧은 시간은 아니었을 텐데, 내 체감으로는 딱 한 시간 정도 함께한 것 같았다. 그녀와 함께하는 시간은 언제나 쏜살같다.

종일 성글게 내리던 비는 저녁 즈음에 완전히 그쳤고, 우리는 공원을 산책하기로 했다. 공원은 인조 잔디 구장, 족구장, 풋살장, 산책로, 자전거 도로, 지압로 등을 두루 갖추고 있었다. 아주 넓은 곳이었지만 '이곳을 다 걷고 나면 헤어져야겠지.' 생각하니 자연히 걸음이 느려졌다.

지압로에 들어서자 그녀는 거리낌 없이 신발을 벗었고, 나는 그녀를 따라 하려다가 발이 아파 이내 포기했다.

"아야, 고요 씨는 안 아파요?"

"네, 난 좋은데! 시원한데!"

그녀는 춤추듯 폴짝폴짝 뛰었다. 영화 〈싱잉 인 더 레인〉의 명장면이 떠올랐다. 사랑에 빠진 남자가 쏟아지는 빗속에서 춤을 추는 장면이. 나는 신발을 신고 옆길로 이동하여, 그녀와 눈을 맞추며 나란히 걸었다.

"어어! 조심해요."

폴짝거리던 그녀가 일순간 넘어질 뻔해 급히 어깨를 잡아 주었다. 같은 속도로 걷고 있길 천만다행이었다.

한참을 걷던 그녀는 벤치에서 잠깐 쉬고자 했다. 지붕이 있는 벤치였지만 그래도 빗물이 좀 들이쳤었는지 아직 물기가 남아 있었다. 그녀는 연옥색 크로스백에서 휴대용 티슈를 꺼내 물기를 닦았고, 나는 그녀가 앉을 자리에 손수건을 깔아 주었다. 그녀를 만날 때마다 만반의 준비를 하다 보니 손수건까지 챙기게 되었는데, 그러길 잘했다는 생각이 들었다.

"현우 씨는요?"

"난 서 있을래요."

우리는 배드민턴을 치는 커플과 축구 연습 중인 남학생을 구경하고 있었는데, 잠시 후 축구공이 내 쪽으로 데굴데굴 굴러왔다. ……뻥! 나는 방향과 거리를 조준하여 남학생에게로 공을 차 주었고, 멋지게 공을 받은 남학생은 내게 고맙다는 손짓을 해 보였다.

"솔직히 방금 다른 쪽으로 날아갈까 봐 걱정했어요."

그렇게 말하며 뒤돌아 그녀를 보았을 때, 그녀의 두 눈에 어슴푸레한 빛이 서려 있었다. 벤치 지붕에서는 마르지 않은 빗방울들이 이따금 똑, 똑 소리를 내며 땅으로 굴러떨어졌다.

"일주일을 또 어떻게 기다리죠?"

차에 앉은 나는 헤어지는 게 못내 아쉬워 그녀를 빤히 바라다보았다. 그리고 수줍은 듯 고개를 푹 숙이고 마는 그녀에게 안전벨트를 매 주었다.

"안전벨트."

"하려고 했어요……."

그녀는 약간 당혹해하며 우물쭈물했다.

"알아요. 그냥 내가 해 주고 싶어서요."

나도 내가 느닷없고 뻔뻔한 행동을 하고 있다는 걸 인지하고 있었다. 하지만 헤어질 시간이 다가올수록 무언가 '어쩔 수 없다.'는 기분이 들었다.

낮에 그녀는 커피를 마시며 나를 하염없이 쳐다보았다. 아까 지압로를 폴짝거릴 때에도 하염없이 날 보며 웃었다. 굴러온 축구공을 찬 뒤 뒤돌아봤을 때에도, 그렁그렁한 눈으로 나를 하염없이 바라보고 있었다. 그 '하염없이'가 지극히 주관적인 생각이고 크나큰 착각이라 할지라도 이제는 어쩔 수 없었다.

그녀를 줄곧 넘치도록 사랑해 왔으므로 '고백'이라는 폭발 버튼은 언제나 내 안에 있었다. 그녀가 어떤 신호만 보내 준다면 언제든 그것을 눌렀을 것이다. 그러나 나는 그간 신호를 받지 못했고, 폭발 후 까만 재만 남은 채 그녀를 잃을까 봐 차마 용기를 낼 수 없었다. 그런데 지금, '하염없이'라는 신호로 어쩔 수 없게 돼 버린 것이다.

나는 계속 차를 출발시키지 못했고 그녀도 나를 재촉하지 않았다. 니요의 곡을 들으며 그녀와 눈이 마주쳤을 때, 나는 이렇게밖에 말할 수 없었다.

"지금은 너무 갑작스럽겠죠?"

아무 말도 없는 그녀를 향해 내가 요즘 웃음이 많아졌다는 말을 했고, 그녀는 "나도 그래요."라고 했다.

　"다들 놀라요. 왜 이리 실없이 웃고 다니느냐고. 원래는 정말 무표정했거든요."

　"……."

　"회사에 친한 선배가 한 명 있는데, 얼마 전에 술 한잔 기울이면서 고민 상담을 했어요. 내가 좋아하는 여자가 있는데, 내 인생에 한 번도 없었고 앞으로도 없을 사람이라고, 이런 마음은 처음이고 어떻게 해야 할지 모르겠다고 했죠."

　"……."

　"혼내더라고요. 너는 그 나이가 돼서 아직도 모르느냐고. 그냥 열렬히 사랑하고 표현하라고."

　"……."

　"고요 씨, 내가 표현해도 되나요?"

　그녀는 계속 말이 없었고, 나는 천천히 손을 뻗어 그녀의 손을 감싸 잡았다. 작고 보드라운 손이었다. 우리는 그 상태로 오랫동안 창밖의 풍경을 바라보았다. 비에 젖은 풍경은 황홀하고, 설레고, 아렸다.

　시간이 얼마나 흘렀을까. 그녀가 손을 꼼지락거리기에 놓아 주었고, 그녀는 낮은 한숨을 뱉으며 말했다.

　"모르겠어요."

가슴이 철렁, 하고 내려앉았다. 역시 내가 서둘렀던 걸까? 그녀에게 있어 내가 90% 이상이 되었다고 느꼈지만, 그녀는 90%로는 도저히 시작할 수 없었나 보다. 나는 슬픈 듯 구겨진 미간을 펴며 태연하려고 노력했다.

"고요 씨가 대답해 줄 수 있을 때 대답해 줘요."

"이 상황이 마음에 들지 않아요. 뭔가…… 에둘러 말했잖아요."

"그……."

"다른 날 다시 말해 주세요."

"네."

그녀는 짐짓 뾰로통한 표정으로 나를 쳐다보았다. 나는 멋쩍은 미소를 지었다가 이내 활짝 웃어 버렸다. 그리고 그녀도 나를 따라 웃었다. 오늘은 마지막 장마였다.

16

고백

고요

맞은편에 앉아 내 시를 읽고 있었던 것. 인쇄된 내 이름을
가리키며 좋아하는 시인이라고 말했던 것. 오른쪽 볼에만 보
조개가 패는 것. 반듯한 이마와 정갈한 눈썹과 넓은 등을 가
진 것. 내 오랜 순간을, 내 오랜 마음을 떠나보내고 싶었을
때, 그때 그곳에 서 있었던 것. 눈을 길게 마주친다든지, 펜
과 수첩을 가지고 다닌다든지, ㄹ 자를 흘려 쓰지 않는다든
지, 축구공을 멀리 던진 것까지, 모두 당신의 미필적 고의.
당신은, 내가 사랑에 빠지게 될 거란 걸 알았으면서.

7월의 마지막 날. 나는 J 갤러리 정원의 벤치에 앉아 간밤에 쓴

메모를 곱씹고 있었다. 금요일이라 쉬는 날이었지만, 그가 내심 내 일터를 구경해 보고 싶어 하여 약속 장소를 여기로 잡았다.

예상대로라면 난 오늘 그에게 고백받을 것이고, 그 생각에 한 주 내내 통 잠을 이루지 못했다. 그 사이 그를 생각하며 쓴(그가 읽지 못하도록 비공개로 쓴) 일기가 열 개나 되었다. 쓸수록 마음은 더 확고해져 갔고, 어젯밤엔 끝내 '사랑'이란 단어를 쓰고 말았다.

요즘 내게는 모든 일의 귀결이 명백히 정해져 있는 듯했다. 어떤 음악을 들어도 그가 떠올랐고, 그것이 버거워 음악을 꺼 버려도 그가 떠올랐다. 고운 빛깔과 좋은 향기가 흐르는 꽃을 봐도, 길가에 떨어져 짓이겨진 꽃을 봐도 그의 생각이 났다. 달콤한 음식을 먹어도, 쓴 약을 삼켜도 마찬가지였다. 웃을 일이 생기면 그와 함께 웃고 싶었고 울 일이 생기면 그의 곁에서 울고 싶었다. 그 어떤 일이 일어나도 끝은 그였고, 아무 일도 일어나지 않아도 또 그일 것 같았다.

졸업을 앞둔 소리가 집에서 마지막 방학을 보내고 있었기에 소리에게 그런 모습을 들키는 건 금방이었다. 눈앞에서 손을 휘휘 젓는데 그것도 모르고 멍하니 있었으니 못 알아채는 게 더 어려울 것이었다.

"언니! 무슨 생각해?"

"어? 어어……."

"빨리 이실직고해."

"그게…….."

"둘러댈 생각은 하지 마."

"아직 시작된 건 아닌데…… 곧 시작될 것 같아. 보통은 어떻게 시작돼? 내 시작이 예쁜 편이야?"

소리는 무슨 뜻인지 곧장 이해하곤 조금 질투가 섞인 귀여운 목소리로 말했다. "솔직히 내가 스무 살 때부터 봐 오고 겪어 온 모든 시작 중에 가장 예뻐. 부럽다, 흥!"이라고. 나는 그 대답이 기뻐 헤실헤실 웃었다.

"언제부터 좋아진 거야?"

"글쎄……. 콘서트를 보고 우연히 꽃을 선물 받은 날부터일까? 아니, 어쩌면 그보다 훨씬 전일 거야. 잘 모르겠어. 처음 연락할 땐 말이 잘 통했고, 만나다 보니 웃게 됐고, 힘든 시간에 위로가 되어 줬고…… 그것들이 켜켜이 쌓인 걸까? 어느 날 보니 아플 만큼 설레고, 두려울 만큼 행복하더라."

소리는 "그럼 충분해." 하면서 나를 잠시 끌어안았다. 그러곤 내 손을 잡으며 말했다.

"어른들이 항상 말하잖아. 좋은 사람 만나라, 웃게 해 주는 사람 만나라, 편하게 해 주는 사람 만나라고. 그게 다 무슨 뜻인지 알아? '위로가 되는 사람 만나라.'야. 난 그 사람이 나만큼, 언젠가는 나 이상으로 언니에게 위로가 될 사람이란 예감이 들었어."

소리의 말을 들으며 어쩐지 울고 싶어졌다. 운명이야말로 가장 아름다운 감정이며 완전한 진리인 줄 알고 살아왔는데, 도리어 그것이 나를 가로막음으로써 무수한 아름다운 감정과 쉬운 진리 들을 놓친 채 살아왔는지도 몰랐다.

거실에 있는 낡은 오디오에서는 계속 김광석의 노래가 흘러 나오고 있었다. 소리가 김광석의 음반을 재생시켜 놓은 모양이 었다.

"언니, 나도 나이 먹었나 봐. 김광석 노래가 갈수록 더 좋아져. 특히 지금 나오는 노래가 제일 좋아. 〈너무 아픈 사랑은 사랑이 아니었음을〉."

너무 아픈 사랑은…… 사랑이 아니었구나. 내겐 좋은 사람, 웃 게 해 주는 사람, 편하게 해 주는 사람…… 그런 위로가 필요했 구나.

그런데 지금 막 사랑에 빠진 사람이란 원래 이렇게 불안한 건 가? 아니면 내가 유난히 사랑에 주저하고 겁내는 사람이라 그 런가? 그가 주는 안정감 속에서도, 마음 한구석에선 여러 복잡 한 감정이 휘몰아치고 있었다. 나는 소리의 어깨에 고개를 기 댄 채 말했다.

"내 마음은 계속 커져 가는데 그 사람 마음은 반대로 작아지고 있으면 어쩌지? 만나다 보면 서로 같은 시기에 같은 크기의 마 음이기 어려울 텐데, 그로 인해 상처받고 상처 주게 될까 봐……

언젠가 이 행복이 펑, 하고 사라질까 봐 불안해."

"너무 걱정하지 마. 올 일이라면 언제고 올 테고, 오지 않을 일이라면 결코 오지 않을 테니까. 미리 걱정하기보다 사랑을 잘 지키도록 노력하면 돼."

"소리가 더 어른이구나."

'사랑'이라고 적으면 정말 사랑이 되어 버릴까 봐 차마 그렇게 적지 못했는데, 소리의 말에 비로소 용기를 얻었다.

사랑, 하고 발음하면 왜 이리 벅차고 왈칵 눈물이 솟을까. 왜 사랑은 두려움, 슬픔, 의심, 번민, 외로움, 그리움 등을 동반하는 걸까. 시간과 믿음이 소복소복 쌓이기 전에는 어쩔 수 없는 일일까. 내가 그때까지 사랑을 잘 지킬 수 있을까.

"이런, 일찍 왔는데도 고요 씨가 먼저 와 있네요."

고양이 한 마리가 갤러리 담장을 넘나드는 것을 멀거니 지켜보다가, 그의 목소리에 고개를 돌렸다. 그는 오늘도 왁스로 머리카락을 세우고 있었다. 지난주에 지나가는 말로 머리가 멋지다고 했는데 그걸 새겨들었나 보다.

"그 머리 정말 잘 어울려요."

"김수겸과 신준섭에 이어, 이 머리를 했을 땐 어떤 이미지인가요?"

"윤대협이요."

"맙소사. 뭘 해도 〈슬램덩크〉로군요."

그가 어깨를 으쓱 추어올리며 웃었다.

"자, 들어가요."

나는 그를 데리고 갤러리 안으로 들어갔다. 마침 '사랑'을 주제로 하는 사진 전시가 열리던 중이었다. 놀이공원의 알록달록한 풍선 같은, 밝고 강렬한 원색이 전시실을 메우고 있었다.

"이런 곳이었군요."

"네. 이렇게 기념품 숍이랑 전시실이 나뉘어 있어요. 전 기념품 숍에서 일하는 거고요."

그는 가볍게 고개를 까딱이고는 천천히 작품들을 감상했다.

"어, 최 매니저님!"

잠시 후 나를 발견한 동료 '김'이 쪼르르 달려왔고, 눈치를 보며 "남자 친구?" 하고 물었다. "그건 아니……." 손사래를 치는데, 김은 내 말을 듣지도 않고 "잘생기셨다. 완전 선남선녀예요." 하고는 후다닥 가 버렸다. 아마 손님이 있었던 모양이다. 뒤늦게 그를 힐끗 쳐다보니, 내 반응이 탐탁지 않았는지 꽤 서운한 얼굴을 하고 있었다.

갤러리를 구경한 뒤에는 소극장에서 연극을 보았다. 지나가던 길에 표를 반값에 판매한다는 말을 듣고 얼결에 보게 된 것이었다. 연극 끝에 깜짝 고백 타임이 있기에 순간 '설마 지금?' 생각했지만, 그건 아니었다.

'그렇지. 갑자기 온 곳인데 여기서 할 리가.'

그 다음엔 피아노와 기타가 구비되어 있는 큰 카페에서 커피를 마셨다. 그가 인터넷 검색으로 찾은 숨은 명소였는데, 때마침 어쿠스틱 기타 연주회가 열리고 있었다. '내가 정성하 팬이라고 하니까 일부러 기타 연주회에 데려왔구나. 그럼 여기서?' 하는 생각이 들었으나 이번에도 아니었다.

이후엔 근사한 레스토랑에서 저녁 식사를 했다. 전망이 굉장히 좋은 곳이었고, 몇 번 분위기가 잡히기도 했다. 그때마다 '지금인가?' 했지만 모두 헛물이었다.

어느덧 밤이 되었고, 하늘엔 무수한 별이 보였다. 종일 많은 기회가 있었음에도 그는 고백을 해 주지 않았다. 설마 일주일 사이에 마음이 바뀌었다거나, 낮에 갤러리에서 내 반응 때문에 마음이 상한 건 아닐까? 괜히 초조하고 불안해져서 나도 모르게 손가락을 깨물었다.

"그런 버릇이 있었어요?"

그가 내 손을 그러당겨 자신의 손 안에 감싸 쥐었다가, 다시 손을 펼쳐 조심스럽게 깍지를 끼었다. 엇갈리며 맞물린 그의 손가락이 내 심장을 간질였다.

우리는 그 상태로 호수의 다리를 걸었다. 기다란 다리를 따라 반짝이는 조명이 촘촘히 달려 있었다. 스피커에서 로맨틱한 음악도 나왔다. 다리 아래엔 빛이 가득 번진 물결이 흘렀고, 그것은 음악에 맞춰 일렁이며 춤을 추었다.

평소 구구절절한 것을 선호하는 나였지만 이런 공간에선 준비된 말이 없더라도 괜찮을 것 같았다. '좋아해요.'나 '사랑해요.' 같은 네 글자로도 충분한 그런 곳이었다.

그는 잠시 말이 없었다가, 나와 눈이 마주치자 "빛이 이렇게 많은데, 빛조차 어둡네요. 당신이 너무 환해서." 하고 말했다.

빛조차 어둡다……. 언젠가 내가 일기에 쓴 문장이었다. 하지만 그 이유는 내가 너무 캄캄해서, 였다. 너무 캄캄해서 빛까지 삼켜 버렸노라고. 그런데 지금 그는 내게 정반대의 말을 해 주고 있었다.

"이 다리를 건너는 동안 고백할 거예요. 고요 씨는 돌아오는 길 동안 생각했다가 대답해 줘요."

"저기 끝까지요?"

"먼가요? 그럼 중간에 있는 광장까지만."

선선한 바람이 불었고, 호숫가를 빙 에워싼 나무들이 다 엿듣고 있는 듯 수선거렸다. 그는 아주 천천히, 선명한 어조와 또박또박한 발음으로 고백을 시작했다.

"표현이 진부하다고 해도 어쩔 수 없어요. 다 사실이니까. 고요 씨의 눈동자는 별이 뜬 밤하늘 같고, 웃을 때 지는 옅은 눈가 주름은 고운 물결 같아요. 고요 씨의 시, 고요 씨의 말, 아니, 고요 씨의 침묵조차도 특별해요. 고요 씨는 정말 아름답고 사랑스러운 사람이에요. 전에 말했던 대로 내 인생에 한 번도 없었고, 앞으로도 없을 사람이죠."

"……."

"처음 만난 날 고요 씨의 손이 내 쪽으로 다가왔을 때, 그 장면이 슬로 모션처럼 느리게 보였어요. 그리고 내 책을 두드렸을 때 내 마음도 함께 두드렸죠. 밀러 타임에서 고요 씨가 낭만과 운명에 대해 쏟아 낸 시간은 말 그대로 '밀러 타임'이었어요. 고요 씨의 말과 행동들에 난 아무 저항도 못하고 무력하게 당했거든요. 그저 빠져들 수밖에 없었죠."

"……."

"고요 씨는 우리가 만난 게 우연일 뿐이라고 했지만, 난 아무리 생각해도 운명이에요. 고요 씨가 말한 운명과는 다른 것이겠지만 우린 만날 수밖에 없었던 사람들이라고 생각해요. 하다못해 내게 사랑니가 난 것도 고요 씨를 만나게 될 예고였다고 여겨지는걸요. 그리고 혹시 모르는 일이죠. 세상에 찌들고 영혼이 쇠약해져 첫눈에 못 알아봤을 뿐, 사실은 우리도 고요 씨가 말한 그런 운명일지도."

그의 고백을 들을수록 점점 가슴이 벅차오르다, 마침내 심장이 터질 것 같은 기분에 이르렀다.

"고요 씨. 당신을 만나기 전까지 사랑이 뭔지 몰랐어요. 그걸 아는 게 내 인생 가장 어려운 숙제 같았죠. 그런데 지금은 너무 잘 알고 있어요. 내가 유현우라는 사실보다 내가 고요 씨를 사랑한다는 사실이 더 분명한 일일 정도로. 고요 씨를 만난 후 나는……."

그는 미약한 숨을 뱉은 후 이어서 말했다.

"어떤 날도, 당신을 사랑하지 않은 기억이 없습니다."

우리는 마주 본 채 광장에 서 있었다. 이 이상의 고백은 내 인생에 존재하지 않을 것 같았다. 나는 뜨거운 태양 아래 엎질러진 물처럼 더 이상 어찌할 도리가 없게 되었다. 그렇구나. 이런 게 사랑인가 보구나. 내가 정말, 사랑에 빠졌나 보구나.

* * *

현우

나의 서툰 고백이 끝나고, 그녀와 나는 광장에 다다랐다.

그녀를 만난 이후 내 삶의 밀도가 달라졌다. 무감각했던 작은 것들이 특별하게 보였고, 기쁨과 슬픔을 좀 더 깊이 느낄 수 있게 되었다. 일에 있어서도 열정과 욕심이 생겨났고, 하루하루 산다는 게 더욱 의미 있게 여겨졌다.

오늘 그녀에게 고백하기 위해 일주일 내내 대사를 고민했다. 그동안 침묵으로 대신했던 수많은 말들을 그녀 앞에서 모두 쏟

아 낼 작정이었는데, 막상 입을 떼니 머릿속이 아득해져 횡설수
설하고 말았다.

"잠깐 앉았다 가요."

그녀가 말했다.

아름다운 호수, 조명과 음향 시설을 갖춘 다리, 간혹 공연이 열
린다는 둥근 광장까지……. 얼핏 보았을 땐 이 장소를 고른 게
매우 훌륭한 선택인 줄 알았다. 하지만 섰어 보니 꼭 그렇지만은
않았는데, 다리를 따라 빼곡히 설치된 조명은 낭만적이기도 했
지만 여기저기 쳐진 거미줄을 훤히 비춰 주기도 했다.

그녀는 눈치를 못 챈 것인지 거미를 무서워하지 않는 것인지
거미줄 근처의 벤치에 앉으려 하고 있었다.

"거기, 거미……."

나는 그녀를 살짝 당겼고, 그녀는 "악!" 하고 외마디 비명을 지
르며 벌떡 일어났다. 내 뒤에 숨듯이 바짝 붙은 그녀를 보니 괜
히 웃음이 났다.

"거미줄이 많네요. 이제야 봤어요."

"몰랐구나."

"알았어요? 왜 말 안 해 줬어요?"

"모르는 줄 몰랐어요."

"흥."

짐짓 토라진 체를 하는 그녀에게 비교적 깨끗한 자리를 찾아

주었다. 그녀는 벤치에 앉아 다리를 교차로 흔들다가 멈추고는 문득 안다까운 목소리로 말했다.

"사랑도 이렇겠죠? 멀리서는 마냥 빛나 보이지만 가까이서는 그렇지 않겠죠? 많은 고난과 방해물이 거미줄처럼 얽혀 있을 거 예요."

"아무래도 그렇겠죠."

"마음이 확고해질수록 두려움이 생겨요. 우리가 같은 때 같은 마음일 수 있을까요? 내 마음은 커져 가고 현우 씨의 마음은 반비례하면 어떡하죠? 순식간에 내 마음보다 작아져 버릴까 봐 겁나요."

"불가능해요."

"네?"

"언제나 내 마음이 더 클 거예요."

"거짓말이라도 듣기 좋네요."

"거짓말 아니에요. 난 기자라서 팩트만 말해요."

별달리 우스갯소리는 아니었는데 그녀는 그 말이 재밌었는지 작게 키득거렸다.

"이런 사람을 사랑하고 싶다, 라는 생각은 별로 안 해 봤어요. 아니, 사실은 많이 해 봤겠지만 정의할 수 없었어요. 그저 어린 날의 한순간처럼 첫눈에 알아볼 수 있길 바랐죠. 그런데 내가 부정어를 잘 쓰는 사람이라 그런지는 몰라도, 이런 사람을 사랑하고 싶지 않다, 라는 생각은 수없이 해 봤어요."

"응, 읽었어요."

나는 전에 읽었던 그녀의 메모를 떠올렸다.

나는 가난을 겪어 보지 않은 사람, 이별을 겪어 보지 않은
사람, 좌절을 겪어 보지 않은 사람, 고통을 겪어 보지 않은
사람, 세상의 작은 소리들을 크게 들을 줄 모르는 사람, 짧은
언어들을 길게 읽어 낼 줄 모르는 사람, 마음을 소진해 보지
못한 사람, 세상 가장 깜깜한 밤을 가져 본 적 없는 사람, 별
이 사라질 때까지 울어 본 적 없는 사람, 그래서 밤의 습도와
별의 온도를 모르는 사람을 사랑하고 싶지 않다.

"딱히 '결핍이 있는 사람을 사랑하고 싶다.'라고 생각하는 건 아
니지만, '결핍이 없는 사람을 사랑하고 싶지 않다.'라고 생각해
요. 무슨 말인지 알겠죠?"

"네."

"물론 세상에 결핍 없는 사람은 없겠지만 문제는 그 결핍을 적
절히 드러낼 줄 아느냐 하는 거겠죠. 사람들은 결핍을 꽁꽁 숨겨
두거나, 때론 너무 적나라하게 드러내서 부담을 줘요. 그런 점에
서 처음부터 현우 씨에게 끌렸던 것 같아요. 현우 씨는 내 시를
해석해 나가면서 담담하게 자신의 결핍을 드러냈고, 내 결핍을

이해해 줬어요. 내겐 늘 그런 사이가 필요했거든요."

"……."

"또 너무 쉽지도 어렵지도 않게 손 내밀어 나도 모르게 그 손을 잡게 만들고, 한 걸음 한 걸음씩만 당겨 내가 따라갈 수 있게 해 줬죠."

나는 본디 내면을 잘 드러내는 사람이 아니지만, 그녀 안에서 이야기를 끄집어내고 싶었기에 그렇게 할 수밖에 없었다. 그리고 본디 천천히 다가가는 유형도 아니지만, 그녀가 운명론자라는 사실을 일찍이 알아 버렸기에 그렇게 다가갈 수밖에 없었다.

"현우 씨는 내 이야기를 하고 싶게 만드는 사람, 이야기를 듣고 싶게 만드는 사람, 내 생각을, 가치관을 변화시키는 사람, 나를 성장하고 싶게 만드는 사람이에요. 그리고 그게 바로…… 나를, 사랑하고 싶게 만드는 사람이었어요."

"……."

"알고 있었죠? 내가 이렇게 될 거라는 걸."

무어라 응답해야 할지 망설이는데, 그녀의 목소리가 가냘프게 떨려 왔다.

"당신을 사랑하고 싶어요."

"날 사랑해 주세요."

"……이미 그렇게 됐을지도요."

그녀와 나는 한참 동안 서로의 눈을 바라보며 우는 건지 웃는 건지 알 수 없는 표정을 지었다.

　나는 후욱 들이마신 숨을 다시 크게 내신 뒤, "그리고 보니 돌아가는 동안 생각해 달라고 했는데, 벌써 대답을 들었네요." 하고 말했다. 그녀는 "더 생각할 필요가 없었으니까요."라고 했다.

　"나 이번엔 에둘러 고백한 게 아니라 길게 고백한 거예요."

　"알아요."

　"그럼 우리 이제 연인이네요."

　"네."

　우리는 미묘했던 표정을 웃는 것으로 고치고는 다시 걷기 시작했다. 그때 호수에서 물고기 한 마리가 높이 튀어 올랐다. 시민들이 낚시하러 즐겨 찾는 곳이라더니 물고기가 많았다.

　"엄마야!"

　깜짝 놀란 그녀가 내 품으로 달려들었고 나는 그녀의 등을 살짝 끌어안았다. 그녀는 몇 초 지나지 않아 부끄러운 듯 살포시 몸을 뗐다. 하지만 한 번 물고기를 보고 나니 바람이 물살을 가르는 소리에도 꽤 겁내는 기색이어서, 나는 바르르 떠는 그녀의 어깨를 감싸 안은 채로 다리를 건넜다.

　그리고 다리를 다 건널 즈음, 그녀가 또 다른 고백을 해 왔다.

　"나, 다시 시를 써 볼까 해요."

　"고요 씨, 정말요?"

　"어디서부터 시작해야 할지 솔직히 막막해요. 유기(遺棄)하진

않았지만 너무 오래 유폐(幽閉)했어요. 열정은 퇴락했고 꿈은 허
룩해졌으며 언어는 가난해졌죠. 내가 과연 할 수 있을까요? 안
쓴 지도 오래됐고, 일하면서 짬짬이 써야 하고, 태양 아래 새
로운 건 아무것도 없다는데 새로운 걸 써낼 수 있을지도……."

그녀는 덜컥 내질러 놓고는 금세 위축되어 중얼거렸다.

"안 쓴 적 없어요."

"네?"

"고요 씨가 쓴 구백오십 편의 일기들이 다 시예요."

"……."

"항상 쓰고 있었어요."

나는 그녀와 마주 선 뒤 그녀의 머리카락을 쓸어 넘겼다. 그러
고는 그녀의 어깨를 잡고 살짝 내 쪽으로 당기자, 그녀가 조심스
럽게 내 가슴에 얼굴을 파묻었다.

적요했다. 음악 소리도, 바람 소리도, 구두 굽 소리도, 내 귀엔
아무것도 들리지 않았다. 그저 그녀와 나의 심장 소리만이 이 밤
을 선명하게 두드리고 있었다.

17
질투

<u>고요</u>

그와 연애를 시작한 지 약 3주가 흘렀다. 기상청은 8월이 하순으로 들어서면서 더위가 한풀 꺾일 것이라 예보했으나, 여름은 마지막 발악이라도 하듯 계속해서 더위를 뿜어냈다.

토요일이었지만 갤러리는 한산했다. 5월 말부터 7월 말까지 진행된 메르스 사태로 인해 경기가 침체된 탓이었다. 메르스가 종식되었다는 뉴스가 나온 지 한 달이 다 되도록 경기는 여전히 회복되지 않고 있었다.

손님은 별로 없었지만 불면증에 시달리고 있어 오전 내내 피곤했다. 그가 점심시간에 맞춰 갤러리로 온다고 하여 그 시간만을 기다리며 버티는 중이었다. 벽시계를 올려다보았다. 이제 몇 분만 더 버티면 되었다.

'저 시계가 정말 그렇게 내난한 건가?'

자작나무로 만든 원형 벽시계는 언젠가 관장이 "아주 어렵게 구했다."며 자랑을 늘어놓던 것이었다. 나는 검지를 들어 허공에 대고 벽시계의 그림을 따라 그려 보았다. 가느다란 나뭇가지에 새 한 마리가 앉아 있고 다른 한 마리가 그리로 날아들고 있는 그림이었다.

"고요?"

낯선 듯 익숙한 목소리에 손가락을 멈칫하고 뒤를 돌아보았다.

"맞네. 진짜 오랜만이다."

눈이 가늘고 긴 사진사, 실패한 첫 연애 '곽'이었다. 헤어져서 실패가 아니라, 제대로 시작된 것도 아니었던 진짜 실패.

"한 3년 됐지? 이 정도면 참 인연이다, 우리도."

그다지 반갑지 않은 인연인데 곽은 주저리주저리 인사를 했다. 나는 당황한 표정을 지우며 "전주는 좁으니까." 하고 덤덤히 대꾸했다. 곽은 어깨를 으쓱했다가, 내 명찰을 보며 "여기서 일하는 거야?" 하고 물었다.

"응."

"오, 그렇구나. 나 몇 주 뒤에 여기서 전시해. 그래서 와 본 건데."

"……상업 사진사였잖아?"

"그렇긴 하지. 그냥 사진 동호회에서 단체 전시를 한다기에 몇 점 낸 거야. 여긴 특별히 예술가만 전시하는 곳도 아니잖아."

"그래……."

"근데 시는? 계속 써?"

왜 하필 이럴 때 직원도 나뿐이고 다른 손님도 없을까. 나는 곽의 말을 못 들은 체하고 공연히 카운터 주변을 정리하기 시작했다. 이미 제자리에 있는 물건을 들었다 놓으며 헛손질만 해 대는데, 순간 스피커에서 은은하게 흐르던 음악이 툭, 거친 파열음을 내며 끊겼다. 난 깜짝 놀라 어깨를 움츠렸다.

"뭐 문제 생겼어? 내가 봐 줄까?"

나는 곽을 향해 손사래를 치고는 음악 사이트를 껐다가 다시 켜 보았다. 다행히 음악이 정상적으로 재생되었다.

"점심은 먹었어?"

"……."

"오랜만인데 밥이나 같이 먹자."

"아니, 약속이 있……."

곽은 내 말을 끊고 "그땐 미안했어." 하고 끼어들었다.

"네가 낭만주의자라는 건 알았지만 생각보다 더 심해서 맞춰 주기가 힘들더라. 그때 난 너무 바빴는데, 내 현실은 하나도 이해해 주지 않고 환상에 빠진 아이처럼 구니까 답답했어."

"그래. 나도 미안했어."

곽이 이렇게 말이 많은 사람이었나? 대화가 불필요하게 길어지고 있었다. 나는 벽면에 걸린 비뚤어진 액자를 바로잡을 겸 카운터를 벗어나려다가, 팔을 붙잡혔다. 몸이 곽 쪽으로 홱 돌려 세워졌다.

"번호 바뀌었더라? 가끔 생각했는데. 사실 그렇게 헤어지고 무척 아쉬웠거든."

날벼락이란 게 이런 걸까. 왜 갑자기 마주쳐서는 이런 헛소리를 듣고 있는 걸까. "나 애인 있어."라고 대꾸하며 팔을 빼내려는데, 곽은 듣는 둥 마는 둥 놓아 주질 않았다.

그때, 갤러리의 자동문이 스르륵 열렸다.

"현우 씨?"

그가 성큼성큼 걸어와 곽의 팔을 떼어내고, 내 팔을 자신에게로 부드럽게 끌어당겼다. 그리고 곽을 노려보며 "뭡니까?" 하고 물었다. 난 약간 안절부절못했고, 곽에게 그만 나가 보는 게 어떻겠느냐고 했다. 곽은 우리를 번갈아 보다가 말없이 나갔다.

찌그르르 끓는 물 주전자처럼, 아스팔트 위로 더운 열기가 끓어오르고 있었다. 금방이라도 '삐익' 하고 소리가 날 것 같았다.

"저기는 어때요? 점심시간이 길지 않으니 식사와 커피를 한꺼번에 해결할 수 있게."

새로 생긴 브런치 카페를 가리키며 그의 관심을 돌리려 했다.

"아까 그 사람, 누구예요?"

그는 붉으락푸르락한 얼굴로 뜨문뜨문하게 말했다.

"예전에 잠깐 알던 사람이에요. 우연히 마주친 거고요."

"잘생겼네요."

"어디가요? 현우 씨가 월등히 잘생겼죠."

"거긴 뭐 하러 왔대요?"

"사진사인데, 곧 J 갤러리에서 단체 전시를 한다나 봐요."

"직업도 괜찮네요."

"기자가 훨씬 멋있거든요? 난 글 쓰는 직업이 세상에서 제일 멋있다고요."

"후우……."

"질투해요?"

"네."

그는 일말의 고민도 없이 대답했고, 나는 그에게도 질투심이 있다는 사실에 조금 놀랐다. 웃을 만한 상황이 아니란 건 알지만 왠지 기쁜 마음이 들기도 했다. 그간 나만 그의 과거 연애, 여자 동료 등을 두고 질투했기 때문이다.

질투라는 감정은 어디에서 기인하는 걸까. 결코 서로를 못 믿는 건 아니지만, 사귄 지 얼마 되지 않은 만큼 일말의 의구심과 불안감은 어쩔 수 없는 것인가? 사랑에 빠지면 상대방은 더없이 커 보이고 자신은 더없이 작아 보이기 마련인데, 그래서 자신감이 떨어진 걸까? 어쩌면 상대방을 독점하고 싶다는 부질없는 욕심 때문인지도 모른다. 내가 살아오면서 질투란 감정과 거리가 멀었던 건 욕심이 없었기 때문이라고 생각하는데, 그렇다면 지금은 뭔가 욕심을 부리고 있는 게 아닐까?

난 이미 스물아홉이고 그는 아주 어른스러운 사람이지만, 연애를 시작한 우리는 퍽 미숙하고 서툴렀다.

그런데 왜일까. 그와 아옹다옹하면서도 질투라는 감정이 무겁게 느껴지지만은 않았다. 어차피 곧 다스릴 수 있게 될 감정이며, 언젠가 돌이켜 봤을 때 소소하고 예쁜 추억이 될 것 같았기 때문이다. 나중엔 오히려 '왜 이젠 질투도 안 해요?'라고 투덜댈지도 모를 일이었다. 나는 내가 이런 보통의 연애를 하고 보통의 감정을 느끼고 있다는 사실이 꽤 즐겁기도 했다.

"현우 씨."

고개를 갸웃하여 그를 쳐다보며 "기분 상하게 해서 미안해요. 하지만 그 사람은 나와 전혀 상관없는 사람이에요. 나와 상관있는 남자는 세상에 오직 현우 씨뿐이죠." 하고 말했다. 그리고 손가락으로 그의 보조개를 콕 찍자, 그의 찡그린 얼굴 근육이 풀리더니 금세 웃고 말았다.

새로 생긴 브런치 카페는, 장식을 절제하고 흰색과 검정색을 활용한 인테리어로 깔끔하고 세련된 분위기를 자아냈다.

나는 폭신한 검정 소파에 철퍼덕 앉아 창밖을 바라보았다. 여름 햇살이 예리한 화살처럼 쏟아지고 있었다. 사람들은 저마다 부채질을 하거나 손수건으로 땀을 닦거나 종이 따위로 그늘을 만들며 더위를 견디고 있었다.

"여름도 끝나 가네요."

혼잣말처럼 중얼거린 내 말에 그는 "그러게요. 벌써 8월 22일이네요." 하고 맞받았다. 그러고는 "혹시 무슨 날인지 알아요?" 하고 물어 왔다.

"글쎄요. 시드니 셸던의 《내 생애, 8월 22일》이란 책만 떠오르네요."

"아니 뭐, 우리 사귄 지 22일 됐다고요. 요즘 어린 친구들은 '투투 데이'라고 해서 사귄 지 22일 된 날을 기념하기도 한대요."

"그런 날까지 챙기려면 끝도 없겠어요."

소소한 대화를 나누는 동안 주문한 음식들이 나왔다. 그는 프렌치토스트와 아메리카노를, 나는 파니니와 자몽 에이드를 주문했다.

얼음이 가득 담긴 붉은 에이드를 들이켜자 입 안에 상큼하고 쌉싸래한 맛이 퍼졌다. 그 맛을 음미하며 따라 들어온 얼음을 와사삭, 깨물었다.

"시는 잘 쓰고 있어요? 부담 주려는 건 아니고, 궁금해서……."

나는 얼음을 마저 씹어 삼킨 후 겸연스레 대답했다.

"솔직히 진전이 없어요. 퇴근 후 매일 시에 몰두하고 있지만…… 불면증만 심해질 따름이네요."

시를 쓸 때엔 불면이 필수 불가결했다. 꼭 퇴근 후밖에 시간이 없어서가 아니라, 나는 본디 환한 시간보다 밤과 새벽에 글이 잘 써지는 편이었다.

밤과 새벽엔, 별이 선명하게 떠서 설렌다. 세상이 침묵하여 내 안의 말이 더 잘 들린다. 낮엔 의문부호 하나가 덩그러니 있다면, 그 시간엔 하나의 의문부호로부터 수많은 의문부호들이 파생되다 마침내 감탄부호로 결합된다. 어쩌면 잡생각에 지나지 않았을 것들을 밤과 새벽은 구체화시켜 가슴에 별처럼 박아 둔다. 어떤 날은 은하수처럼 촘촘히 박히는 날도 있다.

하지만 시는 오랜만에 손짓하는 내가 마음에 들지 않았는지, 몇 주째 불면에 시달려도 내게 다가와 주지 않고 있었다.

"밤을 새는 날이 많아졌지만, 반짝이는 단어나 문장을 만들고 있는 게 아니에요. 나를 설레게 하는 것들을 떠올리는 것도, 뭉클했던 순간을 상기시키는 것도 아니고요. 삶을 두고 번잡해하는 것도 아니며 어떤 일에 해답을 찾기 위해 분투하는 것도 아니죠. 엉뚱한 주제로 꼬리에 꼬리를 물며 생각을 키워 나가는 것도 아니에요. 시시콜콜한 일로 후회나 고민을 하는 것 또한 아니죠. 그 어떤 것도 아닌 채로, 그저 멍하니 밤을 새요."

"고요 씨, 너무 조급하게 생각하지 말아요. 그리고 꼭 '새로 써

내야 해!' 하지 말고, 지금까지 쓴 단상들을 시로 바꿔 보면 어때요? 애초에 그것들이 다 고요 씨의 글감인데, 새로운 글감을 찾으려니 머리가 아프죠."

"내 이야기의 절반은 운명에 대한 것이에요. 입을 열면 사라져 버릴까, 차마 발설하지 못한 내 마지막 비밀……. 물론 현우 씨가 있는 지금 그런 건 상관없고 오히려 크게 소리 지르고 훌훌 털어 버리고 싶죠. 하지만 현우 씨는 정말 괜찮나요? 언젠가 내 시집을 갖게 되면 제일 먼저 현우 씨에게 달려갈 텐데, 그 시집이 온통 운명 이야기뿐이어도?"

"괜찮아요. 그 시가 고요 씨의 현재 마음이 아니란 걸 빤히 아는데요. 그리고 다 비워 내야만 새로운 게 써질 거라고 생각해요."

그의 입술이 살짝 떨렸지만, 그의 말은 하나도 남김없이 진심이라는 걸 알 수 있었다.

* * *

현우

그녀는 동료와 교대로 점심 식사를 하는데 보통 동료가 열두 시, 그녀가 한 시에 먹었다. 식당의 벽시계를 확인하니 한 시간의 점심시간이 순식간에 흘러, 벌써 두 시가 가까워 오고 있었다. 문을 열고 밖으로 나서니 찌는 듯한 더위가 기승을 부렸다.

"조금밖에 못 봐서 아쉽네요."

그녀는 마주 잡은 손을 이리저리 흔들며 아쉬움을 표했다. 내 팔이 왼쪽, 오른쪽, 앞뒤로 마구 흔들렸다.

"아닌데. 퇴근 시간 맞춰서 데리러 올 건데요?"

"퇴근까지 다섯 시간이나 남았는걸요?"

"카페에서 일하고 있으면 시간 금방 가요."

"정말요? 하지만 미안한데……."

그러면서도 그녀는 기쁜 기색을 감추지 못했다.

그녀는 "잠깐만요." 하더니 휴대폰을 만지작거렸고, 곧 내 휴대폰이 '지잉' 하고 울렸다. 확인해 보니 음료 쿠폰과 함께 "고마워요. 이따 봐요."라는 메시지가 전송되어 있었다. 나는 그녀의 메시지를 읽듯 똑같이 "고마워요. 이따 봐요." 하고 말한 뒤 그녀와 헤어졌다.

그녀가 일러 준 카페로 가 달콤한 음료를 홀짝이며, 노트북을 열고 일을 시작했다. 사실 다섯 시간 정도 그녀를 기다리는 건 정말로 어렵지 않았다. 일은 늘 해도 해도 끝이 없었으니까. 어릴 적엔 콩쥐나 신데렐라가 고된 일을 하면서 어떤 심정이었을지 궁금하지 않았는데, 이제는 헤아릴 수밖에 없게 되었다.

'걔네들은 월급도 못 받았으니 내가 낫군. 게다가 세상에서 가

장 사랑스러운 연인이 있으니 아무리 힘들어도 버틸 만하지.'

나는 그런 생각을 하며 내심 뿌듯해했다.

그녀와 연인이 된 지 스물두째 날. 귓결에 얻어들으니 '투투 데이'라고 했다. 내가 어린애는 아니지만 이왕 알게 되었으니 저녁은 특별한 곳에서 먹어야겠다고 생각했다.

연인이 되고 어제까지 총 세 번의 데이트가 있었다. 지지난 주에는 그녀에게 볼링을 가르쳐 주고 전망대를 구경했고, 지난주에는 보드게임을 즐겼으며, 어제는 아이스링크에 갔다.

그녀는 데이트마다 매우 즐거워하고 감격해했고, "이렇게 새롭고 재미난 데이트는 많이 못 할 줄 알았는데……."라는 말을 했다. 그녀가 친구에게 들은바 재미난 데이트는 이십 대 초중반에 많이 하고, 서른 전후쯤 되면 주로 식사, 카페, 영화, 드라이브 등 빤한 데이트만 하게 된다는 것이었다.

내 생각에 그것은 나이보다 차라리 연애 기간이나 성향에 따른 것 같지만, 직장인이 학생보다 시간 여유가 없고 심신이 쇠한 것도 사실이기에 특별히 반박하지는 않았다. 그저 "이제 시작인데요. 하고 싶은 거 다 해 봐요, 우리." 하고 대답해 주었다.

내 머릿속에는 새롭고 재미난 것투성이였고, 행복하기도 바쁜 우리가 과연 다툴 일이 있기는 할지 의문스러울 정도였다. 그런데 생각보다 그 일은 빨리 찾아왔고, 하마터면 좀 전에도 비슷한 이유로 다툴 뻔했다.

좀 전에 '질투'에 사로잡혀 평정심이 흐트러진 내 모습은 참 꼴불견이었다. 그녀는 그런 날 귀여워하는 것 같기도 했지만……. 적당한 질투는 연애에 도움이 된다는 설이 사실이었나? 하긴 나도 지난주에 질투하는 그녀를 보면서 한편으로 귀엽게 느끼긴 했다.

지난주 데이트 때 그녀에게 친구 '한'을 소개시켜 준 것은 계획된 일이 아니었다.

그녀와 보드 카페에서 알콩달콩한 시간을 보내고 있는데, 한에게서 전화가 왔다. 한과는 십 대 시절 절친했던 사이인데, 이후 한이 타지에 살게 되면서 일 년에 한두 번 보기도 빠듯해졌다. 현재는 많이 친하다고 할 순 없으나 항상 애틋한 친구였다.

— 현우야, 나 지금 광주다. 보고 싶다, 인마. 내가 동네로 갈까?

— 광주라고? 어…… 근데 지금 여자 친구와 있어서…….

딱 자르고 어떻게든 따로 시간을 낼 것을, 순간 나도 한이 반갑고 보고 싶어 얼버무렸다.

— 나 내일 새벽에 올라가야 돼서 오늘밤에 시간 없어. 같이 보면 안 되냐?

통화 소리가 커서 그녀에게도 다 들리고 있었다. 눈치를 살피니 그녀가 마지못해 고개를 끄덕였고, 한과 치킨집에서 만나게 되었다.

처음에 한은 "참 미인이십니다." 하고 칭찬을 늘어놓으며 화기애애한 분위기를 만들었다. 하지만 술이 몇 잔 들어가고 나니 극도로 부산해졌고, 끝내 말실수를 하고 말았다. "미인이라 새침할 줄 알았는데 성격까지 착하시네요. 은주보다 더 착한 것 같은데. 그렇지, 현우야?"라고.

"은주요……?"

"예예, 심은주라고 현우 첫사랑이 있거든요. 걔가 진짜 천사 같았어요. 둘이 한 2년 사귀…… 읍!"

나는 한의 입을 닭다리로 틀어막았다. 그러고 나서 한을 쏘아보았다가 그녀 앞에서 절절맸다가 다시 한을 쏘아보았다가 반복했다.

"야, 이렇게 착한 여자 친구가 뭘 뭐라고 한다고. 안 그래요, 고요 씨?"

그녀는 웃지 않았고, 한도 그제야 사태를 파악한 듯 허튼 소리를 멈추었다. 한이 열심히 웃긴 이야기를 하면서 분위기는 다시 수습된 듯했으나 그것은 다 그녀의 연기였던 모양이다. 한과 헤어진 뒤 그녀의 첫마디는 "혼자 갈래요."였다.

"고요 씨, 화났어요?"

"……."

"다 과거이고, 내가 꺼낸 말도 아니잖아요."

"애초에 그 친구분을 만나게 한 게 잘못이죠. 친구가 말실수를 잘 하는 타입이라면 소개시켜 주지 말거나, 실수가 없도록 미리 일러 뒀어야죠."

"그 친구한테 소개시켜 준 적이 한 번뿐이라 실수하는 타입인 줄 나도 몰랐어요."

"아, 2년 사귄 첫사랑만 소개시켜 줬군요."

"……고요 씨."

내 목소리가 낮게 깔리자 그녀는 금세 울 것 같은 표정이 되었다.

"아주 오래된 일이고, 난 그 애 얼굴도 가물가물해요."

그녀는 갑자기 눈물을 글썽거렸고, "몰라요. 그냥 미안하다고 하면 되잖아요." 하고 말했다. 나는 어찌할 바를 몰라 하다가 그녀를 꼭 끌어안은 채 "미안해요."라고 했다.

"울면 나도 슬퍼져요. 난 정말 고요 씨밖에 없는데. 좋아하니 연애했겠지만 기억도 잘 나지 않고, 진정한 사랑은 오로지 지금 뿐이에요. 고요 씨가 첫사랑이에요."

그녀는 눈꼬리에 맺힌 눈물을 삼킨 뒤 말했다.

"사랑은 아무것도 시작되지 않았어도 모든 게 시작되는 일이라고 생각했어요. 사랑에 빠진 순간부터 세상이, 내가 달라지니까. 근데 연애는 모든 게 시작됐음에도 아무것도 시작되지 않은 일인 것 같아요. 내가 나를 잘 알고 상대방을 잘 안다고 해도 실은 아무것도 몰랐던 거예요. 연애란 번번이 새로운 상황 앞에 놓이는 일이고, 새로운 상황에서는 새로운 모습이 나타나기 마련이니까."

"……."

"나요, 딱히 샘내고 시기하고 질투해 보지 않았거든요. 그런데 아마 현우 씨와 이런 상황을 맞닥뜨릴 땐 그렇게 되는 사람이었나 봐요. 머리로는 현우 씨가 지금의 현우 씨가 되기까지 어떤 연애들이 있었을 테고, 그들에게 감사해야 한다고 생각해요. 알면서도 질투가 나는걸요."

그러곤 약간 심술궂은 표정을 지어 보이며 엄지와 검지를 펼쳐 내 양 볼을 잡았다. 입이 오리처럼 쭉 내밀어졌다. 그녀가 입이라도 맞춰 주는 줄 알고 일순간 설렜으나, 그것은 나만의 기대로 끝났다.

그녀의 퇴근 시간이 되었다. J 갤러리 담장 너머로 샛노란 해바라기가 삐쭉 고개를 내밀고 있었다. 담장을 지나 정원으로 들어서니, 그녀가 유리문 너머로 나를 발견하고는 한달음에 달려 나왔다. 나는 그녀를 잠깐 안았다가 뗀 뒤 말했다.

"우리, F 레스토랑에 가 볼래요? 꽤 역사가 깊은 곳이던데. 피아노 연주도 하고 와인 서비스도 준대요. 요청 시 사진 촬영도 해 주고."

"와, 좋아요!"

그녀가 짝, 하고 손뼉을 치며 대답했다.

"그런데 현우 씨는 운전해야 하니 술 마시면 안 돼요."

"네."

그녀는 "우리 '투투 데이' 기념사진 남겠네요?" 하며 배시시 웃었다. 그녀는 왜 이렇게 꽃처럼 웃는지. 아니, 물론 어떤 꽃도 그녀보다 아름답지는 못할 것이다.

그래, 뭐 어떻겠는가. 늘 좋은 일만 있을 순 없는 게 당연하다. 지난주처럼 그녀가 질투할 수도 있고 오늘처럼 내가 질투할 수도 있다. 사람인지라 말실수를 하는 날도 있을 거고, 서로 의견이 맞지 않아 다툴 수도 있다. 어쩌면 언젠가 서로의 소중한 것이나 서로의 상처를 건드리는 최악의 실수를 범할지도 모른다.

그래도 나는 그녀를 사랑할 수밖에 없을 것이다. 그러니 꽃 같은 웃음을 영원히 지켜 줄 수 있게 늘 고민하고 노력하고 싶다. 그녀에게 선물했던 스타티스의 꽃말이 '변치 않는 사랑'이라는 걸, 그녀도 이젠 알고 있는지 모르겠다.

18
——

입맞춤

고요

그가 추천한 F 레스토랑에서 저녁을 먹기로 했다. 20년 전통의 F 레스토랑은 내가 사는 아파트와 멀지 않은 곳에 있었다. 이렇게 가까이에 오랫동안 서 있었다는데, 왜 이제야 알게 되었을까? 등하불명(燈下不明)이란 말이 정말 딱 맞다.

주문한 음식을 기다리며 창문을 바라보았다. 밖에서 보았을 땐 분명 아치형이었는데, 윗부분의 곡선이 커튼으로 가려져 안에선 그냥 네모난 창처럼 보였다. 대신 창마다 달린 금색 커튼들이 큼지막한 리본으로 솜씨 좋게 올려 묶여 있어 그것을 구경하는 재미가 있었다.

"고요 씨다."

그의 손가락을 따라 시선을 옮겼다. 그가 가리킨 것은 벽에 걸린 하얀 토끼 그림이었다.

"눈도 크고, 울보라 눈도 빨갛고."

틀린 말은 아니었고, 사실 어릴 적부터 그런 말을 많이 듣기도 했다. 나는 질 새라 "그럼 현우 씨는 미어캣이에요." 하고 대꾸했다. 그는 고개를 갸우뚱하며 "왜 내가 미어캣이에요?" 물었다.

"미우니까 미어캣이죠. 지각도 몇 번 했고, 날 울린 적도 있고."

"예기치 않게 차가 막혀서…… 미안해요. 울린 건, 음……."

"아니면 별명으로 '노바'는 어때요?"

"그게 뭔데요?"

"카사노바요. 여자를 울렸으니까."

"나 그런 단어와는 거리가 멀어요."

"그럼 '나니'?"

"나니? 일본어?"

"아뇨. 망나니!"

"……그건 진짜 내 별명이네요."

"정말요? 어쩌다 망나니가 됐어요?"

그가 당황하는 모습이 귀여워 아무 말이나 내던지던 중 얼떨결에 별명을 맞혀 버렸다. 그런데 모범적인 이미지와 어울리지 않게 '망나니'라니?

"대학생 때 딱 한 번 술주정을 부린 일이 있는데, 그게 부풀

려져서요. 별 건 아니고 자동차, 전봇대와 대화를 좀 했다는
데……."

나는 앳된 얼굴의 그가 자동차, 전봇대 따위와 대화하는 모습
을 상상해 보다가 까르르 웃음을 터뜨렸다.

천장엔 정교한 샹들리에가 매달려 있었고, 무대 위에선 밑단
이 인어 지느러미처럼 퍼진 분홍 드레스를 입은 여자가 피아노
를 연주하고 있었다. 그는 연주를 감상하며 "이루마의 곡인 것
같은데." 하고 말했다.

"맞아요. 〈Love me〉."

그가 느릿하게 고개를 끄덕이며 "날 사랑해 주세요."라고 입속
말을 했다. 다리 위에서 고백을 받던 날이 오버랩 되었다. 그가
그저 곡명을 해석했을 뿐이라는 걸 알고 있었지만, 다시 대답해
주고 싶어졌다. 좀 더 확실하게.

"네. 사랑하고 있어요."

그의 눈이 살짝 동그랗게 떠졌다가 이내 활처럼 휘어졌다.

그는 운전을 해야 했기에 술을 마시지 않았고, 나도 와인이 입
에 맞지 않아 두어 모금만 마셨다. 그러면서도 공연히 '짠'은 하
고 싶어 몇 번이나 그의 앞에 유리잔을 디밀었다. 루비색의 와인
이 유리잔 안에서 우아하게 찰랑거렸다.

후식으로 나온 아이스크림까지 비운 뒤, 바닥에 세워진 팻말이
눈에 들어왔다. '사진 서비스를 원하시는 분은 카운터에 요청 바

랍니다.'라고 쓰여 있었다. 나는 팻말을 가리키며 "우리도 사진 찍는 거죠?" 확인했고, 그는 "물론이죠." 하고 대답했다.

흰 유니폼을 입은 직원에게 사진 서비스를 요청하자, 곧 즉석 카메라를 가져와 사진 한 장을 찍어 주었다. 인화지를 받아 들고 가볍게 팔랑거리는데 그가 만류했다.

"그렇게 한다고 빨리 마르는 것도 아니고, 오히려 얼룩이 생길 수 있대요."

"어머, 전혀 몰랐어요."

나는 흔들던 것을 멈추고는 얌전히 있었다. 1분 정도 기다리니 인화지에 그와 내 모습이 선명하게 드러났다.

사진은 마음에 쏙 들었다. 미소 지으며 서로에게 머리를 기댄 모습이 퍽 다정해 보였다. 나는 흐뭇한 듯 그것을 들여다보다가, 사진 아래쪽에 '토끼와 나니, 투투 데이'라고 적어 넣었다.

집까지는 순식간에 도착했다. 공기가 맑고 별이 많은 초콜릿색 아파트는 내가 무척 사랑하는 공간이지만, 이곳에 들어서는 순간 까마득히 외로워졌다.

그와 헤어지는 시간은 왜 이리 슬프고 버거운지. 몇 번을 겪어도 적응이 되지 않는다. 연애 초기라 그런 건지, 나름대로 장거리라 그런 건지, 사랑이 본디 그런 건지.

헤어지고 나면, 그가 갑자기 이 세상에서 사라져 버릴까 봐 두

렵다. 특히 광주에서 전주로 혼자 돌아오는 버스나 기차에선 그런 마음이 더 심해져 번번이 눈물을 글썽이곤 했다. 그도 혼자 돌아가는 길의 외로움을 잘 알기에 자꾸 나를 바래다주려고 하는 걸 테다.

"놀이터에 좀 더 있다 갈까요?"

그의 말에 기다렸다는 듯 고개를 끄덕거렸다.

달금한 여름밤, 씨르룩씨르룩 풀벌레 우는 소리가 들렸다. 그와 나는 놀이터 쪽으로 걷기 시작했다. 이래 봬도 조경이 좋기로 소문난 아파트라 걷는 동안에도 많은 꽃을 감상할 수 있었다. 나는 화단에 핀 분홍 상사화를 가리키며 "저것 봐요. 아까 피아노 연주자가 입은 드레스 같아요." 하고 말했다.

"정말 그렇네요. 꽃 이름이 뭘까요?"

"'상사화'예요. 상사화는 잎이 있을 땐 꽃이 없고 꽃이 필 땐 잎이 없다고 해요. 그래서 잎은 꽃을 생각하고 꽃은 잎을 생각한다고, 그렇게 이름 붙여졌대요."

"그렇군요."

"나 요즘 현우 씨 때문에 상사병에 걸렸어요."

"……"

"현우 씨는 나 때문에 상사병 앓은 적 있어요?"

"한 번이요."

"한 번뿐이에요? 흐음, 조금 서운한걸요."

"처음 본 그때부터 지금까지 계속, 그렇게 한 번."

그의 말 때문인지 바람 때문인지 간지러운 기분이 돋아났다. 누군가 내 심장에 대고 민들레 꽃씨를 후– 분 듯했다.

우리는 놀이터 입구의 정자에 걸터앉았다. 느티나무의 고운 결이 살아 있는 소박한 정자였다. 벽이 없는, 기둥과 지붕만 있는 쉼터……. 문득 그와 나 사이도 이러했으면 좋겠다는 생각이 들었다. 서로에게 벽이 없었으면. 서로를 지탱해 주는 기둥과, 서로를 막아 주는 지붕만 있었으면. 서로에게 그런 쉼터가 되어 주었으면.

나는 그를 보며 "오늘도 즐거웠어요. 어제 아이스링크도 재밌었고." 하고 말했다.

"잘 타지도 못했으면서."

"현우 씨가 썰매처럼 끌어 줘서 재밌었어요."

"하하. 겨울엔 눈썰매장에 갈까요?"

"네! 아, 그리고 다음 달이면 농구 시즌이에요. 우리 농구도 봐요."

"그래요. 지금 야구랑 축구도 하고 있으니까, 그것도 보러 가요."

"좋아요."

그가 "참, 요즘 방 탈출 게임이 유행한대요."라고 하여 "나도 그거 생각했는데. 그리고 만화 카페, 동물 카페도 가요. 축제도 가고, 놀이공원도 가요." 하고 보탰다.

"고요 씨가 좋아하는 전시, 공연도 종종 봐요. 가끔 레포츠도 즐기면 좋을 것 같아요. 바다도 보고 싶고요."

"내년 봄엔 순창도 가 봐요. 중학생 때 순창에 살았는데 못 간 지 오래됐거든요. 거기 벚꽃이 정말 예뻐요."

"어, 나도 어릴 때 순창에 자주 갔는데. 당시에 이모가 거기 사셔서요."

나는 순창에 가고 싶다는 말을 한 뒤 한참이 지나서야 '아차!' 했다. 내가 운명을 만난 게, 중학생 때 벚꽃 핀 순창에서였으니까. 또한 '아차!'와 동시에 내가 얼마나 운명에서 벗어나 있는지도 깨달았다. 벚꽃 핀 순창 이야기를 해도 가슴이 아프지 않았다.

만약 운명을 다시 만나게 된다고 해도 난 이제 알아보지 못할 것이다. 혹여 알아본다고 해도 그때처럼 바라보고 그때처럼 놓칠 것이다. 그리고 놓쳐도 슬프거나 아프거나 후회하지 않을 것이다. 내가 꼬옥 붙들고 싶은 사람은, 지금 내 곁의 사람뿐이니까. 나를 웃게 하고 빛나게 하고 살게 하는 사람……. 이 사람이 정말로 좋다. 가슴 깊이, 사랑하고 있다.

"사랑해요."

우리는 서로의 두 눈을 빤히 바라보다가 누가 먼저랄 것도 없이 동시에 말했다. 나는 돌연 수줍어져서 고개를 숙였다. 그도 시선을 돌린 채로 내 손등을 부드럽게 쓸다가, 천천히 내 쪽으로 몸을 돌렸다.

이윽고 그의 두 손이 내 어깨를 감싸 잡았고, 그의 얼굴이 가까워져 왔다. 나는 깜짝 놀라 그의 가슴 쪽 셔츠를 부여잡고는 다가오지 못하게 살짝 밀었다. 그는 밀려나지도 다가오지도 않은 채로 멈추어 또렷하고 확고한 눈길로 나를 응시했다. 쿵, 쿵, 쿵…… 그대로 시간이 정지한 것만 같았다. 귓속에 물이 찬 것처럼 아무 소리도 들려오지 않았고, 공간에 대한 감각이 느껴지지 않았다.

잠시 후 내 어깨를 감싼 그의 손에 조금 힘이 들어갔고, 그의 셔츠를 쥔 내 손에서는 스르르 힘이 빠졌다. 그리고 가로등 불빛을 받은 그의 환한 얼굴을 바라보다 그저 눈을 꼭 감고 말았다.

그의 입술이 내 입술에 맞닿았다. 그러곤 잠깐 떨어졌다가 다시 다가와 오래도록 머물렀다. 그것은 와르르 쏟아지는 여름처럼 뜨겁고, 어렴풋한 꿈처럼 절절했다. 그와 나의, 그리고 내 생애 첫 입맞춤이었다.

* * *

현우

그녀와 나는 붉은 노을을 받으며 F 레스토랑으로 들어갔다. 그

곳은 한마디로 오래된 호텔식 레스토랑이었다. 전체적으로 평
온하고 고풍스러운 느낌이었고, 영화 촬영도 몇 번 왔었는지 캡
처 사진들이 자랑스럽게 전시되어 있었다.

흰 유니폼을 단정하게 차려 입은 직원이 다가와 자리를 안내
해 주었다. 나는 직원에게 메뉴 추천을 부탁했고, 그는 커플 정
식을 추천하면서 "치즈를 곁들인 왕새우가 일품입니다."라고 덧
붙였다.

우리가 앉은 자리의 벽에는, 레스토랑 분위기와 어울리지 않는
토끼 유화가 걸려 있었다. 몽실몽실하고 귀여운 하얀 토끼였다.
커다랗고 빨간 토끼의 눈을 보니 그녀가 울 때의 모습과 닮았다
는 생각이 들었다. 나는 그림을 가리키며 말했다.

"고요 씨다. 눈도 크고, 울보라 눈도 빨갛고."

그러자 그녀는 복수라도 하듯 '미어캣', '노바', '나니' 같은 별
명들을 내게 붙여 주었다. 내가 밉다고, 여자를 울린 카사노바
라고, 망나니라고…… 뭐 그런 뜻이었다. 대체 왜 그렇게 흘러
간 것인지.

여하튼 망나니는 정말 내 별명이기에 그 사실을 고백하니, 그
녀는 흥미로운 눈으로 "정말요? 어쩌다 망나니가 됐어요?" 하고
물었다. 나는 스무 살 때의 술주정 일화를 들려주었고, 그녀는
소녀처럼 자지러지게 웃었다.

"망나니 맞는 것 같아요. 날 감쪽같이 속였잖아요."

270

"내가요? 뭘요?"

"담배요. 사귀기 전엔 피우는 줄 몰랐단 말이에요."

"일부러 숨긴 게 아니라, 담뱃갑이 차에 떡하니 있었는데 고요 씨가 못 본 거죠."

"하루에 세 개비만 피워요."

"갑자기요?"

"네."

나는 검지를 구부려 눅진한 눈언저리를 슬쩍 매만졌다. 레스토랑의 에어컨이 약한 것인지 땀이 났다.

"글 쓰다 보면 담배가 얼마나 절실한데요. 기자들 담배 정말 많이 피워요. 나 정도면 양호한 거예요. 요즘은 반 갑도 안 피우는데."

다급한 마음에 말이 많아졌고, 그녀는 "많이 피우는 것 같은데요? 오늘부터 세 개비." 하고 세 손가락을 펼치며 단호한 입장을 고수했다. 나는 최대한 가련한 표정을 지으며 "다섯 개비……." 하고 절충을 시도했다.

"세 개비도 봐 준 거예요. 끊어야죠."

"줄여 가면서 끊을게요. 그럼 네 개비……."

"나도 담배를 배워 볼까 봐요."

"네?"

"글 쓰다 보면 절실하다면서요. 나도 다시 시 쓰고 있으니까."

그녀는 나를 막다른 골목으로 몰아붙였다. 더 이상 도망갈 곳 없는, 완전한 패배였다.

"……세 개비만 피울게요."

"좋은 생각이에요."

그녀는 흡족한 미소를 머금었다. 대체 어디서부터 꼬인 걸까? 나는 희한한 별명들을 얻음과 동시에 담배를 줄이라는 특명까지 받았다. 그런데 이러한 상황에 나도 그저 웃고 있는 걸 보니, 이미 그녀의 미소에 전염돼 버린 모양이었다.

피아노 연주자가 치는 이루마의 〈Love me〉를 들으며 그녀와 와인이 든 유리잔을 부딪쳤다. 나는 운전을 해야 하므로 술을 마실 수 없는 상황이었고, 그녀도 맛이 없다며 별로 마시지 않았다. 그럼에도 그녀는 분위기를 내고 싶은지 자꾸만 유리잔을 내밀었다. 나는 그런 그녀가 사랑스러워 말없이 계속 부딪쳐 주었다. 그녀의 입술이, 와인처럼 붉었다.

레스토랑에서 나가기 전, 직원에게 요청하여 폴라로이드 사진을 제공받았다. 그녀는 사진 아래에 볼펜으로 무언가 적은 뒤 "사진은 현우 씨 차에 둬요." 하며 내게 건넸다. 사진 속 그녀의 해사한 얼굴과 '토끼와 나니, 투투 데이'라는 글자가 눈에 들어왔다.

"나니로 결정된 건가요?"

"아니, 셋 다예요."

그녀의 집 앞, 차마 '들어가요.' 하지 못하고 머무적거렸다. 밤 아홉 시가 조금 넘은 시각이었다.

"놀이터에 좀 더 있다 갈까요?"

좀 더 있어도 괜찮지 않을까. 그녀와 헤어지고 싶지 않다. 헤어지고 나서 홀로 돌아가는 길은 매번 기분이 이상했다. 무척 외롭고 공허한……. 그녀 또한 마찬가지일 것 같아 늘 바래다주고 싶었다. 그녀가 그런 기분을 느끼는 것보다는 내가 느끼는 게 나았다.

그녀는 좀 더 함께 있자는 내 제안에 고개를 까딱였다. 우리는 놀이터를 향해 걸었다. 아파트 화단에는 다양한 꽃들이 저마다의 색을 자랑하며 피어 있었다. 그녀가 그중 분홍색 꽃을 가리키며 말했다.

"저것 봐요. 아까 피아노 연주자가 입은 드레스 같아요."

나는 그녀의 말에 동의하며 꽃 이름을 궁금해했고, 그녀는 '상사화'라고 답해 주었다. 그녀는 꽃 이름도 잘 아는구나, 생각했다.

"나 요즘 현우 씨 때문에 상사병에 걸렸어요."

"……."

"현우 씨는 나 때문에 상사병 앓은 적 있어요?"

"한 번이요."

"한 번뿐이에요? 흐음, 조금 서운한걸요."

"처음 본 그때부터 지금까지 계속, 그렇게 한 번."

그녀의 고불고불한 머리카락이 바람을 타고 흩날렸다. 좋은 샴푸 냄새가 은은하게 풍겼다. 그녀는 더 이상 아무 말도 하지 않았지만 무척 행복해하고 있다는 게 역연히 전해져 왔다.

우리는 놀이터 정자에 자리를 잡고, 앞으로 해 보고 싶은 일들에 대해 대화를 나누었다. "이렇게 새롭고 재미난 데이트는 많이 못 할 줄 알았는데……."라고 말했던 사람은 어디로 갔는지, 그녀는 신이 나서 하고 싶은 일들을 나열했다. 나는 머릿속에 수첩을 펼쳐 그녀의 말들을 꼼꼼하게 적어 두었다.

"내년 봄엔 순창도 가 봐요. 중학생 때 순창에 살았는데 못 간 지 오래됐거든요. 거기 벚꽃이 정말 예뻐요."

순창? 순창이라면 나도 반가운 지역이다. 어릴 적 이모가 순창에 살아서 종종 놀러 갔었다. 어머니와 이모의 사이가 워낙 돈독하여 자연히 그렇게 되었고, 나도 사촌들과 퍽 친하게 지냈다. 이젠 다들 커 버리고 뿔뿔이 흩어져서 볼 일이 적지만, 어쨌든 순창은 내게도 추억이 서린 곳이었다.

대화 후에 잠깐 침묵이 이어졌다. 나는 밤하늘을 바라보며 "별이 정말 많네요." 하고 말했다. 그녀도 머리 위에 늘어박힌 영롱한 별들을 올려다보았다. 그러곤 아주 작은 목소리로 "연인들이 서로에게 던지는 찬란한 고백처럼……." 하고 웅얼거렸다. 그녀와 눈이 마주쳤고, 얼마간의 정적 후 동시에 입을 뗐다.

"사랑해요."

 그녀는 쑥스러운 듯 고개를 돌렸고 나는 그녀의 손을 매만졌다. 그녀가 허락해 줄지 모르겠지만 입 맞추고 싶다는 생각이 간절히 들었다. 심장은 덧없이 쿵쿵거렸고, 나는 두 손으로 그녀의 어깨를 감쌌다. 그녀가 놀란 듯 내 가슴께를 밀어냈지만, 나는 손을 떼지 못하고 그저 그녀의 눈을 깊이 바라다보았다.

 그리고 마침내 그녀의 손에 힘이 풀렸을 때, 나는 그녀 쪽으로 바짝 몸을 기울였다. 곧 그녀의 부드럽고 여린 입술에 내 입술이 포개어졌다. 그녀의 어깨에 힘이 들어갔고 작은 떨림이 느껴졌다.

 그녀와의 입맞춤은 와인처럼 달콤했으나 어쩐지 가슴이 저미기도 했다. 방금 전 별에 관한 이야기를 나눠서일까. 별의 서슬에 찔린 듯한, 휘황한 통증이라고 생각했다. 세상이 숨을 죽인 고요한 여름밤, 우리는 그렇게 첫 입맞춤을 했다.

19
새로운 운명

고요

"지금까지 쓴 단상들을 시로 바꿔 보면 어때요?" "다 비워 내야만 새로운 게 써질 거라고 생각해요."…… 그에게서 그 말들을 듣고 며칠 후, 오랜만에 꿈을 꾸었다.

'그날' 꿈은 아니었다. '그 사람' 꿈이라고 한다면 그럴 수도 있지만, 그 사람이 등장하지는 않았다.

꿈에서 나는 무언가를 열심히 적어 내려갔다. 컴컴한 밤 속에서, 전기가 나갔는지 작은 촛불 하나에만 의지하고서는. 졸린 두 눈을 자주 크게 떴고, 이마에는 땀까지 송골송골 맺힌 게 꽤 필사적이었다. 내가 적고 있었지만 무엇을 적고 있는지 알 수 없었다. 단지 운명을 향한 편지라는 것과, 끝에 '당신은…… 이었어.'

라고 쓰며 연필을 꽉 움켜쥐는 것만 보았다.

　옌은 서광이 머리맡에 점점이 뉘길 때 이른 잠에서 깨어났다. 꿈속의 공백을 읽을 수는 없었지만, '이런 말을 하고 싶었던 게 아닐까?'라는 생각으로 책상에 앉아 단상을 써 내려갔다. 나는 이것이 '그날'이나 '그 사람'과 관련된 마지막 꿈일 거라는 예감이 들었다.

　말하자면 당신은 강 같은 것이었고, 나는 방류된 어린 물고기 같은 것이었겠지. 이렇게 잠식되기 전까지 나는 서성였을까, 헤매었을까, 표류하였을까, 부유하였을까. 하지만 난 더 이상 여기 머무르지 않고, 약간 방향을 틀어 어딘가에 당도하려 해.

　당신을 잃은 나는 텅 빈 것인 줄 알았어. 별을 잃은 하늘, 새를 잃은 숲, 시를 잃은 도시처럼. 그런데 그게 아니라는 걸, 당신 같은 사람은 내가 당신을 놓는 순간부터 있을 수 있다는 걸, 당신보다 커다란 마음과 시간이 존재할 수 있다는 걸 이제는 알아.

　모든 게 허상이었다고 해도 꽤 괜찮았다고 생각해. 한순간의 환상과 수없는 꿈과 끝없는 상상으로만 채워진 시간이라고 해도, 당신 덕분에 운명을 믿고 기다리고 그리워할 수 있었으니까. 그래서 시를 쓸 수 있었으니까. 사랑을 만날 수 있었으니까.

고마워. 당신은, 내가 꾼 가장 아름다운 꿈이었어.

운명을 향한 기록은 그것으로 끝을 맺었다. 앞으로 남은 일은 지금까지의 일기를 시로 바꾸는 것뿐이었다. 그리고 그것은 생각보다 수월한 작업이었다. 15년 이상 지속된 그리움은 거대한 것이었고, 9년 이상 쓴 일기는 단단한 토대가 되어 주었다.

고단할 땐 잠시 쉬면서 노트에 '유현우' 세 글자를 습관처럼 끄적거렸다. 그러면서 이 작업이 다 끝나면 비로소 그를 위한 시를 쓸 수 있을 것이라고, 얼른 이 작업을 끝내고 싶다고 생각했다. 또한 그가 내 구원이자 새로운 운명이라는 생각도 들었다.

9월 중순. 기차가 덜커덩덜커덩 소리를 내며 달렸다.

차창 너머로 파란 가을 하늘이 보였다. 하늘엔 비누 거품이나 솜사탕이나 소프트 아이스크림 같은 흰 구름들이 뜨문뜨문 떠 있었다. 창유리에 미소를 머금은 내 얼굴이 이따금씩 비쳤다.

행복하다, 고 느꼈다. 독일의 철학자 칸트는 "행복의 원칙은 첫째 어떤 일을 할 것, 둘째 어떤 사람을 사랑할 것, 셋째 어떤 일에 희망을 가질 것이다."라고 했다. 지금 내겐 그 세 가지가 전부 있었다.

띠링.

「고요 씨, 잘 오고 있어요?」

「무사히 환승했어요.」

「다행이다. 기차 타고 온다니까 어찌나 걱정되는지.」

「이게 다 현우 씨 때문이잖아요. 오늘이 '철도의 날'이라고 알려 준 게 누구더라.」

「그건, 그냥 어쩌다 나온 말이잖아요.」

「몰라요. 난 기차 타고 오라는 말로 들렸어요.」

「아아, 나도 몰라요. 애당초 고요 씨가 길치인 게 잘못이에요.」

「…….」

「하하, 장난이에요. 얼른 보고 싶어요.」

「나도요.」

환승역인 익산역에서 광주송정역까지는 금방이었다. 무궁화호로 한 시간 정도 걸리는 거리가 KTX로는 절반밖에 걸리지 않았다. 대신 표 값은 배 이상이었지만.

스르륵, 기차 문이 열렸다. 나는 대합실을 향해 뛰듯이 걸었다. 대합실에서 기다리고 있던 그는 나를 발견하고는 "고요 씨!" 하고 외쳤다.

"현우 씨!"

폴짝 뛰어 그의 목을 그러안자, 그는 포옹한 채로 빙 한 바퀴를 돌아 주었다. 송정역…… 반갑기도 고맙기도 한 공간이었다.

"이곳 오랜만이네요. 우리가 처음 만난 곳."

그는 내 머리를 가볍게 쓰다듬으며 "그러게요." 대답했다.

우리가 앉았던 자리를 바라보았다. M 문예지를 읽고 있던 그의 모습, 내게 "여행 오셨나 봐요?" 말 걸던 목소리, "이 시인은 좋아요." 하며 내 이름을 가리켰을 때의 떨림……. 그날의 기억이 두둥실 떠올랐다.

"저 자리였죠."

그도 같은 자리를 응시하며 나직하게 말했다. 언제나처럼, 라디오 DJ 같기도 하고 패트릭 피오리 같기도 한 달콤한 목소리로.

그의 흰색 차에 시동이 걸리고 광주 패밀리랜드를 향해 달리기 시작했다. 내가 며칠 전부터 놀이공원에 가고 싶다고 떼를 쓴 덕분에 결정된 장소였다.

나이를 먹어도 이따금 놀이공원에 가고 싶을 때가 있다. 놀이기구도 잘 못 타면서 말이다. 그것은 아마 그 공간이 주는 특별한 혜택 때문이 아닐까 한다. 웃음소리가 낭자한 그곳에 가면, 마치 어릴 때로 되돌아간 듯했고 고민도 걱정도 사라지는 기분이었다.

운전 중인 그의 오른쪽 옆모습을 바라보았다. 그의 외모 중 가장 매력적인 부분은 역시 오른쪽 볼에만 패는 보조개인데, 그가 운전하는 동안 맘껏 볼 수 있어서 좋았다. 만약 운전석이 오른쪽에 있는 나라에 살았다면 그가 운전할 때 저 보조개를 볼 수 없었겠지.

한데 오늘따라 그의 살결이 까칠했다. 어제 모처럼 열 시까지 야근을 했다더니 피곤해 보였다. 기자 특성상 퇴근 시간이 대중없긴 하지만 최근엔 대부분 일곱 시에 퇴근하던 그였다.

"어제 야근해서 피곤하죠? 오늘 신나게 놀아야 하는데 어째요."

"괜찮아요."

"요즘에 야근 없더니, 어제는 왜 했어요?"

"기사 못 쓰는 바보 선배 때문에요. 부장이 데스킹 보는데 고칠 게 너무 많아서 출고가 늦어졌어요."

"어떤 선배?"

그동안 그의 회사 이야기를 몇 번 들었던 지라 주변에 어떤 선배들이 있는지 대충 알고 있었다. 제일 친하고 사람 좋은 정 선배, 다방면에 해박한 박 선배, 건담 플라스틱 모델을 좋아해서 아내에게 매일 혼나는 이 선배, 이런 식으로.

"내 헤어스타일 지적한 김 선배."

나는 '헤어스타일?' 하고 잠깐 벙벙했다가, 이윽고 떠올리곤 까르르 웃음을 터뜨렸다.

"그 선배, 이제 현우 씨 머리 안 따라 해요?"

"다행히도."

우리는 동시에 쿡쿡거렸다.

그가 "근데 패밀리랜드로 괜찮겠어요? 놀이기구 수가 그리 많지는 않아요. 낡기도 했고." 하고 물어 왔다.

"어차피 잘 못 타요. 그보다는 솜사탕도 먹고 싶고, 동물도 보고 싶고, 피노키오도 잘 있는지……."

"고요 씨는 참 순수해요."

"놀리는 건 아니죠?"

"물론이죠. 칭찬이에요."

나는 빙긋 웃으며 "사실 그건 내가 가장 좋아하는 말이에요." 하고 말했다. 그는 나를 꿰뚫어 본 듯 "고요 씨의 인생 목표죠. 평생 순수하게 산다는 것." 하고 호응했다.

순수, 난 언제까지나 그것을 간직하고 갈망하고 싶다. 다른 사람들은 가늠하지도 못할 만큼 지독히 그리 살고 싶다.

학창 시절 선생님께서 낭독해 주시던 시 한 구절에 왈칵 눈물 쏟던 그날에 멈추어 살고 싶다. 걷다가 우연히 잔잔한 통기타 소리를 들으면 가슴이 뛰어서, 벅차서, 그 음악이 끝날 때까지 괜히 그 길을 맴돌고 싶다.

날씨가 바뀌고 계절이 바뀌는 일에 잔뜩 설레고 싶다. 햇빛에 기대고 눈 속을 빙그르르 돌고 때론 맨발로 비를 밟고 싶다.

잠이 오지 않는 새벽을 사랑하고 싶다. 그리움이나 기다림, 외로움을 두려워하지 않고 싶다. 별과 이야기하는 것을 그만두지 않고, 바람결에 흩날리는 잎사귀들을 사랑하고 싶다. 그 중 하나가 내 머리카락이나 어깨 위에 내려앉는다면, 작은 소원을 빌어야 하는지 책갈피를 만들어야 하는지 다른 잎사귀들 위에 털어 내야 하는지 고민하고 싶다.

취향이나 취미가 어린애 같아서 행여 철없다거나 유치하다는 소리를 들어도, 내가 좋아하는 것을 좋아했으면 한다. 그것에 대해 이야기할 땐 언제나 들뜨고 누구보다 크게 웃고 싶다.

슬플 땐 적당히 울지 않았으면 좋겠다. 목 놓아 쏟아 내거나, 그게 어렵다면 몇 날 며칠이고 울었으면 좋겠다. 바닥날 때까지 우는 법을 잊지 않았으면 한다.

당당하고 당연하고 싶다. 내가 늙고, 뉴스에선 연일 세상이 어제와 어떻게 달라졌는지 한껏 떠들고, 사람들의 기억 속에 내가 어렴풋이 남거나 완전히 사라질 때에도, 그때에도 나는 당당하고 당연하게 그리 살아가고 있었으면 한다…….

"또 생각에 잠겼네."

그가 내 볼을 살짝 꼬집었다. 창밖을 보니 어느새 놀이공원 주차장에 도착해 있었다.

나는 그에게로 고개를 돌리며 "평생 순수하게, 사랑하며, 시처럼 살고 싶어요. 음…… 현우 씨와 함께 말이에요." 하고 말했다. 그가 내 머리카락을 다정하게 쓸어 넘기며 "나도요." 하고 속삭였다. 그와 길게 눈이 마주쳤다. 그의 눈동자 속에 내가 비쳤다.

오래도록 생각해 왔다. 왜 나는 허상을 기다리는 것밖에 할 수 없는 사람인지. 그리고 지금 내 안에서 답이 내려지는 기분이 들었다. 어쩌면 그의 눈 안에 담기기 위해 그 모든 시간을 겪을 수밖에 없었던 건 아닐까. 그를 만나고 사랑하게 되기 위해 나는 필연적으로 이런 사람이 되어야 했던 게 아닐까, 하고.

그렇게 생각하니 긴 시간 상처 입으며 기다려만 온 이유가 모두 설명되었다. 왜 그런 일들이 일어났고 왜 그런 시간을 겪어야 했는지 다 이해할 수 있었다. 내 안의 고민과 방황이 전부 의미를 가지게 되었다. 오랫동안 감을 잡지 못했던 퍼즐이 가장 중요한 한 조각을 맞춤으로써 척척 맞춰지듯, 모든 게 순식간에 분명해졌다. 오로지 지금을 위해서, 지금껏 아파 온 거라고.

* * *

현우

성큼 가을이 왔다. 공기가 선선해지고 하늘이 멀어져 가며 어둠이 서둘러 온다. 무더위가 가신 후부터 그녀는 "놀이공원~." 노래를 불렀고, 우리는 막 광주 패밀리랜드에 도착한 참이다.

그녀는 호들갑을 피우며 잰걸음으로 '피노키오'부터 찾았다. 패밀리랜드의 마스코트라고 할 수 있는 그 조형물은, 코가 길쭉하여 오해하기 쉽지만 사실 피노키오가 아니라 '보보'라는 이름의 로봇이었다. 한데 그 사실을 알고 있는 나도 그것을 쭉 피노키오라 불러 온 것은 희한한 일이다.

"어릴 때 이 앞에서 사진을 찍었어요!"

피노키오를 마주한 그녀는, 마치 TV에서만 보던 동경의 대상이라도 만난 듯 팔짝팔짝 뛰며 기뻐했다.

나는 그 조형물을 찬찬히 들여다보았다. 어릴 때 본 것과는 퍽 다른 느낌이었다. 그때는 그저 눈과 입이 크구나, 귀엽구나, 했던 것 같다. 하지만 지금 보니 눈은 반쯤 감겨 있고 입은 마지막으로 힘을 내 웃고 있는 것 같았다. 여기저기 녹이 슨 자리는 상처처럼 보이기도 했다.

"피노키오도 늙네요."

무심코 던진 내 말에, 그녀는 "그렇게 말하면 슬프잖아요." 하고 타박했다. 그러곤 피노키오를 다정하게 쳐다보며 말했다.

"내가 이곳을 행복하게 추억하는 건 너와 함께 찍은 사진 덕분이야."

그 말 때문인지 다시 본 피노키오의 표정에서 언뜻 자긍심이 느껴졌다.

그녀와 달콤한 솜사탕을 나눠 먹으며 동물원부터 구경했다. 동물원에는 마침 토끼도 있고 미어캣도 있어서, 우리는 "고요 씨 친구들이다!" "현우 씨 친구들도 있어요!" 하며 장난을 쳤다. 그리고 솜사탕을 다 먹을 즈음, 종종 그러하듯 그녀의 입에서 엉뚱한 소리가 튀어나왔다.

"현우 씨는 제페토 같아요."

"네?"

"제페토의 무한한 사랑 덕분에 피노키오가 깨달음을 얻고 진짜 인간이 되잖아요."

"그렇죠."

"프랑스의 소설가 폴 부르제는 말했죠. '생각하는 대로 살지 않으면 사는 대로 생각하게 된다.'고. 가장 좋아하는 명언이지만 별로 그렇게 살지 못했어요. 난 겁쟁이였고 욕심, 용기, 긍지 같은 것들과는 거리가 멀었거든요. 명언을 듣고 깨달음을 얻어도 그때뿐, 꿈을 향해 나아가는 사람들을 보며 존경을 느껴도 그때뿐이었어요. 그들은 내게 꿈을 기억시키고 번민을 주긴 했지만 그 이상이 되어 주진 못했어요."

"……."

"그런데 현우 씨가 날 시작하게 만든 거예요. 현우 씨가 그들과 다른 점이라면 바로 제페토 같다는 것이겠죠. 나를 무조건적으로 믿고 응원해 주는, 온전한 내 편의 사람. 그런 사람이 있다는 건 무언가를 시작하고 해 나가게 만들어 주는 것 같아요. 현우 씨는 나의 계기이자 의지예요."

그녀의 말이 마치 '당신이 내 진정한 운명이에요.'라고 하는 것처럼 들렸다. 나는 가을 하늘보다 맑간 그녀를 바라보며 잡고 있던 손을 더욱 꼭 쥐었다.

동물을 구경한 뒤에는 놀이기구를 탔다. 솔직히 말하자면 시시하기 짝이 없었는데, 그녀가 놀이기구를 잘 타지 못하는 관계로 선택의 여지가 적었기 때문이다. 매우 시시하거나 덜 시시한 것만 골라 타다가, 그녀가 내 무표정을 읽었는지 "현우 씨 혼자라도 탈래요?" 하고 물어 왔다.

"아니에요, 괜찮아요. 혼자 타서 뭐 해요."

"아하, 현우 씨도 무서운 거 못 타는구나?"

"잘 타요."

"그럼 타요. 난 쉬엄쉬엄 타는 게 좋아요."

그리하여 몇 가지 기구를 나 혼자 타게 되었다. 그녀는 '현우 씨가 무서워하는 모습을 찍고 말 것'이라며 앙큼하게 카메라를 들어 보였다. 하지만 나는 무엇을 타든 표정에 변화가 없었고, 360도 공중회전을 하는 기구를 타고도 덤덤하게 내려오자 그녀의 입이 쩍 벌어졌다.

"아니, 잘 타는 걸 떠나서 어떻게 아무 표정도 없이 타요? 난 이런 사람 처음 봐요. 마치 흔들의자에 앉은 사람 같다고요. 어떻게 하면 그렇게 탈 수 있죠?"

"그냥 편하게 생각하고 놀이기구에 몸을 맡기면 돼요. 아, 움직이는구나. 아, 내려가는구나. 아, 뒤집히는구나."

그녀는 내 말에 깨달음을 얻은 듯 눈을 크게 떴다.

"오, 나 바이킹 타 볼래요!"

하지만 그녀는 바이킹에 올라타자마자 "뭔가 잘못된 것 같은데." 하며 후회했고, 바이킹이 움직이자 한바탕 요란을 떨었다. 뒤로 올라갈 때는 "신이시여, 제발 절 살려 주세요." 기도했고, 앞으로 내려올 때는 온갖 비명을 지르며 다리까지 후들후들 떨었다.

바이킹에서 내린 그녀는 하얗게 질린 얼굴로 "현우 씨 미워요. 거짓말쟁이에요. 코가 길어질 거예요."라고 꿍얼거렸다. 나는 그녀에게 차가운 음료수를 건네고는 등을 다독여 주었다.

"아까는 제페토 같다면서요."

"몰라요."

출구로 가기 위해 놀이공원에서 운영하는 작은 열차에 올라탔다. 타이밍이 좋았는지 탑승자가 얼마 없어, 그녀와 내가 앉은 칸에는 우리 둘뿐이었다.

하늘엔 어느새 노을이 지고 있었다. 봉숭아로 들인 꽃물처럼, 아름다운 붉은빛이었다.

"고요 씨."

"네."

"아까 고요 씨가 한 말이요. 내가 고요 씨의 계기이자 의지라는 말. 그 말을 들은 순간, 무척 기쁘고 뭉클했어요. 마치 내가 고요 씨의 운명이 된 것 같기도 했고."

그녀가 나를 잠시 바라보다가, 내 어깨에 살포시 기대더니 긴 대답을 들려주었다.

"그동안 나는 깜깜한 밤 속, 고장 난 트레드밀 위에 있었던 것 같아요. 길이 움직이니까, 나도 다리가 있으니까, 반사적으로 걷고 있긴 한데 결국 제자리걸음이었죠. 힘이 부쳤고 멈추고 싶다고 생각했겠지만 고장이 났기에 쉽게 멈출 수가 없었어요. 칠흑 같은 어둠이 나를 두렵게 만들어 뛰어내리는 일도 쉽지 않았어요. 만약 뛰어내린 지점이 끝없는 허공이라면, 영원히 추락하게 된다면 어떡하지 하면서요."

바람이 한차례 굽이치며 흘러갔다. 나는 바람결에 흐트러진 그녀의 머리카락을 정리해 주면서, 기다란 속눈썹이 깜빡이는 것을 잠자코 내려다보았다.

"운명은 왜 나에게 그냥 길을 펼쳐 주지 않았을까 원망도 했을 거예요. 그랬다면 나는 나아갈 수도, 멈출 수도, 되돌아갈 수도 있었는데. 운명은 나를 제자리에서 걷는 일밖에 할 수 없게 만들었어요. 길은 부수어지지 않았어요. 나의 수많은 날들만이 부수어질 뿐."

"……"

"그러던 어느 날, 나를 부르는 다정한 목소리가 들려온 거예요.

괜찮다고, 이리 오라고, 이곳에선 우는 날보다 웃는 날이 훨씬 많을 거라고……. 그 목소리는 많은 날 동안 나를 달래고 다독였죠. 그래서 나는 벼락처럼 뛰어내리게 되었고, 그곳은 '빛'이었어요."

그녀는 고개를 들어 반짝이는 눈으로 나를 바라보았다. 꿈을 꾸는 사람의, 선명한 빛을 품은 눈동자였다. 그녀는 계속 이어서 말했다.

"나는 그동안, 운명으로 구원받기도 했지만 운명에 가둬지기도 했어요. 그리고 그 목소리가 나를 운명에서 구원시킨 새로운 운명이에요. 새로운 운명은 나를 가두지 않아요. 훨훨 날 수 있도록 도울 뿐이죠."

그녀와 나는 서로의 날개를 분지르지 않는다. 언젠가 꾼 죽은 새의 꿈처럼, 날개에 긴 입김을 불어 줄 뿐이다.

20

사랑

약 7개월 후

<u>고요</u>

서른, 그리고 봄.

매년 4월 축제가 열리는 순창 군청 앞 벚꽃 길은 그야말로 장관이었다. 구름 한 점 없는 하늘, 따뜻하고 보드라운 날씨, 맑은 천변, 넘실대는 개나리꽃, 흐드러진 벚꽃……. 눈으로 쏟아져 들어오는 모든 광경이 꿈결처럼 황홀했다.

"고요 씨가 그토록 오고 싶어 한 게 이해가 되네요."

"나도 놀랐어요. 혹시 내 상상 속에서 부풀려진 건가 했는데, 오히려 그 이상이에요."

그와 나는 손을 맞잡고 기나긴 벚꽃 길을 걸었다. 오전에 온 덕분인지 사람이 많지 않아서 그 길이 우리의 것이라도 되는 양 마음껏 누빌 수 있었다. 그렇게 한참을 걷다가 그가 목이 마르다고 하여, 아메리카노 두 잔을 사 들고 정자에 앉았다.

내가 서른이 되고 달라진 점이 있다면 아메리카노를 마실 수 있게 됐다는 것이다. 아메리카노에 쓴맛만 있는 게 아니라는 걸 알게 되었다. 잘 음미해 보면 쓴맛 뒤에 신맛, 단맛, 구수함 등이 다양하게 느껴졌다.

눈앞에서 벚꽃이 눈송이처럼 나닐고 있었다. 나는 커피를 홀짝이며 "봄에 내리는 눈이네요. 정말 낭만적이에요." 하고 말했다. 그는 "그러게요. 작품 사진을 한 장 찍어 봐야겠어요." 하더니, 구석에 부려 놓은 가방에서 책 한 권을 꺼냈다.

《비밀》

부드러운 파스텔컬러 표지에 두 글자가 또렷하게 박혀 있었다. 그것은 바로, 몇 주 전에 출간된 내 시집이었다.

"자, 이렇게 들고 있어 봐요. 책만 나오게 찍을 거예요."

그의 지시대로 책을 들고 팔을 쭉 뻗었다. 그는 벚꽃을 배경으로 하여 책의 사진을 찍었다. 찰칵, 소리가 짧고 선명하게 울렸다.

"어때요, 잘 찍었죠? 요즘 SNS에서 유행하는 감성 사진 같죠?"

그는 내게 사진을 보여 주며 부산을 피웠다. 나는 미심쩍은 눈초리로 사진을 들여다보았다가 깜짝 놀라고 말았다. 확실히 섬세하고 감각적인 사진이었다.

"와, 정말 잘 찍었는데요? 나한테도 보내 줘요. 메신저 프로필 사진으로 등록해 놔야겠어요."

"봐요, 내가 인물 사진 빼곤 다 잘 찍는다니까요."

그는 내 반응이 만족스러운 듯 입꼬리를 한껏 올렸다.

시집이 나오기까지 여러 달 동안 페인처럼 살았다. 간혹 좌절하고 무너지는 날도 있었지만 그때마다 그와 소리가 버팀기둥이 되어 주었다. 두 사람 모두 진담인지 모르겠지만, 정기자가 된 그는 수습 때보다 훨씬 여유가 생겼다고 했고, 사회인이 된 소리 역시 학생 때보다 덜 바쁘다고 했다.

나는 일정 분량의 시를 써내면 그들에게 먼저 보여 주었다. 그러면 그들은 내가 놓친 부분을 발견해 주기도 하고, 내게 잘하고 있다며 확신을 주기도 했다. 덕분에 힘을 잃지 않고 계속해 나갈 수 있었고, 나는 예전에 썼던 시까지 오십여 편의 시를 묶어 출판사 문을 두드렸다.

출간 후, 대단한 호평은 아니더라도 "낭만주의와 허무주의가 돋보인다." "섬세하면서 담백한 문체가 매력적이다." "세상을 바라보는 따뜻한 시선에 위로받게 된다." 등의 평가가 뒤따랐다. 며칠 전엔 시의 몇 구절이 SNS에 올라와 있는 걸 보고 깜짝 놀라기도 했다.

그는 다정스러운 손길로 표지를 쓸어 보다가 곧 책을 펼쳤다.

"또 읽게요? 책 닳겠어요. 커피나 마셔요."

"자랑스러워서요."

"현우 씨야말로 기사 잘 쓴다고 칭찬이 자자하다죠? 모든 부서에서 탐내는 자랑스러운 유 기자님. 오늘 찍은 사진 보니 사진부에서도 탐내겠……."

"큼큼."

그는 헛기침으로 내 말문을 막았다. 그리고 책을 드문드문 몇 페이지 읽다가, 맨 마지막 페이지를 펼쳤다. 짤막하게 적어 놓은 '시인의 말' 부분이었다.

나는 언제나 나였다. 비밀을 말한 복두장(幞頭匠)도 나였으며, 비밀을 들은 대나무 숲도 나였고, 그 비밀을 지닌 임금님도 나였다. 그동안 모든 것을 나만 알아서, 나는 앓았다. 언제나 모든 것을 털어 내고 싶었으나 차마 그러지 못해, 나는 언제나 아팠다.

이제야 나는 복두장과 대나무 숲과 임금님을 벗어나 바람이 된 것 같다. 대나무 사이에서 엿듣고 소문을 낸 당사자. 이야기의 넷 중 속이 편한 건 바람뿐이다. 나는 드디어 바람이 되었고, 당신도 아는지 모르겠지만, 임금님 귀는 당나

귀 귀다.

그는 그 부분을 가만가만 읽은 후 시집을 덮었다. 그러곤 내 무릎을 베고 발라당 드러누웠고, 눈을 감은 채 "임금님 귀는 당나귀 귀죠." 하고 말했다. 나까지 졸음이 올 것 같은 낮은 목소리로, 조금쯤 더듬거리면서.

고운 꽃잎들이 정자 위로 밀려들었다. 나는 그 모습을 조용히 감상하며 그의 윤기 나는 머리카락을 살짝 매만졌다.

그를 처음 만난 게 작년 4월이었으니 꼭 일 년이 지났다. 그는 어느덧 내게 습관이 되었다. 볼펜을 입에 문다든지, 머리카락을 귀 뒤로 쓸어 넘긴다든지, 멍하니 허공을 응시한다든지 하는, 너무도 당연해 이유를 생각해 볼 수 없는 어떤 것.

그를 만나지 못했다면 어땠을까. 혼자만의 한순간으로 평생을 살 수도 있었겠으나, 그것은 끝없는 환상 속에서 헤매는 일이었다. 그 마음은 충만할 수 있으나 팽창할 수 없었다.

하지만 함께하는 매 순간이 곡진히 쌓여 평생을 이루는 것은, 나를 진정한 나로 만드는 일이었다. 그리고 그 마음은 이미 충만하면서도 계속 팽창할 수 있었다. 운명은 사랑이 되지 않을 수 있지만, 사랑은 필연적으로 운명이 되는 것이었다.

그와 나는 저녁이 될 때까지 순창에 머물렀는데, 어둑해지니 낮과는 다른 광경이 펼쳐졌다. 조명을 밝힌 벚꽃 길은 밤하늘의 별들을 나뭇가지에 걸어 놓은 것처럼 보였다. 그러나 몽환적인 아름다움에 넋을 놓은 것도 잠시, 걷기 힘들 정도로 늘어난 인파에 우리는 사람이 없는 군청 잔디 광장으로 몸을 옮겼다.

벤치에 앉아 그와 이어폰을 한쪽씩 나눠 꽂고, 봄에 어울리는 노래들을 감상했다. 〈벚꽃 엔딩〉이라든지 〈봄봄봄〉이라든지 〈봄 사랑 벚꽃 말고〉 같은. 감미로운 선율이 귓가에서 부서져 내리고, 나는 고개를 주억거리며 박자를 맞추었다. 그와 나를 휘감고 있는 공기까지 달았다.

노래를 다섯 곡쯤 가만히 듣다가 슬며시 그를 바라보니, 감회에 푹 잠긴 듯한 얼굴을 하고 있었다. 나는 이어폰을 모두 빼내며 "무슨 생각해요?" 하고 물었다.

"아, 그냥 어릴 때 순창에 놀러 왔던 생각이요. 그때 와 보고 처음이라 이모 댁이 어디쯤이었는지 기억이 안 나네요. 고요 씨는 어때요? 중학생 때 살던 동네 기억나요?"

"나도 너무 오래돼서……. 그저 마당과 옥상이 있는 집이었고, 좀 걸어가면 공원이 있었다는 것만 기억나요."

"그렇군요. 이모 댁 근처에도 공원이 있었는데."

"그래요?"

"네. 공원이 한두 개는 아닐 테지만, 그래도 혹시 모르는 일이겠네요. 이모 댁과 고요 씨 집이 같은 동네였을지도."

"흐음."

"어쩌면 우리가 스쳐 지나간 적이 있을지도."

"로맨틱하네요."

미소를 지어 보이는 그를 향해 불쑥 "사랑해요." 하고 말했다. 그는 내 볼을 양손으로 감싼 뒤 '쪽' 소리가 나게 짧은 입맞춤을 했다. 그러고는 "내가 더 사랑해요."라고 했다. 나는 빙그레 옅은 웃음을 지었다.

"현우 씨를 위한 시를 쓸 때가 왔네요. 십 년간의 단상을 털어 냈기에 이제 모든 문장을 새로 써야 해요. 다음 시집이 나오기까지 수년이 걸릴지도 몰라요. 현우 씨를 오래 기다리게 하고 싶진 않지만……."

"괜찮아요. 줄곧 옆에 있을 텐데 몇 년 정도야."

"계속 내 옆에 있나요?"

"그럼요."

"평생토록 사랑하나요?"

"끝까지 사랑할게요. 만약 이 세상에 끝이 없다면, 세상이 계속 돌아가고 우리에게 영혼이 있고 후생이 있고 저승이 있다면, 내 사랑에도 끝이 없을 거예요."

그의 말 하나하나가, 아니, 말 사이사이에 섞인 숨마저도 명징하게 내 안에 쌓였다. 그는 결코 숨 하나도 가벼이 뱉지 않는다. 숨결이 바람보다 아름답다는 것은, 숨소리가 음악보다 찬란하다는 것은.

* * *

현우

2016년 4월 초순, 한가롭고 아늑한 봄날이었다. 작년 여름에 약속했던 대로 그녀와 나는 순창에 왔다.

그녀가 얘기한 벚꽃 길은 생각보다 훨씬 근사하고 아름다웠다. 1.4km에 달하는 길에는 만개한 벚꽃이 빼곡히 줄지어 있었고, 그곳을 걷는 일이란 벚꽃에 휩싸이는 것과 다름없었다. 순간 '이 세상이 아닌가?' 싶을 정도로 아찔했다. 그녀는 온갖 감탄사를 쏟아 냈고, 나는 여느 때처럼 그녀의 손을 꼭 부여잡았다.

더위를 좀 타는 탓에 걷다 보니 목이 말랐다.

"조금 덥네요. 목도 마르고."

"왜 이렇게 더위를 타는 거예요?"

"고요 씨가 태양이라서?"

어깨를 추어올리며 능청스럽게 말했다. 어쩌다 이렇게 철면피가 된 것인지 나도 알 수가 없다. 그녀는 고개를 절레절레 흔들었다.

"어휴, 못 말려. 마침 나도 쉬고 싶었어요."

길 군데군데 단아한 정자가 마련되어 있었다. 그녀가 "벚꽃 속에서 마실래요!"라고 하여 아메리카노 두 잔을 테이크아웃 해 정자에 앉았다. 교차하는 가지 사이로 파란 하늘이 빼끔히 내다보였다. 그녀를 처음 만난 날로부터 일 년이 흘렀고, 그 사이 그녀는 아메리카노를 마실 수 있게 되었다.

"오늘도 아메리카노를 골랐네요."

"깔끔한 게 당겨서요. 그래도 아직은 카페 모카가 더 좋아요."

그녀는 흩날리는 벚꽃을 보며 "봄에 내리는 눈이네요. 정말 낭만적이에요." 하고 말했다.

"그러게요. 작품 사진을 한 장 찍어 봐야겠어요."

나는 가방을 뒤적여 보물처럼 지니고 다니는 시집을 꺼냈다.

몇 주 전, 그녀의 첫 시집이 출간되었다. 그녀는 가장 먼저 나에게 달려와 내 품에 그것을 안겨 주었다. 가슴속 깊이에서부터 울컥, 하는 감정이 치솟았다. 그동안 그녀가 얼마나 고생했는지 잘 알기에 그 감격은 이루 말할 수가 없었다. 나는 그날부터 지금까지 벌써 몇 번이나 그것을 정독해서, 조금만 더 노력하면 한 권을 통째로 외울 수 있을 정도였다.

사진을 찍은 뒤 여느 때처럼 책을 펼치자, 그녀의 타박이 귓가에 날아들었다.

"또 읽게요? 책 닳겠어요. 커피나 마셔요."

나는 아랑곳하지 않고 꿋꿋이 몇 페이지를 읽은 뒤 그녀의 무릎을 베고 누웠다. 그러고는 밀려드는 햇살에 눈시울이 따가워

팔뚝으로 눈을 가렸다. 그녀가 내 머리카락을 찬찬히 어루만졌다. 이대로 잠이 들면 아주 행복한 꿈을 꿀 것만 같았다…….

　우리는 이왕 순창에 온 김에 야경까지 보기로 하여, 날이 어두워질 때까지 여기저기 맴돌았다. 축제 중이라 각종 공연, 행사, 먹거리가 즐비했고, 마차와 보트도 탈 수 있었다. 하나씩 즐기다 보니 금세 저녁이 되었다.

　조명이 가득 켜진 벚꽃 길은 은근한 화려함을 자랑했다. 팝콘 같은 벚꽃들이 조명을 받아 다채롭게 빛나고 있었다. 다만 야경이 더 인기가 있는지 사람들이 부쩍 늘어나, 이번엔 여유로운 감상이 불가했다. 걷다 보면 본의 아니게 어깨를 부딪치기 일쑤였다.

　"고요 씨, 사람이 많아서 비좁지 않아요?"

　"네, 좀 복잡하네요."

　그녀와 귓속말을 주고받은 뒤, 우리는 길 건너의 잔디 광장으로 이동했다. 그곳은 맞은편과 다른 세상인 듯 어둡고 조용했다. 이렇게 조금 멀리서 벚꽃 길을 구경하는 것도 나쁘지 않았다.

　그녀와 나는 벤치에 앉아 이어폰을 나눠 끼고 노래를 감상했다. 그녀에게 음악 선택권을 넘기니 봄 느낌이 물씬 나는 노래만 쏙쏙 골라냈다. 음색은 그녀의 취향에 걸맞게 청명하거나 서정적인 게 대부분이었다.

　지난 일 년의 추억들이 하나둘 피어올랐다. 봄에 그녀를 만났고, 여름엔 그녀에게 힘든 시간이 있기도 했고, 그 시간이 지나간 후 그녀가 내 마음을 받아들였다. 이후 나는 나대로 정기자가 되어 또 다른 생활을 맞이했고, 그녀는 다시 시를 쓰기 시작해 올해 초까지 각고의 노력을 기울였다. 그리고 올봄 그녀의 시집이 출간되었고, 오늘은 순창에 왔다.

'그런데 이모 댁이 어디쯤이었더라? 근처에 공원이 있었는데.'

나는 문득 어릴 때 순창에 놀러 왔던 기억을 더듬어 보았다.

마지막 기억은 열두 살의 어느 봄날이었다. 그날따라 유난히 햇볕이 쨍쨍했고, 공원에는 화사한 꽃들이 가득 피어 있었다.

통, 통, 통…… 한적한 가운데 공을 튕기는 소리만이 잠잠하게 들려왔다. 나는 소리가 들리는 쪽을 넌지시 쳐다보았다. 자그마한 농구 코트에서 여섯 명의 남자들이 농구를 하고 있었다. 모두 키가 훤칠했고 나이는 고등학생쯤 돼 보였다.

철썩! 그들은 때때로 멋진 슛을 성공시켰고, 그 뒤엔 짧은 환호와 탄식이 동시에 터졌다. 간단한 연습은 아니었는지 숨 막히는 열기가 뿜어져 나왔다. 당시의 내 눈에는 그들이 굉장한 어른처럼 느껴졌다.

"우리 내기할까? 공기놀이해서 꼴찌가 과자 사 오기!"

그때 동갑내기 사촌이 우렁찬 목소리로 말했다. 내 누나는 기다렸다는 듯 "그래!" 하며 박수를 쳤다.

이 대결은 뻔하고도 불공정한 것으로 꼴찌는 늘 나였다. 동갑내기 사촌은 마음속으로 '꼴찌래요~.' 하고 놀릴 준비도 하고 있을 것이다. 하지만 나도 이번엔 '그래!'이다. 이런 날이 올 줄 알고 남몰래 연습을 좀 해 두었다.

나는 비장한 표정으로 대결에 임했다. 누나와 사촌들은 일취월장한 내 실력에 입을 다물지 못했고, 꼴찌는 동갑내기 사촌이 되었다. 정말이지 내가 이날을 얼마나 기다렸던가.

"이겼다! 메롱, 내가 이겼지?"

망연자실한 동갑내기 사촌 앞으로 가 온힘을 다해 놀려 댔다. 그동안 당한 수모에 비하면 말로만 놀리기는 아쉬워서, 나뭇가지를 주워 모래 위에 큼지막하게 글씨도 썼다. 조금도 흘려 쓰지 않고 아주 또박또박하게, '메롱'이라고. 그러자 그 애는 "너랑 안 놀아!" 하며 단단히 토라져 버렸다.

'흥, 그러거나 말거나.'

동갑내기 사촌이 과자를 사러 간 동안, 나는 땅바닥에 아무렇게나 주저앉아 아까 구경하던 농구 시합을 보았다.

어느 틈에 나타났는지 모를 예쁜 소녀도 그 시합이 재미있어 보였는지 주변을 배회하다가, 이내 돌계단에 자리를 잡고 앉았다. 발아래 내려놓은 검정 비닐봉지가 고꾸라지며 볼펜 몇 개가 쏟아졌지만 그것도 모른 채 눈앞의 광경에 몰두하고 있었다. 바람이 불 때마다 소녀의 등 뒤로 그림 같은 꽃비가 내렸다.

여섯 명의 남자들은 세 명씩 옷 색깔을 맞춰 입고 있었다. 세 명은 흰 티셔츠를, 세 명은 검정 티셔츠를. 각자 집에 있는 옷을 입고 왔는지 디자인은 제각각이었지만 어쨌든 성의가 가상해 보였다. 난 그때 검정 팀을 응원했는데, 그 소녀는 어땠을까?

나는 그날 갖가지 농구 기술을 다 보았던 것 같다. 드리블도 패스도 슛도 어찌나 화려하던지. 틀림없이 왜곡되고 미화된 것이 겠지만, 내 기억 속에서만큼은 여느 프로 경기보다 대단하고 박진감 넘쳤다. 따가운 햇볕과 만발한 꽃 사이에서 펼쳐진, 관객이 둘뿐이었던 그 시합이.

"무슨 생각해요?"

그녀가 내 귀의 이어폰을 쏙 빼내며 물었다. 그녀와 시선을 부딪친 순간 느낀 기시감(旣視感)은 무엇이었을까. 그녀를 아주 예전에도 알았던 것 같은, 혹시 전생에 알던 사이는 아니었을까 하는 생각이 나를 훑고 지나갔다.

"아, 그냥 어릴 때 순창에 놀러 왔던 생각이요. 그때 와 보고 처음이라 이모 댁이 어디쯤이었는지 기억이 안 나네요. 고요 씨는 어때요? 중학생 때 살던 동네 기억나요?"

그녀 역시 오래된 일이라 잘 기억나지 않지만, 마당과 옥상이 있는 집이었으며 부근에 공원이 있었다고 했다. 나는 이모 댁 가까이에도 공원이 있었다고, 어쩌면 같은 동네였을지도 모르겠다고 말했다. 또한 언젠가 우리가 스쳐 지나갔을지도 모르겠다고. 그냥 뱉은 말이 아니라 정말 그럴지도 모른다고 생각했다.

그녀는 "로맨틱하네요."라고 했다가, 이어서 "사랑해요." 하고 말했다. 나는 그녀의 연분홍빛 볼을 감싸며 가벼운 입맞춤을 했다.

"내가 더 사랑해요."

그녀는 이제 나를 위한 시를 쓸 때가 되었다면서, 오래 기다리게 하고 싶진 않지만 다음 시집까지 수년이 걸릴 수도 있다고 했다.

"괜찮아요. 줄곧 옆에 있을 텐데 몇 년 정도야."

"계속 내 옆에 있나요?"

"그럼요."

"평생토록 사랑하나요?"

"끝까지 사랑할게요. 만약 이 세상에 끝이 없다면, 세상이 계속 돌아가고 우리에게 영혼이 있고 후생이 있고 저승이 있다면, 내 사랑에도 끝이 없을 거예요."

그녀는 잠시 숨을 죽였다가 입을 열었다.

"현우 씨는 최고예요."

"정말요?"

"나는 현우 씨가 최고가 아닌 날을 본 적이 없어요. 현우 씨는 최고이거나 아니면 더 최고인 날밖에는 없죠. 그래서 나는 현우 씨를 사랑하거나 더 사랑하는 일밖에 할 줄 몰라요. 당신이 최고가 아닌 날이니 내기 당신을 사랑하지 않는 일은, 상상조차 할 수 없어요."

"기분 좋은 말이네요."

"현우 씨는 완벽해요."

"이런, 너무 비행기를 태우면 어지럽다고요."

"만약 내 판단이 틀려 현우 씨에게 빈틈과 흠집이 있다 해도 난 끝내 알아차리지 못할 거예요. 이미 그것마저 사랑하고 있을 테니. 바꿔 말하면, 내가 당신을 완벽하게 사랑하고 있어요."

"또 있나요? 듣다 보니 더 듣고 싶은데요."

"현우 씨와 함께 있으면 세상 모든 것이 부질없어지죠. 당신만 있으면 그게 세상인 것 같아요. 현우 씨는 나의…… 운명이자, 영혼이자, 꿈이자, 기적이자, 처음이자, 중심이자, 마지막이자, 사랑, 그 모든 것이에요."

나를 간지럽히는 음절은 하나도 휘발되지 않고 내게 젖어 들었다. 그렇게 내 빈틈을 메우고, 흠집을 매만지고, 허공을 채웠다. 내 존재를 완성시키는 그것, '사랑'이었다.

작가의 말

당신을 생각하려니 깊은 밤이 왔다.
빛들이 당신 생각을 방해하지 못하도록.
당신이 생각 속에서도 가장 빛날 수 있도록.

2017년
최은별

최은별 장편소설

시인과 기자의 어느 금요일

2017년 12월 29일 1판 1쇄 발행

지은이 최은별
발행인 서정환
펴낸곳 신아출판사
주소 전북 전주시 완산구 공북1길 16(태평동)
전화 (063) 275-4000
팩스 (063) 274-3131
이메일 sina321@hanmail.net essay321@hanmail.net
출판등록 제465-1984-000004호
인쇄 · 제본 신아출판사

ISBN 979-11-5605-491-7 03810

값 13,000원

이 도서의 국립중앙도서관 출판예정도서목록(CIP)은 서지정보유통지원시스템 홈페이지
(http://seoji.nl.go.kr)와 국가자료공동목록시스템(http://www.nl.go.kr/kolisnet)에서
이용하실 수 있습니다. (CIP제어번호: CIP2017035304)

Printed in KOREA